JN006470

講談社

Contents

装画……tamimoon

装幀……大岡喜直（next door design）

星くずの殺人

Stardust Murder

小さかった頃、宇宙へ伸びていくロケット雲を見上げながら思った。こんな凄いことを成し遂げられる人類なら、様々な困難を乗り越えて、素晴らしい未来を作り出すことができるに違いない、と。

ある程度世の中のことが分かるようになって、絶望した。核や大量破壊兵器を持ち出すまでもなく、人類は大昔から今も、お互いを傷つけあっている。

どうすれば争いを無くし、世界をより良くできるのか。

その答えが、宇宙にある。

第一章　HOPE‼

一

二〇××年七月三一日、午前九時。

和歌山県串本町にあるスペースポート紀伊は、これ以上ない打ち上げ日和を迎えていた。

フロントウインドウの向こうでは、陽炎に揺れる滑走路が、目の覚めるような青空に向かって伸びている。

副機長兼添乗員の土師穂稀は、さらにその向こう、星や神話の領域である場所に、早くも思いを馳せていた。

小さい頃は、女の子みたいだとからかわれた自分の名前だが、いつだったか両親に聞かされたことがある。穂には豊かさ、稀には貴重なものと意味があり、転じて夢を叶える名前だという意味で名付けたと。

離陸まであと一五分。

たった一五分後に、一人三〇〇〇万円という日本初の格安宇宙旅行が始まる。

もちろん気軽に出せる金額ではないが、これまでの宇宙旅行に比べれば破格だ。

かつては、国際宇宙ステーション（ISS）に滞在するのに一人約五〇億円が必要だった。大手旅行会社の企画も似たり寄ったりな値段で、宇宙旅行は大富豪だけの特権だった。

それも今日までだ。

宇宙を身近に。

宇宙技術で世界を便利に幸せに。

会社の経営理念が胸を満たす。等しく、土師自身も望んでいることだ。

不意に肩が軽く叩かれた。

振り向くと、機長の伊東（いとう）が笑っていた。

黒地に銀色のラインを施した制服が、よく似合っている。

同じものを着ているのに向こうの方が様になっているのは、鍛えた身体が細身のシルエットを引き立てているからだろう。

「今からそんなだと、途中でへばっちまうぞ」

隣の機長席から発せられた伊東の声は、聞くものを安心させるハイバリトンだ。積み重ねた歳相応に、重さと深味がある。

「ロスジェネ世代を舐めないでください。このぐらい、なんてことないですよ」

「いつも言ってるだろ。苦しい時に根性は助けてくれないぞ。肩の力を抜けって」

「興奮するなって言う方が無理ですよ。伊東さんだって、久しぶりの宇宙でしょう？」

声どころか、細胞のひとつひとつが弾んでいる自覚があった。

対する伊東には、わずかな固さと穏やかさが同時に存在している。

「だからこそ油断できないんだ。本番には魔物が潜んでるからな。常にリラックスした状態を保たないと」

確かにプロとしての自覚を欠いていたかも知れない。

反省していると、伊東が優しく微笑んで見せた。

「と言っても、浮かれる気持ちも分かるよ。俺だって、初めて宇宙に出た時は興奮したさ」

「嘘でしょ。俺、あの時の生中継見てましたけど、最後の最後まで冷静だったじゃないですか。ＪＡＸＡの人だってそう言ってたし」

「墜落中でも冗談を言い合えるぐらい、俺達は興奮しながら冷静になれるんだよ」

冗談とも本気とも分からない口調だったが、民間航空会社からＪＡＸＡのパイロットに選抜され、国際宇宙ステーション（ＩＳＳ）での滞在経験もある男の言葉だ。真実味は十分にあった。

「それって、何か秘訣ってあるんですか？」

「そうだな、何かをいじってると、気が紛れたりするな。例えば俺なら、ほら」

伊東が、胸ポケットに差さっていたボールペンを取り出した。

ボディはアルミ製だが、木製のグリップが巻かれており、葉巻のようなフォルムをしている。

「こいつは、先っぽが光るんだよ」

ペン先を回してみせると、音もなく芯が出てきた。同時に、先端部分が赤色に光る。ＬＥＤが仕込まれているらしい。

「ノック式と違って音も出ないし、見た目にも変化が分かりやすいから、手元でいじるには最適だろ？」

肩を寄せて、構造をまじまじ見つめる。

土師が気になったのは別のことだった。

「天体観測が趣味なんですか？」

先端にＬＥＤがついた筆記具は、特段、珍しいものではない。医療や建築、警備など、暗所での作業に幅広く使われている。中でも赤色だと、天体観測時に使われることが多かった。

人の目は、暗いところだと、三〇分ほどの時間をかけて徐々に慣れる暗順応が起こる。その状態で光量の多い白色ＬＥＤが灯ると、目が明るさに慣れる明順応を起こしてしまい、周りが見えにくくなる。赤色ＬＥＤでは明順応が起こりにくいため、星の光を観察するのに最適なのだ。

「いや。妻と娘がくれたんだ。完治はしない病気だけど、現場復帰が叶った区切りってことでな。宇宙は真っ暗だと思ってるのかな」

「断酒して、七年でしたっけ？」

「治療を始めたのは一〇年前からだ。やっと現場に戻って来られた」

アルコールチェックは二時間前にやったばかりだ。普段から飲まない土師はもちろん、伊東も数値は完全なゼロだった。それどころか、伊東は社員になってから、ゼロ以外の数値を出したことがない。ぬか漬けや栄養ドリンクはもちろん、何を食べるにしても必ず成分表に目を通す徹底ぶりだった。

おかげで医師からの診断書もスムーズに発行された。今の伊東は、一般的な成人男性よりもクリーンだ。

「うちで実績だけ積んで、よそに行かないでくださいよ。伊東さんほど優秀な人、滅多にいないんですから」

「そんなことは考えなかったな。年齢的なこともあるし、今はとにかく、目の前の仕事に集中するだけだ。それに……」

伊東の顔が、くしゃっと崩れた。

「この会社は居心地がいい。パートナーも良い奴だし、転職する理由なんて一個もないさ」

また肩を叩かれ、身体の内側がくすぐったくなる。かつてテレビ越しに憧(あこが)れていたパイロットに認められて、悪い気はしなかった。

「それに、娘は大学に入ったばかりだ。まだまだ金がかかる。なにより、父親の格好いいところを見せないとな。宇宙で働くなんて、うってつけだろ?」

「俺は客として参加したかったですけどね。て言っても、一万分の五の抽選なんて、どっちにしろ無理か。今回当たった人は、本当にラッキーですよね。特に、無料招待枠を当てた女の子」

ツアーの参加者は全部で六人だが、そのうちの一人は抽選による無料招待枠となっていた。

三〇〇〇万円という料金は、格安ではあるが、一般人にはまだまだ手が届かない。そこで、なるべく多くの人に門戸を開きたいということで設けられたのだった。

「俺はてっきり、有名人でも参加させて、広告塔にするのかと思ってたよ。宣伝なんて、あざといぐらいがちょうど良いからな」

「思った以上に応募が殺到したみたいで、宣伝の必要も無かったんじゃないですか？」

「でも今回は、最初から逆ざや覚悟のモニター旅行だ。次への弾みを付けるためにも、中田なかたならそれくらいのことやりそうだと思ったんだが……」

スピーカーからの声が、二人の間に割って入ってくる。

「こちらスペースポート紀伊。ＨＯＰＥ‼号、聞こえるか」

声の主は、今し方伊東が話題にした中田だった。

開発部門のトップで、土師より五つ年下の、会社創業メンバーだ。立場的には上司だが、不思議と気が合い、今では上下関係無しに、よくつるんでいる。

今回のツアーで中田は、地上班をまとめる役を担っていた。

「こちらＨＯＰＥ‼号副機長土師。スペースポート紀伊からの連絡、良好」

「あんまり二人でいちゃつくなよ。女子社員が、さっきから嬉しそうな悲鳴あげてるぞ」

「ちゃんと見物料取ったのか？」

土師の冗談に、スピーカーから笑い声が返ってくる。

「後で打ち上げ用に徴収しておくよ。そろそろ時間だ」

九時一〇分。

エンジンは、いよいよ唸り声をあげて出発に備えていた。

「アナウンスお願いします。機長」

伊東は一瞬だけ照れくさげに微笑み、深呼吸した。

「おはようございます。機長の伊東です」

機内のスピーカーから、伊東のハイバリトンの声が流れていく。

「本日は、当社による初の宇宙旅行にご参加いただき、ありがとうございます。モニター旅行のため、お客様には様々なご不便をおかけするかと思いますが、それ以上に楽しんでいただけますよう、私ども従業員一同、努めさせていただきます。幸い天気には恵まれ、絶好の打ち上げ日和です。当機は間もなく出発いたしますので、シートベルトを腰の低い位置でお締めください。宇宙ホテル『星くず』までの飛行時間は、五時間一五分を予定しております。それでは良い旅を」

シンプルだが、伊東はその一言一言を嚙みしめているように、土師には見えた。

九時一五分。

ついに定刻が訪れる。

伊東の操縦で、宇宙船が動き出す。

全長一六メートル、重量は燃料を含めて一八・六トン、最大収容人数一二人と、一見すればシャープなフォルムの飛行機と変わらないこれこそが、土師の所属するユニバーサルクルーズ社が総力を挙げて開発した、有翼完全再使用型宇宙船ＨＯＰＥ‼号だ。細かいことだが、二つの「！」を含めて正式名称である。

「Runway 1, cleared for take off」

管制室のあるスペースポート紀伊から離陸許可が出た。

「Roger, cleared for take off」

返答する伊東の声にも、緊張がある。指示に従い、機体がゆっくりと滑走路を走りだした。

爆轟（デトネーション）エンジンという名前の通り、激しい音と振動がシートを通じて伝わって来る。

すぐに離陸決定速度に到達し、身体が後ろに引っ張られる。

ここからはもう中断できない。

するつもりもない。

「Rotate」

土師の合図に、伊東が無言のままスイッチを入れる。

機首が上がった。ふわりと身体が浮いたような感覚に陥る。

「Positive climb」

土師が、離陸成功を告げると、

「Gear up」

伊東が、すかさず車輪を格納する。

その時にはもう、フロントウインドウから見えるのは、青空だけだった。

普通の飛行機と同じく水平離陸を果たし、機体はぐんぐんと高度を上げていく。眼下には本州最南端の潮岬（しおのみさき）と、隣にある紀伊大島が同時に見えた。

景色が一秒ごとに縮尺を小さくしていく。

地図と同じだ――そんな感想を抱いている間にも、機体はさらにさらにと高度を上げ続ける。

気がつけば、雲を見下ろす所にまで到達していた。

「こちらスペースポート紀伊。ＨＯＰＥ‼号。そろそろだぞ」

地上の中田から通信が届く。

手元のディスプレイを見れば、高度は一〇キロを超えようとしていた。

二人共、シートベルトを念のため確かめて、深く座り直す。

息を呑んで、伊東が軽く頬を叩いた。

「こちらＨＯＰＥ‼号。最終確認を行う」

手順通り、エンジンの状態を確認する。

ＨＯＰＥ‼号はほぼ自動運転だが、ヒューマンチェックが不要になることは無い。

最も怖いのは、思い込みと、これぐらいいいだろうという油断だ。過去、どれほどの大事故がこの二つから起きたか。マニュアル化された手順に従って、ひとつひとつ丁寧に、指さししながら確認していく。

問題はなにひとつ無かった。

ディスプレイで客席を確認すると、乗客達も座席に腰を下ろし、シートベルトをきちんと締めている。

伊東が再度マイクを手に取った。

「高度一五キロメートルに到達しました。ただ今より、ジェットからロケットにエンジンを切り替えます」

タッチパネルになっているディスプレイを操作すると、機体が更に頭を上げ始める。ほぼ垂直に持ち上がった瞬間、明らかにエンジン音が変わって、ＨＯＰＥ‼号が更に加速した。

これこそが、土師が会社の仲間達と心血を注いで開発した、燃焼モード切替エンジンの真価だ。

ジェットエンジンで水平離陸し、大気が希薄になる高度一五キロメートルでロケットエンジンに切り替える。そうすることで、効率良く宇宙へ行くことを可能にした、技術の結晶だった。

途端に身体が重くなって、土師はこぼれそうな悲鳴を飲み込んだ。

宇宙船には今、三Ｇの重力がのしかかっている。平均的なジェットコースターと同じで、土師は自分の体重が二一〇キログラムにまで膨らむのを感じていた。

呼吸まで重い。意識しないと、息を止めてしまいそうになる。

訓練を受けていない人間が耐えられるＧは、約四～五Ｇと言われている。そのぎりぎりを攻めるように、ＨＯＰＥ‼号は加速し続けた。

不意に、周囲が急に暗さを増してきた。

あっと思って、土師はフロントウインドウの向こうを凝視する。

あれだけ青かった空が、明度を絞ったように色を濃くしていた。眼前には濃紺(のうこん)の暗闇があって、深味を増している。

不意にエンジンが停止した。

慣性で宇宙船は飛び続ける。

速度が落ち、まるでブレーキをかけたように、身体がわずかにつんのめった。

Gによる圧迫感が波のように引いて、押しとどめられていた血液が、勢いよく流れ出すような解放感がある。

ついには重さが嘘のように消え、シートベルトで固定されていながらも、身体が浮くような感覚が生まれた。

視界の中をちらちらと奇妙な光が舞った。

床に溜まっていたほこりが静かに舞い上がり、光を反射している。

そのまま落ちる様子もない。これは、つまり……

右肩が、ぽんぽんと叩かれた。

「土師。ほら」

振り向くと、伊東のボールペンが宙に浮いていた。

先端の赤色LEDを光らせながら、くるくると空中で回転し続けている。

土師は、無言のままシートベルトを外した。

今まで気づかなかった力が解放されるような感覚がある。

「やったな、土師。お前の夢が叶ったぞ」

伊東が親指を立てて笑う。

瞬間、実感が猛烈な勢いで身体を駆け抜けた。

「……ついに来たんだ」

気がつけば声がこぼれていた。

窓には、藍色（あいいろ）とも漆黒（しっこく）とも違う複雑な色が、どこまでも続いている。宇宙といえど黒一色ではなく、濁（にご）りの無い微妙な濃淡があった。

来たんだ。ついに、宇宙に来たんだ。

幼い頃から、夢だった場所に。

雑念など入り込む余地がない程に、ただただ目の前の無限に広がる空間に見とれる。

ポスドク時代に論文を盗作されたことなど、どうでもよくなった。

就職氷河期時代にエントリーシートだけで六〇社以上落ちたことも、派遣先の年下正社員に馬鹿にされたことも、博士課程を修了しながらも働く貧困層（ワーキングプア）だと嘲笑されたことも、友人と共同設立した会社から追い出されたことも、ロスジェネ世代や貧乏くじ世代と揶揄（やゆ）されたことも、いつまで夢を見ているつもりだと妹に諭されたことも、コロナ禍で手を引こうとする融資先に土下座したこともだ。今、全てが過去のこととなった。

どこまでも果てが無く、飲み込まれるような深淵が続いている。

その中に、いくつもの光が点在していた。

星々の光であるが、土師はわずかな違和感に眉をひそめ、あっと気づいた。

瞬いていない。大気がないから光の屈折が起こらず、宇宙で星は瞬かないのだ。

知識としては知っていたが、目で見て確かめた事実に震えそうになる。本当の本当に、宇宙に来たんだ。

その感動を打ち破るように、突然アラームが鳴り響いた。

一瞬で心臓が跳ねあがる。

馬鹿な。最終チェックでは何も問題無かったはずだ！

土師はすぐ、脳裏に今までの手順を思い浮かべた。ミスに繋（つな）がるような心当たりはない。

「こちらスペースポート紀伊。どうしたＨＯＰＥ‼号」

スピーカーからも、中田の声が飛んでくる。

こちらを焦らせないよう配慮した、穏やかな声だった。

「客室からのアラームだ。誰かがコールボタンを押したらしい」

続く伊東の冷静な声が、土師に余裕を与えてくれた。

すぐに客室をディスプレイに映すと、客の一人を、他の客が心配そうに覗き込んでいた。

「行ってきます！」

叫ぶと同時に、土師は客室へ向かおうと立ち上がる。

と、その時、無重力で身体が飛び上がり、頭を打った。

いつもの調子で伊東が語りかけてくれた。

「落ち着けよ。深呼吸しろ。苦しい時に根性は助けてくれないって、さっきも言っただろ。大変な時程、今やるべきことに集中しろ」

ハイバリトンの声は、不思議な説得力がある。

「何があったかは分からないが、今は乗客の方が不安になってるはずだ。そんな顔で出ていくと、余計に不安にさせるぞ」

指摘され、顔を洗うようにして、手で表情筋をほぐす。

それから努めて大きく深呼吸を繰り返した。

にやりと伊東が笑う。

「無事にホテルに着いたら、珈琲で乾杯するぞ」

「はい！」

土師は今度こそ、文字通り操縦室を飛び出した。


「添乗員さん！　こっちです！」

客室にやって来るなり、眼鏡の女性が緊迫した声で自分を呼んだ。宮原英梨という乗客の一人で、着用サインの消えていないシートベルトをもどかしそうに握りしめている。

他の四人のツアー客も、ぐったりとして目を閉じた男の様子をうかがっていた。

頷いて、慎重に地面を蹴る。また頭を打ちたくはない。

座席につけられた手すりを摑み、宙を泳いで近づくと、頭髪を短く刈り込み、濃い髭を整えた男性客が目を閉じていた。

政木敬吾だ。

隣に座るスーツ姿の男、山口肇が固い声で説明する。

「さっきまではしゃいでおられたんですが、急に白目を剝いて、気を失われたんです」

Gに耐えられなかったのだろうか？　分からないが、ここは既に宇宙だ。判断ミスは許されない。

土師は自分を戒めるように、伊東の言葉を脳内で繰り返した。

今不安なのは乗客の方だ。とにかく、自分が一番冷静にならなければ。

「政木さん！　返事してください！　政木さん！」

講習通りに応急救護を再現するが、返事はない。

続けて呼吸を確かめるため、口元に耳を近づける。

すると……

「すぅ……ん、すぅ」

聞こえて来たのは、微かな寝息だった。

「……寝てる？」

土師がつぶやく。

政木の後ろの席から、眼鏡の男――澤田直樹が、恐る恐る声をかけた。

「そう言えば先ほど、昨晩は興奮で眠れなかったと仰ってました。気を失って、そのまま眠ってしまったのでは？」

「なんね、おどかしてからに！」

澤田の隣で、初老の男が安堵して笑った。嶋津紺という名で、後ろで結んだ髪が揺れている。

「良かった……私、びっくりして、心臓止まるかと思った」

宮原も、ホッとしたように胸を撫で下ろしている。

反対に、宮原の隣に座る十代後半の女の子、真田周はいまだにビックリしたような表情のまま、視線を窓の外へと逸らした。

客を無事に地上に戻すのが、添乗員の一番大事な役目だ。出発早々何かあれば、旅行そのものに水を差すことになる。睡眠であれば、特に大きな問題ではないだろう。

それに、このモニター旅行に参加するにあたり、全員に健康診断が義務づけられている。持病も無い健康体のはずだ。

政木のシートベルトを緩め、楽で安静な姿勢にすると、土師は努めて明るい声をあげた。

「皆様、ごらんください。無事に宇宙まで出られました」

満を持して、窓を指さす。

そこには、青くたたずむ惑星、地球があった。

「テレビで見たのと同じ」

宮原の感想は、妙な納得感があった。

隣では、真田が無邪気にスマホで写真を撮っている。

遅れて、嶋津も一眼レフカメラを取り出した。

澤田は真剣な様子で、山口は何やら物憂(ものう)げな表情で、それぞれ地球を見下ろしている。

彼、彼女らが、ツアーの参加者だ。応募が殺到したため、抽選で選ばれた面々だ。

土師は選考に関わっていないが、中田たち地上班が、ランダムに抽選したと聞いている。

このツアーが、格安宇宙旅行であることを売りにしているためか、いかにもな大富豪、という印象の人物はいない。そのことが土師には嬉しい。自分と同じようなごく普通の人が宇宙へ来られるようになったことが。

「この景色が見たかったんです。境界線の無い、この景色が」

感慨深げな声は、山口のものだった。土師の視線に気づいて、興奮したことをごまかすように肩をすくめた。

「私もスマホを持ってくれば良かったかな。旅行に電話は無粋だと置いて来たのを、今さらながら悔やみます」

「でしたら、後で私が撮った写真のデータを送りますよ」

興奮しているのか、嶋津が声を高くする。

山口が微笑み返すと同時に、窓の遠くに奇妙なシルエットが現れた。

丸と逆三角で作った男性トイレのマークに、天使の輪っかがくっついたような建造物だ。その中心部分には支柱のような建造物が通っていて、地球側の端には、四角いオブジェのようなものがくっついている。

あれこそが目的地、宇宙ホテル『星くず』だ。

二

宇宙ホテル『星くず』は、高さ――と言っても宇宙空間に上下左右は関係ないが――約二四〇メートルの、超高層建築物だ。五〇階建てのビルと同じぐらいの高さで、実在の建築物に例えると、東京都庁第一本庁舎や福岡タワーとほぼ同じ高さを誇っている。

地球側を下とすると、最上部の丸い場所には、ホテル全般のメンテナンス室がある。トイレのマークで例えるなら、顔に当たる場所のことだ。防犯や防災はもちろん、衛星ブロードバンドなどの管理を行っている。外壁の太陽光パネルや、宇宙空間では貴重な水も管理しているため、エネルギーサプライエリアと呼ばれていた。

その周囲にある天使の輪っか部分、文字通りリングエリアと呼ばれている場所が、ホテル施設になっている。

リングは直径約一四〇メートル、円周約四四〇メートルで、合計二四個の客室モジュールと、一〇個の従業員用モジュール、その他レストランや事務所が設置されていた。

トイレマークの身体部分に当たる場所はパブリックエリアと呼ばれるスペースで、娯楽施設や企業向けの研究室が設置されている。

最下層の四角いオブジェが、宇宙船を接舷するプラットフォームエリアだ。現在の最大接舷数は四機だが、今後の拡張工事で増やされる予定だ。他にも、資材を保管できる倉庫などもある。

ほぼ自動運転のＨＯＰＥ‼号で、必ずパイロットが操縦しなければならないポイントが、三つだけ存在する。

離陸、着陸、宇宙ホテルとのドッキング作業だ。

宇宙ホテル『星くず』は、毎秒約七・九キロメートルで飛行している。そこに宇宙船をドッキングさせるのに、自動操縦ではまだ技術が追いついていなかった。それだけ繊細な作業が要求されるということで、事故の発生率が最も高い瞬間でもある。

再チャレンジはできるが、回数が増えるだけ燃料や酸素を消費するので、危険度は増す。なるべく一回で決める必要があって、そのプレッシャーは並大抵ではない。鋼の心を持つベテランパイロットが必要なのは、このためだ。

息を呑みながら、伊東が操縦桿を握る。

ディスプレイに外の様子が表示された。

無音のままに、宇宙ホテルから搭乗橋が伸びて来る。

そこへ、HOPE‼号がお腹の部分を慎重に近づけていく。

派手なアクションは無いが、今行われていることは、とても高い技術力を要する繊細な作業だ。宇宙船を宇宙ホテルと同じ速度に合わせ、そのまま合体させるのだから、失敗して機体とホテルがぶつかりでもすれば、大事故に繋がる。

宇宙での事故は、死に直結する。

二重、三重に安全対策を施しているとは言え、予想外のことはいつだって起こりえる。些細な傷ひとつから空気が漏れる可能性もあって、慎重に、伊東は操縦桿を傾けた。

訓練では何度も成功させているが、いざ本番となると隣で見ていても緊張する。

慎重に、慎重に……

HOPE‼号が搭乗橋に触れた。

伊東の口元が緩む。

同時に宇宙船が固定される感覚があった。

「スペースポート紀伊。こちらHOPE‼号。日本時間の一四時三〇分。予定通り宇宙ホテル『星くず』に接舷完了」

「こちらでも確認した。おめでとう、HOPE‼号」

スピーカーから、安堵の声と同時に拍手が聞こえた。

土師が、初めて伊東の肩を叩き返す。

「やりましたね、伊東さん」

「ああ」

頷き返すだけの声は、微かに揺れていた。

土師が静かに手を差し出す。

二人の手が、音を立てて握られた。

だが、余韻に浸っている暇は無い。

土師は添乗員としての務めを果たすべく、客室へと向かった。

「みなさん、当機は宇宙ホテルに到着しました。今から移動しますので、私の後に続いてください」

眠ったままの政木を背負って、土師は乗客全員を搭乗橋の連結ドアへ引率する。

支給されているスマートウォッチでロックを解除すると、縦も横も一〇畳ほどの広さがある空間に出た。

ここで、土師も含めて全員が磁石ブーツに履き替え、腰巻き式の安全ベルトを装着する。磁石ブーツはロングの編み上げ式で、ちょっとやそっとでは脱げないようになっている。

施設内は、無重力か低重力になっている。歩けるよう、床には磁石がくっつく素材が使われていた。ＨＯＰＥ‼号内で覆かなかったのは、磁力が航行中の計器類に影響を与えないようにするためだ。

磁石ブーツを使っていても、何かの拍子に身体が宙に浮くことはある。浮いた先に摑まれるものがあればいいが、そうでない場合は助けが来るまで何もできなくなる。

そんな状態で大きな荷物が飛んでくれば、逃げることもできずぶつかるしかない。

そのため施設内では、あちこちに設置された手すりに安全ベルトのフックを引っかけ、移動することになっていた。

眠ったままの政木以外、全員が準備を終えたのを確認してから、土師はホテル側の扉を開けた。

現れたのは、別世界だった。

豪華、その一言につきる空間がそこには広がっていた。

ターミナル全体は、透明素材のドームに覆われており、宇宙が丸見えだ。常夜のような趣があるが、リング状の照明がいくつもちりばめられていて、暗さは感じない。

これらの照明は、ひょっとしたらリングエリアを模しているのだろうか？　白色ＬＥＤがメインだが、所々に赤や黄色、青や緑もあって、規則性があるのか完全なランダムなのかは分からない。

それらがドームに乱反射して、万華鏡の内部にいるようだった。光量も適度に絞られていて、華やかなのに嫌らしさは無かった。

中央に、アナログ時計がさりげなく配置されている。

針は二時四五分を指しており、ホテル内では日本時間が使用されていることが窺(うかが)えた。

「いらっしゃいませ」

声に振り向けば、三人のホテルスタッフが待ち構えていた。

「ユニバーサルクルーズ社のツアーご一行様ですね。宇宙ホテル『星くず』へようこそ。支配人の菅山です」

土師より少し年上だろうか。白髪ひとつ無い髪をオールバックにした男が頭を下げる。ただそれだけの所作が洗練されていて、ホテル側のサービスの高さが窺えた。

その菅山が、土師の背負う政木に気づいて、脇にいたスタッフに合図を送る。

ドッキング前から連絡はついていて、運ぶのを代わってくれた。

土師は二重の意味でほっとして、政木を任せた。

無重力下でも質量が消えた訳ではないので、人を背負っての移動は、大変だった。勢いがつくとただの方向転換すら難しい。NASAの水中訓練に、今になって強く納得する。

「では、後はお願いします」

政木だけではなく、この後ツアー客は、ホテルスタッフ達によって、あてがわれた部屋に案内されることになっている。その後、一八時からの夕食までは、自由時間になっていた。

促されるまま、一同がエレベーターへと向かう。

一歩踏み出す毎に足を地面からひっぺがすため、靴底にガムテープがくっついたまま歩いているような感覚がある。おかげで一同の動きは、ペンギンの集団を思わせた。

乗客を見送ってから、土師は遅れて出てきた伊東に声をかけた。

「それじゃあ、先に行って用意してますね」

「頼んだ。俺も、客室の掃除と荷物の搬入が終わったらすぐ行く」

宇宙ビジネスは、二〇四〇年には一〇〇兆円市場にまで成長すると予想されているが、現在のユニバーサルクルーズ社は、まだまだ規模の小さい中小企業だ。コロナ禍の時には、提携先が手を引き、つぶれかけたりもした。コストカットのためには、機長といえども雑務をこなさなければならない。

土師は土師で、この後のリモート会議までに、実機のデータをまとめる必要があった。それを元に伊東と軽くミーティングしてから、地上班と連絡を取る予定になっている。

ひとまず自分のリュックを背負い、伊東のボストンバッグを手にして、あてがわれた部屋へ向かう。

磁石ブーツに少し苦戦しながらエレベーターに乗り込むと、ここにも安全ベルトを固定する手すりがあった。装着してから、ホテルのある階層のボタンを押した。

エレベーターが動き出すと、重力が発生したのが分かった。

地球上でも、エレベーターの上昇中に身体が下へ押さえられる感覚があるが、あれがより強く感じられる。

移動速度は、遅いくらいだった。速すぎると、停止するときに慣性の法則が強く働いて、身体が壁にぶつかるからだ。わざと地上の平均速度よりも遅く設定されていた。今後、運用状況を見て、速度変更も検討されるだろう。

とにかく今は、プラットフォームエリアと直通にもかかわらず、五分ほどの時間がかかるようだ。

程なくして、天使の輪っか部分こと、リングエリアに到着した。

ドアが開いた瞬間、さらなる別世界があった。

分厚い絨毯。シンプルで高級感漂う内装。壁やガラスには手垢ひとつ無く、隅々まで掃除が行き届いている。地上の高級ホテルと比べても遜色は無い。

あえてけちを付けるなら、調度品の類いが無いことくらいか。

低重力下では、何かの拍子に簡単に物が飛んで行ってしまうからだ。

代わりに絵画がいくつか飾られてあって、しっかりと壁に固定されていた。

歩き出すと、身体がわずかなだるさを覚える。

エレベーター内よりも強い重力が存在していた。

リングエリアは常に回転し、遠心力で人工的に重力を生み出している。強さはおよそ地球の六分の一程度で、ほぼ月と同じだ。これは、宇宙を楽しんで欲しいというコンセプトに基づいて、設定されていた。

土師は試しに、通路で思いっきり跳んでみた。

途端に視界が急上昇する。トランポリンでも使ったような勢いで身体が浮かび、だから天井が三メートル近くあるのかと納得した。

客室も目を見はるような装飾で、全室スイートが売りの高級感ある内装が出迎えてくれる。

しかし、土師はそれら全部を無視して、一目散にカーテンを開いた。

窓の外には宇宙が広がっている。

ずっと我慢していたスマホを取り出し、思うままに写真を撮った。それから、窓枠に立てかけて動画モードに切り替える。宇宙から眺める日の出や日の入りを録画したかった。

常に窓に貼り付いている訳にはいかないが、こうしてずっと録画していれば、撮れるだろう。

その時、左腕に巻いたスマートウォッチが音を立てて震えた。リマインダーが立ち上がって、一六時三〇分からのリモート会議を伝えてくる。必要な宇宙船の飛行データを、今からまとめなければ。

集中して取り組んだおかげで、作業は三〇分ほどで終わる。

一息ついて、土師は伊東のボストンバッグから、乾杯用の珈琲を取り出した。持ち込んだ珈琲豆と布フィルターは、伊東のこだわりだ。

なんでも、奥さんが朝食を片づけている間に淹れるのが日課なのだとか。時間をかけてドリップするらしい。娘が苦いのを嫌がって、一緒に飲んでくれないとぼやいていた。それを、今日は特別に淹れてくれるという。

はたして、重力が六分の一の状態で淹れる珈琲はどんな味なのだろうか。お湯が珈琲豆をくぐっていく速度が遅くなるはずだから、味の濃淡に違いがでるはずだ。それとも、関係ないのだろうか？

飛行機では、気圧の関係で味を薄く感じるが、宇宙ホテル内はきっちり一気圧に保たれている。

客の負担を少しでも減らすのはもちろんだが、宇宙ホテルで働く人達のためにも、なるべく地上と同じ環境にする必要があった。

人間の身体は、つくづく無重力下で暮らすのには向いていない。

血液の循環も、筋肉や骨によって身体を支える構造も、すべて重力ありきの設計だ。実際、宇宙飛行士が無重力下で一週間程過ごした結果、心臓のサイズが小さくなったという報告例もある。

そもそもホテルの外には酸素がないし、放射線だらけの危険地帯でもある。こちらの方が、より影響は甚大だ。

宇宙ホテル『星くず』は、外壁にとてつもなく分厚い放射線遮蔽材を埋め込むという力技で、その問題をクリアーしていた。

そこまでして、何故人類は宇宙へ来るのだろうか。

土師自身に関して言うなら、世界平和のためだった。

人類の歴史は争いの歴史だった。その原因のひとつが、エネルギーの奪い合いだと、土師は考えている。

もし、自由に使えるエネルギーが無尽蔵にあれば？

それも、クリーンで、環境を破壊しないものを、世界中に分配できれば、今よりは争いが減るのではないか？

例えば、太陽光発電で地球中のエネルギーを賄えたら。

エネルギー問題を解決するほどの電気量となると、かつては約一三〇万平方キロメートルの太陽光パネルが必要だった。これは、ゴビ砂漠とほぼ同じ面積だ。

そんな大きなものを設置できる場所は、宇宙しかない。

なら宇宙へ持っていこう。

それが、土師が考えたエネルギー問題の解決案だった。宇宙では天候不順が存在しないため、発電効率的にも優れている。幸い、太陽光パネルの効率も飛躍的に向上し、ゴビ砂漠ほどの面積も必要ではなくなった。

実現は夢物語ではない。そのためには、まず人が気軽に宇宙へ行ける環境を作らなければならなかった。太陽光パネルを打ち上げて、折り紙を開くように展開させる案も考えてはみたが、それでも最終的には、人の手による調整が必要だ。

就職氷河期世代だったため紆余曲折はあったが、宇宙旅行を目指すベンチャー企業に入社し、新型エンジンの開発に従事してきたのはこのためだった——。

いや、原点となるのは、小さい頃祖父に連れて行ってもらったキャンプだった。

あの時見上げた、ガラスの破片をばらまいたような星空は、今でも心の深いところに焼き付いている。祖父が言うには、その時の土師は、夜空に向かって手を伸ばし、星を掴もうとしていたのだとか。

その輝きが、今は窓の外にある。あの頃よりもずっと近くに。瞬くこともなく。

宇宙にいることを実感しながら、伊東を待ち……

三〇分が経過する。

「遅いな」

思わずつぶやいて、スマートウォッチを見る。

一六時一〇分。予定なら、とっくに打ち合わせを始めている頃だ。あと二〇分で、地上班とのリモート会議も始まる。

伊東は理由も無く時間に遅れる性格ではないが、スケジュールよりも安全を優先するところがあった。

何かあったのだろうか？

気になって、タブレットを手に取る。

宇宙ホテルは広いため、スマートウォッチに迷子防止のタグ機能が付いていた。アプリを使えば、ホテルのＷｉ－Ｆｉを使って居場所が特定できるし、通話もできる。

タブレットに宇宙ホテルのマップを表示し、伊東の居場所を検索する。

おかしなことに、ホテルスタッフ達の居場所は表示されるのに、伊東のアイコンはオフラインであることを示す灰色になっていた。

通話ボタンをタップするが、やはり繋がらない。

宇宙ホテルのネットシステムは、ＨＯＰＥ‼号と同じく衛星ブロードバンドを利用している。アンテナが外壁に設置されており、そこからＬＡＮケーブルを使って、施設中の無線ルーターに繋がっていた。

ホテル内にいればどこでも繋がるはずなのだが、場所によっては電波の届きにくい所もあるのかも知れない。

訝（いぶか）しみながら、土師は部屋を出た。

遅れているだけならいいが、何かトラブルがあれば大変だ。

ひとまず、プラットフォームエリアに降りてみる。

人はいない。セルフ受付カウンターも、今は電源が落とされていて、真っ暗な画面を映すだけだ。

「伊東さん。いますか？」

がらんとした場所に、声が響いていく。

返事はない。その時不意に、甘酸っぱい匂いが鼻をくすぐった。そういえば積み荷の中に、果物や野菜があったはずだ。

もしかしたら、荷物を降ろすのに手間取っているのかもしれない。作業が終わるのを待つのではなく、自分の方から手伝いに来るべきだった。

まだ違和感があるが、無重力にも少し慣れてきた。

床を両足で蹴って、空中を泳ぐようにして移動し、手すりを掴んで、磁石ブーツで着地する。

貨物室にやってくると、伊東の姿どころか、中には何も無かった。

すべて運び出した後なのだろう。となると、倉庫だろうか？

プラットフォームエリアには、いずれ稼働する研究室や、輸送事業のため、大きな倉庫が併設されている。新鮮な野菜などの食料も、そこにしまうことになっていた。

エレベーターとは真反対の場所、客からは死角になる位置に、スタッフ専用エリアのドアはあった。スマートウォッチをＩＣ錠にかざすと、解錠できるようになっている。

……のだが、反応がない。

おかしいなと思ってノブを回すと、そもそも鍵がかかっていない。伊東が開けっぱなしにしていたのだろうか？

首をひねりながら、奥へ続く通路を歩く。

倉庫は、冷凍、冷蔵、常温の三種類がある。順に、第一倉庫、第二倉庫、第三倉庫と呼ばれていた。

第一倉庫には、誰もいなかった。ドアはガラス窓付きで中を覗けるが、ちゃんと中まで入って確認する。二五メートル四方ぐらいの広さで、荷物が運び込まれた形跡も無い。

隣の第二倉庫も同じだったが、最後の第三倉庫へやってくると、荷物が散乱して浮いていた。

大小様々な収納ボックス、コンテナ、それらを固定しそこねたバンドに、野菜や果物、水の入ったタンク等々が浮いている。

ああやっぱり、と思った。予想した通り、荷物をぶちまけてしまったんだ。果物の匂いは、ますます強くなっている。

こんな時なのにお腹が鳴った。そういえば、昼食を取り損ねていた。政木の介抱に追われたりしているうちに、すっかり忘れていた。後でホテルの人に頼んで、何か作ってもらおう。珈琲で乾杯するなら、甘味があってもいいだろう。

ふと、空中で散乱する荷物に紛れて、人の形をした何かが泳ぐのが見えた。

認識するのに、数秒の時間が必要だった。

浮かんでいるのは、伊東だった。

散らばった荷物を片づけるでもなく、まるですべてを投げ出し、宇宙遊泳を楽しむように漂っている。

ぐるりと身体がこちらを向いた。

濁った瞳は何も見ていない。

突き出された両手は中途半端に開いていて、力が抜けている。

既に土師の理性は、何が起こったのかを理解していた。

だが、感情が付いていかない。

かくんと、浮いていた身体が方向を変えた。

身体に紐か何かが絡みついている。

無重力下で浮いているから運動エネルギーが消え辛く、その紐がぴんと張る度に、浮遊する身体が向きを変えた。

紐に見えたそれは、土師も付けている安全ベルトだった。それが、伊東の首に、蛇の如く絡みついている。

伊東は、無重力下で、首を吊って死んでいた。

第二章　宇宙ホテル星くず

一

「黙ってろって、どういうことだ」

　同僚の言葉が信じられず、土師は気色ばむ。

　横で見ていた菅山の顔は青ざめていた。

「そのままの意味だ。伊東さんの死を客に伝える必要はない。地上に戻ってくるまで、ごまかして欲しいんだ」

　こたえる中田の声も表情も、苦悩に満ちている。本意でないことは明らかだ。会社の決定なのだろう。

「お前じゃ話にならない。社長を出してくれ」

土師はタブレットに映る中田を睨んだ。言っても仕方ないのは分かっているが、抗議せずにいられない。中田よりも、見守る菅山の方が困った顔でうつむく。

「社長は今、記者会見中だ。それぐらい分かってるだろ。タイムスケジュールを作ったのは、俺達なんだから」

「ああ、こっちでも生中継を見てるよ。てっきり中止になるもんだと思ってたんだけどな」

どうしても、声に皮肉がこもる。

既に伊東の死は、社長にまで伝わっているはずだ。そんな中で、マスコミからの質疑に笑顔でこたえている。

「記者会見なんかやってる場合じゃないだろ？　伊東さんは、殺されたかも知れないんだぞ？」

隣から息を呑む声が聞こえる。遅れて、タブレットからも。わずかなタイムラグがもどかしい。

先ほどから土師は、他殺の可能性を主張して中田と口論していた。

「結論を急ぎすぎだ、事故か自殺の可能性もあるだろ」

「事故の可能性なら、真っ先に疑ったよ。けど……」

土師はラップトップパソコンを操作し、防犯カメラの映像を再生した。

無重力下の作業中、急にバランスを崩し、荷物をぶちまけてしまう伊東の姿が映る。

その後、散乱した荷物が天井に設置された防犯カメラに引っかかって、レンズを塞いだ。

無重力故の、思いがけないトラブルだった。地上なら、天井の防犯カメラの位置にまで、視界を遮る物体が飛んで来るとは思わない。ましてや、ずっとそこに引っかかり続けるなんて想像もできないことだ。

　次に伊東の姿が見えたのは、既に絶命した後だった。

　首に安全ベルトが絡まり、浮遊するように、力の抜けた身体が宙を漂っていた。

「この映像からはなんとも言えないだろ？　だから、事故と自殺と他殺、全て疑ってかかって、他殺だって結論を出したんだ」

「通路の映像は？」

「申し訳ありません。そちらにはカメラを設置していないんです」

　菅山が頭を下げる。

「元々あの場所は、スタッフ専用エリアですから」

　職場の防犯カメラは、スタッフのストレス増加に繋がるという研究結果もある。ただでさえ宇宙空間の、それも閉鎖空間ではストレスが溜まりやすい。必要な場所以外、防犯カメラは設置しないようになっていた。

　代わりに何か異変があれば、スマートウォッチが察知して然るべき部署に通知が行くようになっている。

　例えば、従業員の心拍数が低下した場合などだ。

　もちろん、外壁作業時などに危険が伴う場所や、スタッフ専用エリア以外の場所には、数多く設置されている。

「空気は？　何かの不具合で空気の循環が上手く行かなくて、真空状態で窒息したとか？」

中田の疑問を受け、菅山が静かに首を左右に振った。

「地下――便宜（べんぎ）上そう言いますが、倉庫の地下にあるメンテナンスルームも確かめましたが、特に異常はありませんでした。わたくしのスマートウォッチにも、通知は来ていません」

そのメンテナンスルームは、空調の管理だけでなく、電気を保存するバッテリータンクも数多く並んでいた。もっとも、宇宙ホテルはすべて電力で動いているため、地下だけでなく、あちこちに大小様々なバッテリータンクが隠されている。

「そもそも倉庫が真空になってたなら、中に入った瞬間、俺も死んでるはずだ。いや、気圧差で、ドアも開かないかもな」

「じゃあ、自殺の可能性は？」

「それこそあり得ない」

身を乗り出しながら、土師は断言する。

「よく考えてくれ。伊東さんは、無重力状態で首を吊ってたんだぞ。自殺する人間が、そんな馬鹿なことをするわけないだろ。ここは、この世で最も首吊り自殺に向かない場所なんだから。どうしても首を吊りたいなら、地上か、リングエリアでやるべきだ」

土師もついさっき検索して知ったことだが、頸動脈（けいどうみゃく）は約二キログラムの、椎骨（ついこつ）動脈は約一六キログラムの重さがかかれば塞がってしまうらしい。伊東の体重は約七〇キログラムだから、リングエリアでの自殺は十分に可能だ。確実性を増すなら、重りをポケットにでも詰め込めばいい。

逆に無重力である倉庫では、どれだけ重りを仕込もうと、首は絞まらない。

「第一、伊東さんがこの仕事に賭けてたこと、会社のみんなだって知ってるだろ」

伊東の過去や症状は、会社では周知のことだった。

批判や疑惑があれば、実力で証明したい。それが伊東の希望だったからだ。朝昼夕のアルコールチェックをやりたいと言い出したのも本人なら、不正ができないよう必ず人前で行うとしたのも本人だ。

伊東は、民間航空会社のパイロットからＪＡＸＡの宇宙飛行士になった経歴を持っている。パイロットとしては優秀だったし、ＪＡＸＡでの勤務態度も評判が良かった。ＮＡＳＡでの訓練も一番の成績をたたき出し、国際宇宙ステーションにも滞在した、エリート中のエリートだ。

しかし、その国際宇宙ステーションでの毎日が、伊東の人生を狂わせた。

任務が大変だったわけではない。過酷な訓練に耐えた者だけが、宇宙を経験できた時代だ。難事はあったものの、最後までつつがなく終わらせている。

彼が抱えていたのは――、家族のことだった。両親と兄を、宇宙に上がる直前に交通事故で亡くしていた。

縁を切ったつもりになっていた三人でも、実際に失うと精神的にこたえたらしく、自由時間になると、心が空洞になるような虚脱感があったという。

伊東の兄は、生まれながらに様々なハンディキャップを背負っていた。

おかげで両親は兄に付きっきりで、構ってもらった記憶はほとんどなかったという。伊東自身も、物心ついたときから兄をサポートしていた。おむつを替えたこともある。

そんな生活が嫌で、伊東は学生時代、荒れていたという。

部活のボクシングで憂さを晴らせているうちは良かったが、高校時代には地元の悪ガキとつるむようになり、教師に目を付けられ、両親に叱られ、ついに我慢できず家に戻らなくなった。

――どこか遠くへ行きたい。

何かの席で聞いた話だが、この頃の伊東は、常にそんな思いに囚われていたらしい。

――でもどこへ？　どこでもいいからとにかく地元を出たい。なるべく帰ってこなくて済むような理由も欲しい。

飛行機のパイロットになれば、嫌でも実家に戻れなくなると気づいたのは、高校二年の時だった。

それから伊東は、猛勉強の末に九州工業大学に入学する。大学時代は勉学に励み、大手民間航空会社に、自社養成パイロットとして入社することに成功した。

二度と実家には帰らない。

そのつもりで働き続け、実際顔を見せたのは、結婚の報告に、婚約者を連れて行ったときだけだった。

そんな時でも、会食は一時間と経たずに終了した。

兄が暴れだしたのだ。

普段と違う出来事がストレスとなって、癇癪を起こしたらしい。

そういうものだと分かってはいたが、結婚報告という晴れがましい席でも兄が優先され、ついに我慢が限界に達した。

入学式も卒業式も運動会も学芸会も遠足のお弁当も、すべて兄のせいで台無しだった。

だからもう実家は捨てる。

そう固く誓ったのだが……

それが、娘の美空が生まれてから、考えが変わった。

小さな手が自分の指を摑んだ瞬間から、伊東の人生は自分だけのものではなくなった。

子を持って初めて親の気持ちが理解できるようになる。そんな平凡過ぎる言葉が、心の底から実感できたのだ。

娘に何かあれば、どんなことをしてでも献身的に支えたはずだ。何を措いても娘を優先する。仕事を辞めねばならないのなら、そうしていた。

育休を取った伊東には、赤ん坊の世話がどれほど大変か身に染みて理解できた。抱っこしていないと泣き止まず、寝たかと思ったら夜泣きし、二時間毎に目を覚ましてはミルクをやって、ちょっと目を離した隙に洗濯物をひっくり返されて、またミルクの用意をして、夜泣きに起こされ、ゲップさせなければ嘔吐する……

世の親が一人でこれをこなすなど、絶対に無理な話だ。

そこに思い至って、初めて兄の介護を理解できた。

このミッションが終われば、意地を張らずに自分から連絡を取るのもいいかもしれない。そう思っていた矢先に、三人は帰らぬ人となってしまう。

もう仲直りはできないのか……魂が地球に引っ張られるような感覚に陥り、徐々に睡眠時間が減った。

　そこで酒に逃げるようになったという。

　公式に発表されているとおり、国際宇宙ステーション(ISS)へのアルコールの持ち込みは禁止されている。エタノールの揮発性物質が、精密機械にダメージを与えたり、トイレなどの水回収システムに悪影響を与える可能性が高いからだ。マウスウォッシュや香水、除菌ティッシュさえ禁止されている。

　禁止して犯罪が無くなるなら警察は必要無い。

　ジュースとラベルの貼られた瓶にブランデーが入っていたり、ビニール袋にワインを入れて、中身をくりぬいた本に隠していたり、両端を縛ったホースの中にウォッカが入れられていたり、国際宇宙ステーション(ISS)には、あの手この手でアルコールが持ち込まれていた。

　最初は眠るための一杯だった。

　寝返りを繰り返していたところ、ロシア人宇宙飛行士にすすめられたのが切っ掛けで、それがいつしか、飲まなければ眠れないようになり、就業中にまで隠れて飲むようになっていた。

　幸い、飲酒が問題になる前に任期が終わった。事故も失敗もなく任務をすべてこなし、伊東は地球へ戻ってきた。他のパイロット達も、飲酒がばれるようなことは口外しなかった。

　本当の地獄はここから始まった。

　日本人宇宙飛行士として活躍した伊東は、連日ＪＡＸＡの広報として日本を賑わせた。

　人前に出る緊張感を紛らわせるためにアルコールを飲み、出番が終われば安堵してアルコールを飲み、過密スケジュールの疲れを癒やすためにアルコールを飲んでいた後ろめたさをアルコールでごまかし、寝るためにアルコールを摂取するようになっていた。
気がついたときには、飲んでいない時間の方が短くなっていた。

それでもさすがは宇宙飛行士に選ばれた男だ。意識はハッキリとしていて、酒を飲んでいるとはバレなかったという。普段から身だしなみを整えていたから、口臭や体臭をごまかすための香水も、不思議に思われなかった。

それが、余計に依存症の発見を遅らせた。

血を吐き倒れ、病院に担ぎ込まれて、ついにごまかせなくなり、ようやく伊東は妻にすべてを打ち明け、治療施設に入院することができた。

土師が伊東と出会ったのは、治療を始めて二年が経とうとしていた頃だった。パイロット候補を探すうちに、かつて国際宇宙ステーション(ISS)にまで行ったエリートパイロットが、引退同然となっていることを知り、伝手をたどって会食をセッティングしてもらったのだ。

その会食の場で病状を伝えられ、土師は衝撃を受ける。本人の活躍をテレビ越しに眺め、憧れていただけに動揺した。

さらに驚いたのは、伊東が現場復帰に意欲を見せたことだ。

アドバイザーや指導員ではなく、まだ現役でいたい。宇宙飛行士だった頃、娘はまだ小さかった。だから、父親の格好いいところをどうしても見せたい。アルコールに濁った瞳は、輝きを完全には失っていなかった。

すぐさま土師は、伊東を雇うことを会社に提案した。

実際に宇宙へ行ったパイロットだ。その経験は得がたい。

当時のユニバーサルクルーズ社は今よりも規模が小さく、エンジンの開発も難航していて、エースパイロットを雇う余裕など無かった。

なんと言ってもアルコール依存症だ。反対意見の方が多かった。

それでも土師は、伊東を雇う利点を根気強く説いて回り、ついには多くの社員を納得させることに成功した。

不幸中の幸いだったのは、アルコールが原因の不祥事を起こしたことが無いことだった。それが辛うじて、伊東をパイロットにつなぎ止めた。

宇宙旅行を目標に掲げるベンチャー企業にとって、これほどうってつけの人物はいない。

特に土師達の開発していた宇宙船は、普通の飛行機のようにジェットエンジンで水平離陸し、大気の薄い場所からロケットエンジンを点火する、燃焼切替モードを搭載する予定になっている。

両方を経験している伊東のためにあるような機体だ。

伊東は伊東で、社会との繋がりを持つことができる。

アルコールに限らず、すべての依存症は完治することはない。死ぬまで治療生活が続く。

その過程では、孤立と無理解こそが敵となる。

自分を理解してくれる人間と働くことは、治療にも繋がることだった。たとえ給料が全盛期の半分以下であったとしても、ユニバーサルクルーズ社で働く意味はあった。

双方の利害が合致し、伊東は入社を決めた。

最初は、腫れ物に触るような態度が多く見られたが、伊東はそれを、実力でねじ伏せた。

自分の症状を包み隠さず伝えた上で、経験者にしか分からない宇宙での過ごし方など、旅行計画にも期待以上の仕事をしてみせた。

そこまでして戻ってきた宇宙で、まだまだ働かなきゃと決意を新たにしていたのに、いきなり自殺なんて、絶対におかしい。

「この数年、俺は誰よりも伊東さんと一緒にいたんだ。奥さんよりもだ。自殺するような人じゃないことは分かってる」

土師は副機長兼添乗員になると決まってから、ずっと伊東から訓練を受けていた。法規の座学に始まり、飛行機の操縦法から、VRを使った離陸、着陸、ドッキング作業のシミュレーションに、不時着時を想定したサバイバル訓練まで、NASAで行われる訓練は、一通り伊東に叩き込まれていた。

「お前、知ってるだろ。いや、会社の人間全員が知ってたはずだ。伊東さんがどんな想いでこの仕事に賭けてたのか」

つい数時間前に見た伊東の笑顔を思い出し、土師の声は揺れ始めていた。

伊東にとって今回の仕事は、ゴールではない。再スタートだ。人生を終わらせる理由はどこにも無い。なのに、どうしてこんなことに。

「分かった。じゃあ、仮に殺人だとしてだ」

中田の声が、いつもより高く大きい。

「分かってるんだろうな？　それはつまり、殺人犯が、お前か、ツアー客の誰かってことなんだぞ」

「俺が？」

スマートウォッチに内蔵された電子タグによって、ホテルのスタッフについては、菅山も含めてアリバイが取れている。ＨＯＰＥ‼号を降りて以降、土師が伊東の遺体を見つけるまで、ホテルスタッフは誰もプラットフォームエリアには降りていない。外したり持ち主以外が装着すれば、すぐに分かるようにもなっている。

また、反応の無かった伊東のスマートウォッチは故障してしまっており、土師と別れた三〇分後ぐらいから、行方が追えなくなっていた。初期不良だったのか、電源が入らなくなっていた。

アリバイがないのは、土師とツアー客だけだ。

「なるほど……そうか、そうだよな。そうなるよな」

理屈として自分にも疑いがかかることは分かるが、それでも同僚に指摘されると、複雑な気分になる。

「だったら、なおのこと一旦中止して、警察の捜査を――」

「駄目だ。中止は絶対にしない」

ラグがあるはずの通信で、中田が即答する。おそらく何を言うか分かっていたのだろう。

「自殺だってのも、理由無く言ってるわけじゃないんだ」

こちらが反論する前に、中田がタブレットの向こうで何かを操作する。画面共有機能が働いて、伊東の首吊り写真が表示された。

状況を記録しておくため、土師が撮影した写真だ。

その画像が拡大され、首を縛る安全ベルトが強調される。

「おい、やめてくれ」

「安全ベルトの周りを見てくれ。どうなってる?」

土師の呻きに付き合わず、中田がマウスのカーソルを、該当箇所でぐるぐるさせた。

「どうって、どういう意味だ?」

「引っ掻いた痕とか、怪我があるように見えるか?」

何を聞かれているのか分からず、土師は見たままこたえた。

「いや、安全ベルトが食い込んだ痕はあるけど、他に怪我らしい怪我は見当たらない。それがなんなんだ?」

「さっき、こっちで控えてる医者に写真を見てもらったんだ」

客やスタッフの体調変化に備えて、地上班には医者を一人以上、必ず常駐させることになっている。

「その医者が言うんだよ。吉川線て言ってな、紐か何かで首が絞まると、人はとっさにそれを引き剝がそうと、首の皮膚を掻きむしるらしいんだ。それも、かなり力を入れて」

言われてみれば、ドラマか映画でそんな説明を見聞きした記憶がある。アニメか漫画だったかもしれない。

「もし誰かに首を絞められたり、事故でベルトが絡まったなら、吉川線があるはずなんだ。だけど、伊東さんの首にそれは無い。首の後ろ側にベルトがくい込んだ痕もだ。これは、れっきとした警察の捜査方法だ。自殺の可能性は十分にある」

数秒躊躇（ためら）って、土師は吉川線を画像検索した。

最初は路線の画像ばかり出たが、追加で「絞殺（こうさつ）」と入れて検索し直すと、紫や赤黒い色に変色したひっかき傷の写真が、次々にヒットした。

気持ち悪くなって、すぐにブラウザを閉じる。

引っ掻いた傷なんて分からないと思っていたが、ここまで凄惨だとは予想外だ。

「事故や殺人なら、俺もすぐに公表するべきだと思う。同じ原因で客が怪我でもすれば、それこそ会社の信用が失墜（しっつい）するからな。でも自殺だとしたら？　日本中がこのツアーに注目してるんだ。遺族がどんな目に遭（あ）うか考えろ」

「けど、さっきも、娘さんが大学に入ったばかりで、まだまだ稼がないといけないって……なのに自殺なんて」

「保険金目当てかもしれないだろ」

怒鳴り返してやりたかったが、できなかった。中田の言葉は一理あるからだ。それに、言った本人も、胸くそ悪そうにうつむいている。

金のためなら汚いことを平然とする連中がいるなんて、改めて教わらなくても身に染みていた。

伊東はそういう姑息さや卑怯な行いと無縁の人物であるが、もし借金でもあるなら、保険金目当ての可能性を排除することはできない。

「お前、言ったよな。無重力下で首吊りなんて馬鹿馬鹿しいって。俺も同意見だよ。普通誰だってそう考えるはずだ。だからこそだよ。あまりこういうことは言いたくないが……」

「なんだよ、言ってくれ」

促すも、重い沈黙が続く。通信が切れたかと疑いかけたところで、ようやく中田は口を開いた。

「自殺なら、保険金は出ないってことだよ」

「つまり、事故に見せかけて自殺したって言うのか？　保険金のために？」

「だってそうだろ。無重力で首を吊って、吉川線も無い。娘さんは大学に入ったばかりでまだ金が必要。なにより、荷物をぶちまけてカメラの視界を塞いだのは本人だ。俺じゃなくても、疑いたくなるはずだ」

中田の仮説は、少なくとも筋は通っていた。保険金詐欺としても常套手段だし、今回の旅行にかけられた保険が、かなり高額であることも承知している。それに、宇宙なら警察や保険会社の調査が難しい分、余計に事故として処理されやすいはずだ。

「自殺だったとしたら、それこそうちの問題だ。伊東さんは、うちの社員なんだから。お客さんに知らせて、気分を台無しにさせるのは間違ってるだろ？」

責任が自分達にあるというなら、最後まで気持ち良く旅してもらうのが筋だ。

「それに、もしこのツアーが失敗したら、ライセンス取り消しは確実だ。間違いなく、会社は潰れる」

より深刻な声で中田が頭を抱える。こちらが本音なのだろう。

土師の所属するユニバーサルクルーズ社は、規模としては中小の域を出ないベンチャー企業だ。そんな会社が宇宙旅行を実現するためには、とんでもない努力が必要だった。

既に宇宙旅行は先鞭が付けられている。アメリカや中国はもちろん、日本でも大手の観光会社が手がけていた。

巨大企業に真っ向勝負を挑んだところで、勝算はゼロに等しい。

そこで立ち上げたのが、一人三〇〇〇万円という格安宇宙旅行だ。

宇宙ホテルを新たに建設した小岩井(こいわい)建設や、所有者である帝都(ていと)観光と一緒になり、宇宙港を所有する和歌山県とも協議して、様々な苦辛とコストカットの末、逆ざやではあるものの、広報目的としたモニター旅行とすることで、なんとか実現できたプロジェクトだ。

ここを乗り切り、格安で安全に宇宙を利用できるとアピールできれば、宇宙空間を経由する弾丸輸送や、無重力研究施設への送迎などを、実績とともにアピールできるはずだ。

事故や殺人など、あってはならないのだ。

中田は創業メンバーだから、余計に経営には敏感だった。せめて関係各位と話を付けるまで、発表を控えるか、自殺で収めたいのは理解できる。

だがそれでは、伊東の名誉が守られない。

宇宙旅行で、パイロットが自殺したとなれば、バッシングは避けられないだろう。ましてや伊東はアルコール依存症だ。調べれば通院歴もすぐ分かる。

マスコミは、おもしろおかしく書き立てるだろう。

伊東の頑張りを知っているだけに、興味本位で暴かれ、さらし者にされるのは許せない。

土師は、椅子の背もたれに身体を預け、天井を仰ぐ。

主張はどこまでも交わらない。

どうしたらいいのか……

「あの……」

それまで、控えめに成り行きを見守っていた菅山が声をあげた。

「わたくしも、予定通りツアーを続けるべきかと思います」

「どうしてですか？」

「殺人か事故か自殺か、それを判断するのは、わたくし達ではないからです」

菅山が断定する。

「地上でも、何か事件が起これば、まずは警察の対応待ちです。ホテル側が先走って公表することはありませんし、勝手に捜査することもいたしません」

「その通りだ。俺達はただの一市民なんだから」

中田が重く頷く。

「それに、お客様には運営側のトラブルは関係ありません。楽しんでいただくことは当然ですし、どんな時でも、精一杯おもてなしするのが、我々の仕事です」

「けど、その中に殺人犯がいるかもしれないんですよ」

「先ほども申した通り、判断するのは警察です。確実な証拠でもあれば別ですが」

反論できず、土師はぐっと言葉を飲み込む。

「なにも、伊東様が自殺されたと結論づけているわけではありません」

諭すように菅山が続けた。

「ただ、今はどれだけ考えても、結論は出ません。お客様に実害があったわけでもありませんし、ひとまず仕事で最善を尽くしましょうと提案しているのです」

心の裡（うち）で、感情がせめぎ合う。

安全を考えるなら、すぐに客を地上に戻すべきだが、菅山の言葉にも筋は通っている。

「とは言え、伊東様が亡くなられたことだけは公表すべきかと思います。人は、やましいから隠すのだと思いがちですから。そもそも、たった二泊とはいえ、パイロットの方がいなくなったのを隠してはおけません」

頷いて、土師は明日の予定を脳裏に思い浮かべた。

「……無重力遊泳のアトラクションは、伊東さんが手伝うことになってる。そこで、ばれるだろうな」

「そうだったな……」

中田がうなだれた。

忘れていたわけではないだろうが、考えが及んでいなかったらしい。追い詰められているのが分かる。

「死因をお伝えする必要はありません。具体的なことは分からないとお伝えするのです。我々は医者ではありませんから、実際死因は分かりません。その上で、事故とも事件とも言えない、そう申しあげれば、大騒ぎになることはないかと」

嘘はつかないが本当のことも言わない、というわけか。

ディスプレイの向こうで、中田が大きく頷いていた。

「そうだな。このあたりが現実的な妥協点じゃないか？　会社のためにも、伊東さんのためにも。だろ？」

即答は避けながらも、土師の心は揺らいでいた。

今でもツアーを中止にすべきだと思うが、土師には土師の、宇宙にかける想いがある。

この宇宙旅行は、宇宙に太陽光パネルを展開するという計画の、試金石でもあった。宇宙ホテルの外壁はほぼ太陽光パネルでできていて、必要な電気はすべて太陽光発電で賄うことになっている。

宇宙ホテル『星くず』は、いわゆるネット・ゼロ・エネルギー・ビルだ。消費するエネルギーの収支がゼロ、またはマイナスとなる建物のことで、つまり建物で消費するエネルギーを建物自体で賄えるシステムなのだ。

建設場所が宇宙空間ということもあって、発電できなくなっても、一週間分の電力が蓄電できるようにもなっている。レアメタルを必要としない、最新の水素吸蔵合金タンクによって、蓄電量は従来のものと比べて飛躍的に増えている。

このプレオープンでは、理論値と実測値の差を調べるのも、目的のひとつだ。どんな測定結果が出ても、計画の微調整や修正は必要になるだろうから、できるだけ予定通りに進めたい。とある他社では、月に太陽光パネルを敷き詰め、無線で電気を地球へ送る計画が進んでいるという。

向こうは大手、こっちはベンチャー。一歩の遅れが、致命傷になりかねない。

「……分かった」

観念して、土師は頷いた。

心が重い。

結局、研究や会社を優先させて、客の安全を二の次にする決断を下してしまった。

自分が独善的で身勝手な人間に思えた。いや、思うも何も実際その通りだ。

「せめて、伊東さんの名誉と、家族のプライバシーが守られるようにはしてくれ」

「もちろんだ」

中田が頷くのを見て、土師は吐息した。

さらに重くて長い吐息が、タブレットから聞こえてくる。

「良かったよ、落とし所が見つかって。平行線が続いたら、胃に穴が開くところだった」

初めて見せる弱音に、中田も随分参っているのだと気づく。

仲間が死んだんだ。落ち込んでいて不思議はない。

「……悪い。お前も、立場があるのにな」

「いや、現場で大変なのはそっちなんだ。怒りや愚痴は、いつでも吐き出してくれ」

中田の気遣いが辛い。伊東なら、こんな時冷静に対応したはずなのに。

寂寥感という言葉では言い表せない冷たい風が、胸元に吹き込んでくる。地上の六分の一しか重力がないはずなのに、身体も心も重く感じた。

「警察にだけはちゃんと連絡して、指示を仰いでくれ。伊東さんをどうすればいいのか、それも分からないんだ。あのままにしておくのも、しのびないだろ」

自殺にしろ事故にしろ、事件現場に手を触れてはいけない。それぐらいは、さすがに土師も知っている。できることなら、遺体の腐敗が始まる前になんとかしたい。

唯一、生存確認のために脈を測ったが……残っていた体温が一秒ごとに失われていくあの感触は、しばらく忘れられそうになかった。

「それにしても……」

菅山が、何かに気づいたのか、つぶやく。

「警察に捜査ができるのでしょうか」

現場は地上三二〇キロメートル。

誰が、どんな方法で、警察を運ぶのか。

ユニバーサルクルーズ社に宇宙船は一隻しかない。

一度帰って迎えに行くのか、他社の宇宙船を用意するのか。

そもそも管轄はどこになるのか。

宇宙港のあった和歌山県か、本社のある茨城県か。

法律は日本のものが適用されるのか、そもそもここは日本という扱いでいいのかどうか。

土師にはなにひとつ分からなかった。

二

伊東の死を告げると、レストラン全体の空気が無音のまま震えたように感じられた。

分厚い特殊ガラスの向こうにも、同じく無音が広がっている。地球の美しい青さや、遠くに輝く星々の燦(きら)めき、それらを圧倒的に上回る闇がたたずんでいた。

地球の姿は、宇宙ホテルのあらゆる場所から眺められるようになっていた。パブリックエリアには専用の展望台もあるし、ホテルの各部屋からも、もちろんここレストランからも。

宇宙ホテルは地球の周りを公転していることもあり、約四六分ごとに日の出と日の入りが訪れる。食事しながらそれらを眺めるのは、地上では絶対に味わえない感動をもたらしたはずだ。

だがそれも、さざ波のように広がった動揺が打ち消す。

いち早く、初老の男、嶋津紺が自失から抜け出した。

「そんな、パイロットさんが……そりゃあ、お気の毒ですたい」

五七歳と聞いているが、灰色に変色した髪を後ろで縛っていて、実年齢よりは年上に見える。それでも、声と眉がきりっとしているからか、くたびれた印象は微塵も無い。

「ねえ、パイロットさん、なんで亡くなったの？」

質問したのは、機内で眠っていた政木だった。

夕食の直前に意識を取り戻したが、まだ気分が悪いので、食事には手を付けていないと報告を受けている。

「すみません。私達にも分からないんです」

土師が打ち合わせ通りの言葉を返す。

「こればかりは、医者に診てもらわないと。それに、一応は変死という扱いになるそうです。警察でもない我々が、おいそれと勝手なことを申し上げることはできません」

「ふうん……」

相づちを打っただけなのに、含みがあるように聞こえるのは、考えすぎだろうか？あるいは、風貌から来る偏見かも知れない。

政木は頭髪と髭を短く刈り込んでおり、首には金のチェーンネックレスを二重に巻いていた。ジーンズに長袖のTシャツという格好こそ普通だが、斜に構えるような視線が、どうしても挑発的に見える。ある種の乱暴さが滲んでいるようにも思えた。

「変死……そっか。そうなるんだ。ちょっと怖いかも」

眼鏡を両手でかけ直しながら、宮原が居住まいを正す。

すっくと伸びた背筋が育ちの良さを感じさせる女性で、ブラウンのジャケットとパンツが、細身のシルエットを際立たせている。

澤田が十字を切って黙禱した。

宮原がそれを見て驚く。

「澤田さん、クリスチャンなの？」

「洗礼は受けてませんが、聖書は愛読書です」

澤田の声は、外見から想像できる通り、神経質そうだった。

顔立ちは整っているのだが、きちんと撫でつけられた髪、薄い唇、痩せ気味な頰、力強さよりもむしろ緊張しているように見える瞳が、こだわりの強い芸術家めいている。

応募書類には、二つ年下の四二歳とあったが、年上でも通用しそうな印象だ。

「機長の信仰は分かりませんが、祈らせていただければ幸いです」

悼んでくれる気持ちが嬉しく、感謝で頭を下げる。

伊東は、仏壇に線香を供え、クリスマスを楽しみ、初詣を欠かさないタイプだった。奥さんの出産の際には、世界各国でお守りを買いそろえたと聞いている。きっとキリスト教のお祈りも受け入れてくれるだろう。

奥の方から手が上がった。

「もしかしてツアーは中止ですか？」

自分の長身を持て余すように、長い足を椅子から放り出しながら尋ねたのは、山口肇だ。伸ばしているのか、切っていないだけなのか、跳ねた毛先が声にあわせて揺れている。

視線も、身だしなみも、特に変わったところはない。

なのに山口は、妙に色気のある雰囲気を纏っていた。

スーツ姿で、グレーのシャツをわずかに着崩しているせいだろうか。襟元のボタンは開けられており、ノーネクタイで広げられている。

顔の彫りは深く、眉が濃いせいか、舞台俳優だと言われると、すんなり信じてしまいそうな華がある。

「そうだよね。人が亡くなったんだから、戻った方がいいかもね」

宮原がかたい声で頷く。

予想していた言葉に、土師と菅山は顔を見合せ、視線だけで頷き合った。

「いえ、どうかこのまま旅行をお楽しみください。我が社の職員が亡くなったことは、お客様の旅行には関係の無いことですから」

「いやいや、待ってよ。カンケー無くないって」

政木が声を高くすると、粗暴さが強調されたように感じられた。

「パイロットさんが死んだんでしょ？　帰りはどうなるんだよ？」

あっと、何人かが声をあげた。

土師は努めて声のトーンを整えながらこたえた。

「操縦は私一人でも可能です。そもそも宇宙船は、ほぼ自動運転ですから。それに私は、宇宙船の開発メンバーで、機長よりも機体に詳しいつもりです」

おかしな理論であることは、土師自身も分かっている。今の話が通じるなら、Ｆ１のメカニックは全員レーサーを兼ねていなければならない。

とは言え、まるっきり嘘という訳でもない。伊東よりは劣るが、土師も操縦士として恥ずかしくない技量は持ち合わせている。

「じゃあ、添乗員さんも運転免許持ってるんだ？」

政木の質問を、土師は否定した。

「宇宙船には、運転免許のような、公式ライセンスは無いんです」

一様に、ぽかんとした表情が返ってくる。

宇宙関係者には常識だが、一般的にはまだまだ知られていないことなのか、この話をすると毎回驚かれる。免許も無しに運転するのが、ぴんとこないのだろう。

「ですが、心配は無用です。これはアメリカも同じで、代わりにＮＡＳＡの権限で、訓練が修了した人に操縦する許可を与えているんです。もちろん私も、ＮＡＳＡの訓練を受けています」

「へえ、面白い。訓練したら許可が出るんだから、免許を出せば良いのに」

宮原の感想に、一同も頷く。肩をすくめたのは、山口だった。

「新しい産業の宿命ですね、法律が追いつかないのは」

確かに宇宙産業については、日本の法律は追いついていない。今後さらなる規模の拡大が予想される業界なのに、国が支える体制が整っていないのだ。

伊東と土師の操縦資格も、ＮＡＳＡの訓練を受けた上で、分厚い報告書類を作成し、関係省庁に一度限りの特例として認められたものだ。特に、今後の産業発展のためだからと、国土交通省と観光庁には、数え切れないほど頭を下げた。

できることなら、今回のことを実績として業界標準にしたかったのだが、このままではどうなるか、暗澹（あんたん）としてしまう。

「このようなご報告自体に気分を害されたかと思います。ただ、後で知って驚かれるよりは、先にお伝えしておいた方が混乱も少ないと思った次第です。どうか引き続き、旅行を楽しんでいただければ幸いです」

「私は、元よりまだ帰るつもりはありませんよ」

頭をあげると、山口が薄く微笑んでいた。

「スケジュールをやりくりして、やっと取れたバカンスなんです。慌ただしく帰るのは、勘弁して欲しいですね」

「へえ、仕事って、何やってんの？」

政木が尋ねる。単に相づちを打つような口調だった。

「ただのコンサルタント業ですよ。この休暇は、二年前から計画していたんです。こう見えて、忙しい身なので。せめて一泊ぐらいは身体を休めさせてください」

二年前と言えば、土師の勤める会社が、宇宙旅行計画を公式に発表した年だ。

テレビや雑誌で大々的に広告を打ったので、かなり注目されたのを覚えている。

「それに、けちなことは言いたくありませんが、それなりのお金を出しましたからね。元は取らないと」

下手な冗談に自分で笑う様子に、誰も乗らなかった。

「私だって、やっと取れた休みだから、気持ちは分かる」

宮原が、声をあげる。

「まとまった休みなんて取れないから、旅行自体が一五年ぶりなの。それで、どうせなら、一番遠い場所に行きたいって思ったら、こんなことになるなんて。なんで私の人生、うまくいかないことだらけなんだろ」

何かしら理由があって、宇宙旅行に応募したことが窺えるぼやきだった。

「それでも、安全の方が大事じゃない？　ここで無理して続けて、無事に終わればそれでいいけど、何かあったらどうするの？」

「でもさ、来たばっかで帰れないって。こっちは飯だってろくに食えてないんだから」

今ここで帰れば、嫌な思い出しか残らないだろうから、政木がそう言い出すのは納得できた。

「弊社としては、サービスを最後まで提供する用意がありますので……」

客達がツアー続行を望むよう、なんとか流れを作ろうとする。

「難しか選択やとね」

嶋津が困ったように首を傾げた。

「私は既に目的ば果たしましたけん、今帰ってもよかですが、みなさんはもう少し宇宙を堪能したかでしょうしね」

「目的？」

尋ね返すと、嶋津は慌てたように後頭部をかいた。

「いや、大したことじゃなかとです。単に一度宇宙に来てみたかっただけですと。おかげで貯金ばすっからかんですけどね」

ごまかすような笑い方が気にはなったが、客のプライベートには踏み込めない。

「僕は――」

続けて澤田が、控えめな声ながらも、はっきりとした口調で自分の意思を明示した。

「できれば、まだ帰りたくありません。そのために、いろいろ準備もしてきましたから。安全性は問題無いんですよね？」

「最大限の努力を約束します」

土師の言葉を聞いて、山口が大きく頷いた。

「私はむしろ、ちゃんと事実を公表してくれて、信用できると思いましたけどね。このままツアーを続けて問題無いのでは？」

窺うような視線に、男性陣が頷き返す。

「その通りたい。変に隠されて、いざ帰る時にパイロットがおらん言われるより、ずっと良かですよ。ですよね、澤田さん？」

「ええ。そうなってたら、印象はずっと悪かったでしょうね」

「異議なし。続行だよ、続行。俺だって、宇宙でやりたいことがあるんだから」

政木が声を張り上げ、流れは良い方向に傾く。

「……でも、やっぱり私は、少し不安かな。そりゃあお金はもったいないけど、人が亡くなってるんだよ？　怖いじゃない」

宮原だけが慎重だった。

そんな中、ただ一人、さっきから会話に加わらず、デザートに出されたカットフルーツを無心に食べている子がいた。

無料招待枠を当てた京都の女子高生、真田周だ。

大人ばかりだから、気後れして会話から距離を取ってるんだろうか？　最初はそう思ったが、それにしてはデザートに向ける視線は真剣だ。

バイキングで元を取ろうとするように、パイナップル、桃、梨、マンゴー、キウイと、次々と果物が口の中に消えていく。

しかし、身体はびっくりするぐらい細い。

宮原よりも背が高く、手足もすらりと長いせいで、こちらはモデルのようだ。

あの身体のどこに、あれだけの果物が入るんだろうか？

「ねえ、真田さんはどう思う？」

宮原が声をかけると、真田は慌てて顔を上げて、口の中のものを飲み込んだ。

「うち――いや、私ですか?」

懐かしい京都の言葉が鼓膜に触れて転がる。

土師はかつて、一年ほど京都に暮らしたことがあった。超氷河期と呼ばれた就職難の時代に、友人の伝手を使い、予備校の非常勤講師として働いていた。

「不安じゃない? それとも、このまま旅行を続けても平気?」

肩口で切りそろえられた真田の髪が揺れる。小首を傾げただけなのに、艶のある髪が、星の光を乱反射したように思えた。

その内側だけが、赤い。表からは見えないように染めているらしい。元予備校講師の性で、学校生活や受験を心配してしまうが、口に出して尋ねるようなことはしなかった。

「私も、どっちかゆうたらまだ帰りたないですね」

長い指、長い睫毛、切れ長の目。真田の身体を構成するパーツ類は、多くが平均よりも均整が取れている。なのに仕草が年相応に幼くて、全体的にちぐはぐな印象があった。

「怖くないの?」

「まあ、ちょっとは」

怖がる素振りなど全く見せず、未練がましい視線が目の前のメロンに注がれる。

みずみずしく、ほどよく熟れていて、香りも芳醇と、見るからに美味しそうではあるが……

こんな時にも食欲が失せないとは、若さ故か、性格のせいか、どちらだろうか?

「じゃあこのまま旅行を続けるのに賛成なんだ?」

「そうしたいゆうたらそうなんですけど、一個だけ気になることが」

「何でも聞いてください」

食い気味に、土師は質問を促す。疑問を解消して旅行が続けられるなら、何でも答えるつもりだった。

真田は、長い指を顎に触れさせながら、再度小首を傾げた。

「自殺と他殺のどっちなんですか?」

言葉を失い、心臓が凍った様に思えた。

ツアー客には、伊東の死は事故とすら伝えていないはずだ。

物騒な発言に、周囲も驚いている。

その沈黙を、笑い声と共に破ったのは政木だった。

「ちょっとちょっと、お嬢ちゃん。周ちゃんだっけ? 随分と極端な意見じゃん。なんでそう思うのよ」

気安く呼ばれたことに、真田の眉がわずかに跳ねる。不快感を表すこと無く、受け流すように微笑んだ。

「なんでて、まず、病気なわけないですよね。客のうちらでも健康診断あったのに、パイロットさんが死んでまうような病気抱えて飛ばはるとは思えへんし」

鋭い指摘だった。

HOPE‼号は、特別な訓練を受けていない人でも乗れる宇宙船がコンセプトだが、身体への負荷がゼロというわけではない。実際、政木がGに耐えきれず失神している。

そのため応募要項には、健康な一五歳から六〇歳未満と制限がかけられている。打ち上げ予定日から一ヵ月以内の健康診断書も、提出する義務があった。パイロットも同様だ。

「それに事故やったら、おんなじ事故起こさんようにうちらにも注意しゃはるやろうし。そやのに、それがあらへんゆうことは、自殺か他殺の可能性があって、隠したはるんかなて思たんですけど……どうなんですか？」

尋ねられて、土師はこたえられずに喉を鳴らす。

「いや、これが普通の旅行で普通のホテルやったら、そこまで気にならへんのですけど、ここ宇宙やし」

長い指が、壁一面のガラス窓をさす。

ちょうど、地球に日が沈んでいくところだった。

光が吸い込まれるように消えていく光景は神秘的なはずなのに、今は心まで暗くするように感じられた。

「そやから、不安なことは一個でも減らしたいなて思てるんですけど……」

と、そこで言葉を切って、視線を寄越してくる。

つられるように視線が集まって、土師は口の中が乾くままに押し黙った。

「……どうなのよ、添乗員さん？」

政木が戸惑いながら尋ねてくる。

真田以外、全員が同じ目で自分を見つめていた。

不安と期待の綯い交ぜになった目だ。

おそらく、殺人の可能性を明確に否定して欲しいのだろう。

当然だ。人殺しがいるとなれば、のんびり旅行に興じられるはずがない。

それでも土師は、同じ言葉を繰り返すことしかできなかった。

「すみません。私達にも分からないんです。明確なことは、お答えできません」

室温が二、三度下がったように、土師には感じた。

「そうですか」

真田の目が、笑顔のままますぅっと細くなる。

まるで心の中を覗かれているような気がして、心臓が冷えた。

「で、最初の質問に戻りますけど、このまま旅行続けたいかどうかですよね？」

「え？　う、うん」

急に話を振られて、宮原がたじろぐ。

「パイロットさんが亡くならはった現場見してもろてからこたえてもいいですか？」

「やめてください。現場を荒らすなと、警察から言われてますから」

とっさの否定が、より状況を悪化させる。

不信感が、土師の全身にまとわりついた。

政木ほどあからさまでなくとも、全員が疑いの目を向けてくる。

見えない手で身体を押されたように、土師は一歩、無意識に退いていた。

そこへ、菅山が耳打ちしてくる。

「こうなっては仕方ありません。下手に隠して殺人と疑われるより、本当のことを言った方がよいかと」

「でも――」

反論しかけたところで、圧力が増したことに気づいた。こんな些細な仕草も、客に疑念を植え付けているらしい。

やむを得ないか……

懊悩（おうのう）を押し切って、土師は事実を告げた。

「……伊東は、首を吊った状態だったんです」

息を呑む音が重なる。

中でも、澤田が強く頬を強張らせ、座ったまま上半身を仰け反らせて声をあげた。

「首吊り？　自殺ですか？」

見るからに動揺している。既に顔が蒼白だ。

「分かりません。私共も、戸惑っているところです」

「なんで隠そうとしたのよ？」

政木の疑問を、土師ははっきりと否定した。

「隠そうとしたわけではありません。本当に分からないんです」

「首吊りって言ったら、自殺しかあり得ないじゃん？　何が分かんないんだよ？」

「現場は無重力です。首を吊っても、死ねるわけがないんです」

あっと、同時にあちこちから声が上がった。

「そうたい。宇宙には重力が無か。それでは首は吊っても死ねんばい」

「じゃあ、殺人なの？　嘘でしょ？」

嶋津と宮原の言葉は、既に中田とやりあった内容とほぼ同じだった。疑問に思うポイントは、誰もが同じらしい。

そのため吉川線などの説明も過不足無くできて、あまり気分の良いものではないので、検索しない方が良いと付け加える。

納得いかないように、宮原が眼鏡の向こうで眉間に皺を寄せた。

「でも事故なら、その、吉川線？ができるはずじゃないの？」

「ええ。ですから、自殺か他殺か事故か、分からないんです。その上で、死因というのはプライバシーに関わることでもありますから、伏せて説明するしかなかったんです」

土師の説明に納得した人間はいないように見えた。

慎重そうに、宮原が頭を振る。

「やっぱり、無重力で首吊りなんておかしい。安全のために、今すぐ帰るべきじゃない？」

議論が再燃しかける。

見かねて、菅山が間に入るように声を上げた。

「皆様落ち着いてください。先ほど土師様が仰いましたが、我々は警察でも医者でもありません。憶測でものを言えないのです。その立場を、どうかご理解ください」

しかし、動揺が収まる気配は無い。

不信感が一秒ごとに高まるのが、肌で感じられた。

視線のひとつひとつに、息苦しいほどの圧迫感がある。

このまま何も言わずにいたら、地上に戻ることになってしまいそうだ。

それに、これ以上詰め寄られ、何かの弾みで伊東がアルコール依存症だったと知られたら、余計に話がこじれる。

意を決して、土師は口を開いた。

「確かに、無重力の宇宙で首を吊るなんておかしいですよね。だから私は……事故だと思っています。殺人だとは思えません」

ツアーを遂行するため、伊東の名誉を守るためとは言え、思ってもいないことを口にするのに、罪悪感を覚える。だが、口にした以上は突き走るしかない。

「何度も繰り返しましたが、警察ではない我々が、勝手なことを申し上げるわけにはいきません。なので黙っていたのですが……防犯カメラには、怪しい人影は映っていませんでした」

正確には、防犯カメラには荷物が引っかかり、肝心の現場を録画できていなかった。

嘘ではないが本当でもないことだ。

ふと、山口が手を挙げた。

「であれば、その映像を見せてください。何もないことを確認すれば、みんなの不安は解消されると思うのですが？」

もっともらしく、土師は頭を振って見せた。

「映像をお見せすることはできません。繰り返しますが、警察でない我々が、勝手に捜査資料となるものを開示するわけにはいかないんです」

すべて警察のせいにして、ごまかし続ける。

「ただ、防犯カメラには、殺人の瞬間も、怪しい人の出入りも映っていませんでしたので、ツアーを続けられると、我々は判断した次第です」

わずかに空気が和らいだ気がした。

嶋津が胸を撫で下ろす。

「なら、殺人ちゅう可能性は低いゆうことですね。ひとまずは安心たい」

頷いたのは、男性陣だけだった。

真田と宮原の二人は、まだどこか胡散臭(うさんくさ)げだ。

「可能性は半々じゃない？　結論は、まだ出せないと思う」

「宇宙で自殺しゃはるような心当たりはあるんですか？」

真田の質問に、土師は実感を込めて首を振る。

「いえ。それこそ、あり得ません」

声が、思いの外強くなっていた。

勢いのまま、土師は伊東のこれまでの人生を、アルコール依存症は隠しながら話した。

学生時代に荒れていたこと。両親や兄との不和。娘ができてからの心変わりと、家族の事故死。人生を取り戻すための努力。

罪悪感の反動か、気がつけば伊東の人生を熱弁し、自殺だけはあり得ないと断言していた。

我を取り戻した時には気恥ずかしくなり、顔が熱くなる。

その時だった。

「あんたさあ、添乗員さんさあ……土師さんだっけ？」

突然、政木がゆらりと立ち上がった。

唸るような低い声に、咄嗟に身構える。

「狡くね？　家族ネタは狡いだろ」

「そんなつもりでは……」

良く見れば、政木の目が充血したように赤くなっていた。

声も、気のせいか揺れているような気がする。

え？――と思っていると、政木の目尻に涙が滲んだ。

「そんなこと言われたら、許すしかないじゃんかよう！」

怒鳴った声は、大きく揺れていた。

予想していなかった反応に、啞然とする。全員がだ。

「だって……悲しすぎるだろ。なあ？　そこまで頑張っておいて、娘さんのためにまだ働くって意気込んでたのに、なのに、死んじゃうなんてよう！」

伊東の人生に、政木は完全に心を揺さぶられているようだった。

ファッションや立ち振る舞いからは想像もできなくて、全員がぽかんとしている。

「自殺なわけねえよ、そんなの。だから、協力するよ。パイロットさんのためにも、ツアーが成功するように協力するって」

「でも、感情的な判断は危険じゃない？」

いち早く我を取り戻して、宮原が頭を振る。

山口が居住まいを正すように咳払いして、反論した。

「ですが、土師さんの説明を聞けば問題無いようにも思えますよ。防犯カメラに、殺人の証拠も怪しい人影も殺人の瞬間も映っていなかったそうですから」

「そうだよ。十分論理的な結論じゃん。みんなもそう思うよな？　そうだって言えよ。でなきゃ、悲しすぎるだろ！」

悪態をつきながら、政木は天井を仰ぎ見る。

「くそっ、やべ、駄目だ。勝手に溢れてくる……見んな。見んなよ、ちくしょう」

言葉通り、政木の目尻に涙が溜まり、大きな水玉を形作る。

重力が小さいせいで表面張力が勝り、流れてはいかないようだ。

それを服の袖で拭って、政木は鼻を啜る。

金色のネックレスが場違いに目立っていた。

意外と涙もろい様子をチャンスに感じて、上師はさらに踏み込んだことを口にした。

「不憫に思われたのであれば、ひとつお願いが。このことは、地球に戻るまで、内密にしていただけませんか。理由は、伊東の遺族のためです。このツアーは、初の格安宇宙旅行ということもあり、注目されています。奇異の目にさらしたくありません」

「わーったよ。そういうことなら、誰にも言わねえよ。少なくとも、ここにいる間はな。みんなもそれでいいよな？」

誰もが呆気にとられている。

そんな中、澤田が最初に頷いた。

「今はネットリンチもありますからね。迂闊なことはしない方がいいと、僕も思います」

山口が物憂げに瞼を閉じた。

「一度ネットに上がった情報は、フェイクであれ真実であれ、事実上消えることはない。デジタルタトゥーとも呼ばれる烙印が押されますから、情報を遮断したくなる気持ちは分かりますよ」

「ああ、それでさっきからネットが使えへんのですね」

真田の何気ない呟きに、土師はきょとんとして、菅山に顔を向けた。

「いえ、ネットは特に規制してないはずですが……ですよね?」

「ええ、もちろんです。ネットは、宇宙空間では大事なインフラです。どんなことがあろうと、規制なんてしません」

頷き返した菅山を訝しんで、真田がスマホを取り出す。

「あ、ほんまや。ここやと通じる」

ぺろりと、舌が突き出された。

「すんません。うちの勘違いやったみたいです。そやけど、部屋にいたとき急にネットが繋がらへんようになって。ほんまですよ」

なるほど、真田の部屋のネットが不調だったのか。そういうこともあって、こっちの対応を疑い、殺人か自殺かなんて尋ねてきたんだろう。

パイロットが死亡し、ネットを遮断されたとなれば、自分だって何かやましいことでもあるのかと勘ぐる。

不幸な偶然が重なっていたようだ。

トラブルは団体でやって来るとはよく言ったものだ。

「もしかしたら、磁気嵐が発生したのかも知れません。その時は、ネットは不安定になりますから。でも一時的なもので、すぐに直るはずです」

「磁気嵐てなんです？」

「太陽からプラズマが――つまり、電気の塊がたくさん飛ぶことがあるんです。それで、電波が乱れるんです」

厳密には違うが、噛み砕いて伝えると、真田がぎょっとしたように顔をひそめた。

「電気の塊て、感電したりせえへんのですか？」

「人体には無害です。ただ、電子機器は危ないかも。高電圧を受けたのと同じ状態になって、壊れることもあるんです」

「え？　ほなうちのスマホとかタブレットも？」

「宇宙ホテルも宇宙船も、ちゃんと外壁に対策が施してありますから、この中にいる限りは問題ありませんよ」

土師の説明に、山口が補足した。

「オーロラの原因にもなってるもので、珍しいものじゃない。地球に届くような磁気嵐も、滅多に起こらないから。もしそうなったら、今頃大混乱だろ」

真田の表情から、ようやく険しさが消えた。

だめ押しするような気持ちで、土師は話を続けた。

「どうしても戻りたいのであれば、手配はできます。ホテルには、非常時のために、脱出ポッドがありますから」

一人、浮かない顔をしていた宮原の表情が、わずかに晴れた。

いざという時の備えがあると知って、不安が少し和らいだようだ。

「それぞれ三人まで搭乗できるものが、全部で六つ。将来的にはもっと増やす予定ですが、今はそれだけ用意してあります。こちらを使えば、今すぐ地球へ戻ることが可能です」

じゃあ、と腰を浮かせかけた宮原を、土師は頭を振って制した。

「ですが、あくまで緊急避難用のものです。自動で地球へ向かうように設定されていますが、どこに落ちるかは分かりません。海の上で数日過ごす可能性もあります。おすすめはしません」

宮原は諦めたように吐息すると、小さな顔を縦に揺らした。

「分かった。保険があるなら、ひとまず納得する。土師さんのこと、信じます」

良かった。ようやく全員の意見をまとめられた。

土師と菅山は、改めて頭を下げた。

「ありがとうございます。お客様にはご心配をおかけして大変申し訳ございません。ですが、ツアーは最後まで責任を持って行いますので、どうかお楽しみいただければ幸いです」

三

ぐったりとした気分で、ベッドに飛び込む。

重力が弱いせいで、身体はゆっくりと倒れた。

マットレスのスプリングが抗議の声をあげ、地上では考えられない高さに身体が跳ねる。

ここに来るまでは、宇宙特有の現象に胸を膨らませていた。なのに今は、楽しむ余裕すらない。

六分の一の重力すら気だるく感じるほどに、精神的な疲労が心に絡みついていた。まるで重力に魂が縛り付けられているような気分だ。

このまま眠ってしまいたいが、こちらの状況を会社に報告しなくてはならない。

そう思ってタブレットを手に取ると、メールが届いていた。会社からだ。

タイムスタンプは、先ほどの通話を終えた五分後だ。

警察からの連絡を早速送ってくれたらしい。

遺体には絶対に触れないようにと厳命してある。

それから、可能な限り写真を撮っておいて欲しいとも。

追ってまた連絡するとあったが、他にメールは見つからなかった。

取り敢えずこちらの状況を伝えようと、ビデオ通話アプリを立ち上げようとして……ふと、別のことを考えた。

会社の立場と、伊東の家族を守るためああ言ったが、土師はまだ、殺人の可能性を捨てていない。

もし本当に殺人なら、いったい誰が、なんのために、どうして伊東を、わざわざ宇宙で、無重力下で首吊り死させたのか。

窓の外を見れば、青い地球が静かにたたずんでいた。

殺すならあそこでやればいい。その方が簡単だ。

警察の捜査から逃れるため、わざわざ宇宙でやったのだろうか？

いや、ツアー客は全員抽選だった。総応募数は一万件前後で、広告のための無料招待枠には約二〇万件が殺到した。

伊東を殺すため旅行に応募したというのは、現実的ではない。

土師は、頭の中で今回の旅行参加者をまとめた。

真田周。一八歳。無料招待枠を当てた京都の女子高生。

政木敬吾。三二歳。東京の元不動産業者。

宮原英梨。三九歳。千葉の飲食店社員。

澤田直樹。四二歳。神奈川の清掃業者。

山口肇。四四歳。静岡のフリーコンサルタント。

嶋津紺。五七歳。福岡の介護職。

伊東は五三歳で、大分出身。東京暮らしを経て、今は徳島に住所を移している。娘だけが、大学に通うため大阪で一人暮らしをしているはずだ。

土師自身は茨城出身で、四四歳。かつては職に応じて住所を転々としたが、今は地元に戻って一人暮らしをしている。ここ数年は、会社が借りた和歌山のアパートに寝泊まりすることも多かった。

客の中に伊東と面識のありそうな人物はいないし、そうなると、殺す理由も見つからない。

怨恨や金銭トラブルなど、起こりようがなかった。

通り魔的な犯行なら動機は関係無いが、宇宙に来てまでそんなことがあるだろうか？　特に、二〇万分の一の無料招待枠を当てた女子高生相手には、非現実的過ぎる。

そう言えば、何人かは宇宙に来ることに、何かしら含みのある言葉を漏らしていた。

嶋津は、宇宙旅行に目的があると言っていた。その目的も果たしたと言っていたが、それがまさか、殺人だというのか？

政木も、やりたいことがあるようだった。

澤田も、いろいろ準備もしてきたと言っていたが、あれは単に旅行の準備を指すのか、それとも何かしら目的があったのか、どっちだろうか？

山口と宮原は、単に旅行と捉えているようだった。

疑い出せばキリが無い。殺人を疑うには、根拠が薄弱すぎる。

せめてホテルスタッフがもう少し多ければ、何かしら目撃する人もいたかも知れないのに。

今は菅山を入れて全部で一〇人しかいない。料理人や清掃係を含めての人数だ。

いくら研修を兼ねた運営テストとはいえ、本来ならホテルを回せる人数ではない。客が六人しかいないから可能な人数だ。いや、それでもカツカツだろう。

ホテル側も、本当はもっと大勢のスタッフで、運営テストを行いたいと思っていたようだ。

しかし、予算の都合と宇宙に対応できる人材育成の難しさから、この人数になったと聞いている。

ホテルスタッフ全員にアリバイがあることは確認済みだ。この中に、通り魔がいる可能性は無い。

今さらながら、中田の言葉を痛感する。

自殺でなく殺人なら、一番怪しいのは土師だ。

良好な関係を保っていたつもりだが、厳し過ぎる訓練にムカついたことなら何度かある。

宇宙服のテストのため、フィンランドで行った雪中キャンプではヒグマに襲われそうになったし、逃げるのに必死で食べ物を紛失したときは、さすがに恨んだ。

今でこそ笑い話だが、心の中で罵ったのは一度や二度ではない。

なにより土師は第一発見者だ。いくらでも偽装工作ができる立場にある。実際に警察の捜査が始まれば、厳しい追及があるかもしれない。

だが、やっていないのだから、怯える必要はないはずだ。

さっきのレストランでも、伊東の死と、これまでの経緯をちゃんと告げたからこそ、最終的には全員に納得してもらえた。誠実に対応すればいい。

最後に、『どのように』殺されたのかを考えてみる。

これが一番不可解だ。

伊東は、無重力下で首を吊っていた。

殺人だと疑う理由のひとつは、まさにこの不可解さにある。

中田やツアー客にも言ったが、自殺を考えている人間が、無重力下での首吊りを選ぶだろうか？　どうしても首を吊りたいなら、重力の発生するリングエリアでやればいい。地上の六分の一とはいえ、そちらの方が確実だ。

仮に自殺だとしたら、どんな理由でだろうか？

事故だとしたら、一体どんな事故か？

どれだけ考えても、答えは出ない。

疲労のせいもあって、これ以上は頭がまわらなかった。

ひとまず、警察の要請通り現場の写真を撮ろう。頭を使わなくてもできることだ。

そう思って、タブレットを片手に廊下に出た瞬間――

「きゃっ⁉」

人影とかち合い、向こうが驚いて後ずさる。

すると、勢いが余ったのか、蹴躓くように後ろに飛んだ。

「危ない！」

慌てて手を伸ばす。

地上なら間に合わなかっただろうが、人影はゆっくりと臀部から地面に崩れており、すんでのところで腕を掴めた。

「重力小さいん忘れてた……」

真田だった。腕を引っ張られながら、レストランでして見せたように、ぺろりと舌を出して照れている。

段々と低重力に慣れてきているが、些細なことで地上との違いに驚く。少し強く床を蹴るだけで身体が飛び上がりそうになるし、とっさの動きで思いもしない方向へ身体が流れていく。

今の真田のように、飛び退ったただけで転んでしまうことも、ままある。

磁石ブーツを履いていてもこうなのだから、もしこれがなければどうなっていたか。

「すんません。ノックしよう思たら、いきなりドアが開いて」

「こっちこそ、気づかなくてすみません。何か御用ですか？」

「そうそう。用ゆうか、ちょっと聞きたいことがあって」

「なんでしょう？」

「やっぱり自分の部屋やと、ネットに繋がらへんのです」

拗ねたように唇を尖らせて、手にしていた八インチほどのタブレットを見せてくる。

「これ、なんとかなりませんか？」

「なんとかと言われても……」

さっきは磁気嵐のせいにしたが、今も続いているとなると、設備の故障だろうか？

真田の部屋は土師の隣なので、ホテルのスタッフに声をかけるより気軽だと思ってこっちに来たのだろう。

「取り敢えず、ちょっと部屋の様子見てもろてええですか？」

「あっ、ちょっと？」

真田が腕を引っ張り、すぐ隣の部屋に連れ込まれた。

ホテルの一室とは言え、女性の部屋に入って良いんだろうか？　それも客の部屋に。

気にしているのは土師だけのようで、真田はベッドに腰掛けて、手招きしている。

若さ故の無防備さだろうか。

だとしたら、余計に自分が気をつけないと。

相手は親子ほども歳が離れた女の子だが、下衆の勘ぐりは常につきまとう。

土師はドアを開けっぱなしにしたまま、真田に近づいた。

なるべくあちこち見ないように気をつける。それでもテーブルに置かれた電子キーボードが目に入った。他にも、着替えが。

——危ない。

じろじろ見てるなんて思われたら大変だ。

慌てて視線を逸らしたところに、タブレットが突きつけられた。

「ほら、見てください。全然電波入ってへんでしょ？　なんでなんやろ？」

確かにタブレットはネットに繋がっていなかった。正常なら白く点灯するＷｉ－Ｆｉのアイコンが、今は消えている。

念のために真田がブラウザを立ち上げてみせるが、「インターネットに接続されていません」と表示されるだけだった。

小首を傾げると、内側だけ染めた赤い髪がはらりとちらつく。黒と赤の格子模様にも見えた。

「私、宇宙から演奏を生配信したいなて思て、この旅行に応募したんです。そやのに、ネットに繋がらへんかったら、なんのために宇宙に来たんか分からへん。どないしょう」

「急いでるなら、他の場所で生中継するのもいいかもしれませんよ。例えば、パブリックエリアにある展望台とか。地球をバックに生中継すれば、見てくれる人も増えるんじゃないですか？」

「ああ。かもしれませんね。そやけど他の人が映ったりしたらいややし、歌も歌うつもりやし、できるだけ個室で配信したいんですけど」

「なら、部屋を交換できるか、ホテルの人に聞いてみますね」

内線を使おうとして、はたと気づく。

普通の交換機を使った内線電話は、メンテナンスの手間を考えて使われていない。故障したとき簡単な修理で済めば良いが、配線の劣化などで総取り替えが必要になった際、業者を呼ぶに呼べないからだ。

だからこの宇宙ホテル『星くず』には、スマートスピーカーを利用したネット通話しかない。そのネットが今は使えない。

仕方がない。一度電波が拾えるところまで戻って、スマートウォッチで菅山に連絡を入れよう。

二人で真田の部屋を後にして、自分の部屋に戻ってくる。

早速スマートウォッチで通話しようとするが……。

「おかしい……Ｗｉ－Ｆｉが届いてない」

「え？　こっちの部屋もですか？」

タブレットやラップトップパソコンでも確かめてみるが、Ｗｉ－Ｆｉの電波自体が飛んでいないようだった。

「さっきまで使えてたのに……」

いや、メールが届いていたのは、中田との通話が終わって五分後だった。確認したのがついさっきなだけで、ネットがいつまで生きていたのかは分からない。

レストランから戻ってきたときには、既に途絶えていたのかもしれない。あるいは、真田の部屋に行っている間かもしれない。

だがその真田は、レストランにやってくる前に、ネットの調子がおかしくなったと言っていた。

どのタイミングでネットに繋がらなくなったかは、分からない。

「別の場所に移動してみましょう」

部屋のＷｉ－Ｆｉが拾えなくても、ホテル中に電波が飛んでいるはずだ。廊下を少し歩けば、すぐにネットに繋がるはず。

だが、リングエリアをぐるりと一周しても、Ｗｉ－Ｆｉの反応は現れない。円周の四四〇メートル、まるごとだ。

どういうことだと訝しんだとき、近くのドアが開いた。

「あっ、土師さんじゃん。ちょうど良かった」

政木だった。

顔には不満があったが、急にニヤニヤとして、土師と真田を交互に見比べた。

「周ちゃんも一緒だったんだ。なんだよ、もしかして二人、良い感じなの？」

からかう声に、土師は首を振りながら苦笑する。

だが真田は、にこりと微笑むだけで何も言わない。

自分だけがやましい関係を隠しているように見えないだろうか？　そんなことは全く無いの

に。

「どうされました？」

事務的に、こちらから尋ねる。

「それがさ、ネットが使えないんだよ」

予想通りの答えだった。

リングエリア一帯のネットが不通となると、他の客やスタッフが気づいてもおかしくない。

これはルーターの故障なんて話ではなさそうだ。

宇宙ホテルでは、ネットは電気や酸素と並んで、重要なインフラだ。これがなければ、地上との連絡も、スタッフ間のやり取りもできなくなる。

なのに、それがひとつのエリアごと使えなくなっているなんて、あり得ない。

もしかして、別のエリアも？

だとしたら、大問題だ。

「ホテルのスタッフに尋ねてみます。お待ちいただいてもいいでしょうか？」

「いいけどさ……なんか、きな臭くね？」

「どういう意味ですか？」

「いいから、早く調べてよ。分かったら、夜遅くなっても良いから、すぐに教えてね」

わざと含みのある笑みを残して、政木は自分の部屋に戻った。

ネットの不調の原因に心当たりがあるのだろうか？

胸騒ぎがして、土師はホテルスタッフを探そうと、再度レストランの方に向かった。そのすぐ隣に、スタッフ専用エリアに通じるドアがあるからだ。

スタッフ専用エリアには、スタッフ用の宿泊施設と詰め所のような部屋がある。そこへ行けば誰かしらいるだろう。

レストランは既に閉店作業が終わっており、非常灯だけが点灯している状態だった。向かいの売店も同じで、自動販売機だけが稼働している。飲み物だけでなく、カップ麺やホットドッグなどの軽食も売っているようだ。

それを見た瞬間、空腹を思い出した。なんだかんだで、昼も夜も食べ損ねている。後で何か買おうと思いながら素通りし、ドアを開け、広い通路を進む。

「これは明らかな規則違反です」

不意に、鋭い声が聞こえてきた。

複数の気配も感じて足を止めると、曲がり角の向こうから、厳しい声が続いた。

「明らかに不測の事態です。地上へ戻る手配をしたほうが良いのではないですか？」

「そうです。死人が出た上に原因が分からない以上、お客様の安全を最優先するべきです」

「それについては、さっきも話しただろう。安全面については、何度も何度もチェックしてあるって」

すぐ側の部屋で、菅山が他のスタッフに詰め寄られているらしい。伊東が亡くなったことで、安全面について疑問視する声が出ているようだ。

先ほどツアー客と同じようなやりとりをしたばかりなだけに、土師の胃が痛んだ。

「それだけ何度もチェックして、問題無いと結論が出たにもかかわらず、死人が出ました。見落としがあったということです」

「支配人。今ならまだ間に合います。こういう言い方は失礼ですが、亡くなったのがパイロットで良かったじゃないですか。これがお客様だったら、宇宙ホテルだけでなくうちの会社そのものの信用が無くなりますよ」

菅山がどんな顔をしているのか分かる気がした。

居たたまれなくなって、息が詰まる。

「君たちだって、希望してここに来てるんだろう？　プロとして最後まで頑張れないか？」

「我々は確かに一従業員ですが、それは上の命令に唯々諾々と従うということではありません。仕事には誇りを持って取り組んでいます」

はっきりと告げる声が、うらやましい。

従業員としても、人としても、正しい姿勢だと思う。

ホテルスタッフは、エリート揃いだと聞いている。今回のツアーでは日本人ばかりだが、いずれは多くの外国人もやってくる。多言語を操るのはもちろん、様々な教養も身につけているはずだ。

そんな彼らだからこそ、正しいことを躊躇いなく口にできるに違いない。

「それに、最初は一〇日でいったん地上に戻るという話だったじゃないですか。スケジュールの遅れを取り戻すためとはいえ、もう二週間です。健康被害も心配です。上は、我々を使い捨てにするつもりですか？」

「それは……」

菅山の方も、はっきりと返答しないところを見ると、思うところはあるのだろう。仕事への責任感とで板挟みになっているようだ。

「就業規則では、一五日を超えて宇宙ホテルに滞在してはならないとあります。明日になれば、この点にも違反します。この際ですから、全員一斉に帰還するべきです」

健康被害を考えての規則だろう。妥当な内容だ。

それに、人は閉鎖空間に長時間閉じ込められると、平静を保つのが難しくなる。

この点はＪＡＸＡやＮＡＳＡも初期段階から重要視していて、それぞれの採用テストでも、閉鎖室実験は必ず行われていた。

特に日本人は、協調性を重んじるあまり、過剰に感情を抑え込む傾向があると言われている。

度が過ぎると抑うつ状態になったり、爆発して他人へストレスをぶつけたり、周囲を危険にさらす行動を取りがちになる点が懸念されてきた。

スタッフ専用エリアの防犯カメラが少ないのも、これが理由だ。閉鎖空間テストで防犯カメラに向かって破壊行動を取る人は、かなり多かった。

スタッフ達のストレスが爆発すればどうなるか……

土師は、一同をなだめたい衝動に駆られるのをぐっと堪えて、真田と一緒に居心地悪く黙り続けた。

重い時間は実際は数分程度だったが、やたらと長く感じて、ようやくスタッフ達が部屋を出て行った時には、手のひらに汗が滲んでいた。

しばらく様子を見て、土師は何気ない風を装いながら、部屋をのぞき見た。

ドアは無く、広くて机や椅子が数多く並んでいる。詰め所のような場所らしくて、その奥で菅山がぐったりとうなだれていた。

テーブルには、冷凍食品のラザニアとおにぎりが並んでいるが、どちらもすっかり冷えているのが見ただけで分かった。食事中に詰め寄られて、そのまま手が付けられなかったのだろう。

申し訳なく思いながらも声をかける。

ゆっくりと視線がこちらを向いて、慌てて居住まいが正された。

「土師様に、真田様？　どうかされましたか？」

「お休みの所すみません。実は……」

先ほどのやり取りなど全く知らない素振りで事情を説明する。

「……ネットが？　本当ですね」

自分のスマートウォッチに視線を落とし、初めてそのことに気づいたようだ。さすがにことの重大さを理解して、頰が引きつる。

「いつから繫がらないか分かりますか？」

「いえ、私達もさっき気づいたんです。菅山さんは、まったく気づかなかったんですか？」

「今日はいろいろありましたので……」

軽食ではなく、今になってラザニアとおにぎりを食べているぐらいだ。土師と同様、夕食を取る暇も無かったのだろう。

そこへ、あんな風に部下達から詰め寄られて、疲れていないはずがない。

時刻は既に、日本時間で夜の九時になろうとしている。何もなくても一日の疲れが出てくる時間帯だ。ほとんどのスタッフは、シフトに従って終業しているらしい。菅山自身もこれから睡眠を取り、明日の朝七時から働く予定だったという。

そんな時に相談事とは気が引けるが、放ってもおけない。

「ネットの管理はどうなってるんですか？」

「さすがにそこまでは、わたくしにも……配線や設定含めて、外部に委託していますので。何か不具合があれば、地上の委託業者から連絡が来るようになってます」

「もしかして」

真田が何かに気づいて微笑んだ。

「その連絡もネットで来るんとちゃいますよね？」

「……そういう場合も、あります」

こたえるまでの極小の沈黙に、不安が募る。

どうやら、ネットが完全に使えなくなることまでは考えていなかったらしい。だが口振りからして、他にも連絡手段はありそうだ。

「ほな、そうやない場合はどうやって連絡来るんですか？　普通の携帯電話は使えへんのですよね？」

「はい、一般的な携帯電話会社の電波は、ここまで届きませんから。ですが、いざという時のためのイリジウム衛星を使った電話があるので、地上との連絡は可能です」

良かった。連絡手段がすべて途絶したわけではない。

安堵して、土師は身を乗り出した。

「インフラの断絶は、種類を問わず深刻です。今すぐ地上に連絡を取りましょう。まさか、夜だから営業が終了してるなんてことはないですよね？」

「いえ、二四時間対応のはずです」

既に菅山は立ち上がり、歩き出していた。

後ろをついていくと、すぐ隣の部屋に通される。

ドアには『支配人室』とプレートが貼られていた。

客室とほぼ同じ大きさの部屋だがベッドは無い。ソファーや広い木製デスクが置かれており、おしゃれなオフィスのように整っていた。

菅山が、デスクに置かれた固定電話の受話器を取って、ボタンを押す。

その顔が、すぐに強張った。

受話器を戻し、またかけ直す。

何が起こっているのか、土師と真田には丸わかりだった。

「まさか、繋がらないんですか？」

「通信管理室へ行ってみましょう」

質問にはこたえず、菅山が駆け出す。

よほど慌てているのか、客の前であるにもかかわらず、低重力下であることを上手く利用して、机を飛び越えた。

文字通り廊下に飛び出て、スタッフ専用通路を奥へと向かう。すると階段があって、さらに上のエリアへと登れるようになっていた。

そう言えば他のエリアに階段は無かった。

重力が存在するのは、リングエリアだけだからだろう。無重力下なら、飛んだ方が早い。

階段を、六、七段ぐらい軽やかに飛び跳ねながら登って、ドアを開ける。

すると、他とは明らかに趣の違うフロアが広がっていた。

まず、天井が低い。それだけで高級感がぐっと減る。空間のゆとりがどれだけ心理的に作用しているのか、土師はこの時初めて気づいた。

床は厚めの塩ビタイルが貼られており、ホテルと言うよりオフィスビルのようだ。

広さもそれなりにあるようで、長い廊下にはいくつものドアが並んでいた。

「ここは、エネルギーサプライエリアといって、ホテル全体のメンテナンスを担っている場所です」

誰もいない廊下を歩きながら、菅山が説明してくれる。

「プレオープンでまだ無いのですが、施設や備品を修理したりする部署も、いずれここで稼働する予定です」

地上のホテルにも、そういった部署は存在した。

何かが故障したり破損した場合、いちいち業者を呼んでいては時間がかかるし、コストも高くつくからだ。

高級ホテルだと、創業当時の姿を残すため、そのホテルに特化した技術と知識を持つ専門部署を置くこともある。リーガロイヤルホテルや帝国ホテルが、代表的な例だろう。

だが、宇宙ホテル『星くず』では、もっと大事な仕事がある。

水、酸素、電気、インターネットの管理だ。

言うまでもなく、どれが欠けても命に関わるものだ。特に水と酸素は、どれだけ余裕があっても無駄にはできない。

将来的には、食料も含めて地産地消できるようにするのが目標だが、今のところは電気以外のエネルギーは、地上からの輸送に頼るしかなかった。

「凄いですね。これ、どれぐらいの人数で見ているんですか？」

「本来なら、三〇人でシフトを組んで、常時二〇人以上が勤務できるようにします。ですが今はプレオープンなので、わたくし含めて五人で管理しています」

普通に受け答えしている菅山と真田だが、本来なら防犯のため、一般客を入れて良い場所ではない。焦っているのか疲労のせいか、菅山はそのことに気づいていないようだ。かくいう土師も、ずっと指摘しそびれていた。

「二〇人の所五人だけて、それブラックとちゃうんですか？」

「……まあ、その。仕方ないんです」

遠慮のない真田に、歯切れ悪く苦笑したところで、足が止まる。目の前に、『通信管理室A』とプレートが貼られたドアがある。中に入ると、見たことのない機材が所狭しと並び、あちこちに無数の配線が伸びていた。

壁際のスチール棚を開く。一昔前の無骨なデザインをした携帯電話が、ドックに収まっていた。

　どうやらこれが、衛星携帯電話らしい。

「えらいごついんですね。昔の携帯電話みたい。教科書でこんなん見たことあります」

「教科書……」

　真田の何気ない言葉に、土師と菅山はそろって絶句する。

　アンテナは太く、液晶画面は小さく、表示されるのは黒い文字だけと、確かに初期の携帯電話を思わせるたたずまいだ。それでも土師が中学生の頃には、最先端の機器だった。

「そやけどこれ、なんでこんなとこにしもたあるんです？　持ち歩かんと、携帯の意味無いんとちゃうんですか？」

「衛星携帯電話は、衛星からの電波を直接端末で受け取るため、屋内では使えないんです。なので、アンテナを設置して、有線でドックに繋ぎ、そこから電話線を引いて、支配人室のアナログ電話機に繋げてるんです」

「支配人室に置いてあった固定電話は、そういうことだったんですね。内線はネット通話しか無いはずでしたから、気にはなっていたんです」

「本来なら、あれで地球に電話をかけられるはずなんですが……もしかしたら、どこかで断線したのかも。ここから直接、地球に電話をかけてみます」

　ドックに装着したまま、菅山が衛星携帯電話を操作する。

　しかしすぐに別の衛星携帯電話を取り出し、ドックに繋ぎ直した。おそらくは、予備のものだろう。

それから同じようにボタンを押す。

何度も、何度も、何度も、何度も……

だが、どれだけ待っても、菅山の顔は青ざめたままだ。

見かねて土師が声をかけた。

「あの、単純にここが圏外だってことは考えられませんか？　高度や軌道の関係で電波が届いてないだけとか」

「いいえ、衛星電話に圏外というのは存在しません。六六個の衛星が地球上をくまなくカバーしていて、どこにいても繋がるのが特徴なんです。この宇宙ホテルも、高度が三二〇キロですから、イリジウム衛星のカバー範囲内です。イリジウム衛星があるのは、高度七八〇キロメートルの場所ですから」

つまり、考えられるのは三つ。

そのイリジウム衛星が故障したか、アンテナなどの機材が壊れたか、衛星携帯電話が壊れたかだ。

多数ある衛星が壊れたとは考えにくい。

携帯電話の本体も、見たところ正常に動いている。

「……どうやらドックの故障です。電源は入っているのですが、正常に動いていないようです」

通電していることを示すランプは点灯していた。

だが、どのボタンを触ってもなんの反応も無い。

「菅山さん。ネットを管理してるのも、この部屋ですか？」

「いえ、隣のB室です」

案内されるままに隣の部屋へ向かう。こちらには、『通信管理室B』とプレートが付けられていた。

中には、PCや巨大なラックに収められた業務用ハブが、所狭しと並んでいる。そこから数え切れないほどのLANケーブルが伸びているが、確認しなければならないのは、接続元の衛星モデムだ。

アンテナから受け取った電波は、このモデムを通ってハブに繋がり、そこからLANケーブルを使って各ルーターに繋がっている。

そのモデムが、まったく動いていない。

「そんな……」

それ以上言葉は続かず、菅山はただ茫然として、壊れたモデムを眺めていた。

土師も、なんと声をかければ良いのか分からず、押し黙る。

深刻などという話ではない。

地上との交信手段が途絶えたのだ。

「これ、壊れたんやろか。それとも壊されたんやろか？」

まるで土師の考えをなぞったように、真田が小首を傾げた。

硬直した菅山が、その横顔を見つめる。

土師は迂闊にこたえられず、そちらに視線をやることもできなかった。

「そんなの決まってんじゃん」

突然の声に、びくりと三人揃って震える。

恐る恐る振り向くと、政木が仁王立ちしていた。

いつの間に……全く気づかなかった。

口元を歪め、政木が顎をしゃくった。

「モデムと電話、ここまでタイミング良く同時に壊れるなんて、あり得ないでしょ」

機材の故障についても承知しているようだ。

ずっと後ろをつけていたのかもしれない。

「もしかして俺たち、誰かに閉じ込められてるんじゃないの？」

「どういう意味ですか？　心当たりでも？」

「誰がやったかって意味なら、そんなの分かんないよ。でも、なんでこんなことしたかって理由なら、分かるかもね」

やたらと話をもったいぶる様子に、心が波立つ。

ことは重大だ。時間を浪費する余裕があるかどうかも分からない。

「政木さん、何か知ってるなら、教えてください」

政木の唇がつり上がる。虚栄心をくすぐられた人間特有の笑い方だ。

その口が開きかけた瞬間、突然けたたましいサイレン音が鳴り響いた。

耳をつんざくような激しさに、びくりと全員が身体を強張らせる。

それから、ぐらりと地面が軽く揺れた気がした。

部屋の隅に置かれていた消火器が、きちんと固定されていなかったのか、ふわりと浮いて地面に落ちた。

宇宙で地震などあるはずがない。

なのに、続けて、どん、どん、とさらに二度ホテルが揺れた。

消火器がまた低く跳ね、誰かにぶつかる前に、土師はそれをおさえた。

「なに、今の？」

大した揺れではなかったが、真田が不気味そうに眉をひそめる。

「もしかして、隕石か、宇宙ゴミ（スペースデブリ）がぶつかったとか？」

真田の心配は的外れだ。宇宙ホテルのように質量が大きい物体だと、多少のゴミがぶつかったぐらいでは小揺るぎもしない。それに、外壁やドッキング部分には、何重もの衝撃吸収装置（ダンパー）が設置されている。

「今のはむしろ、内部でなにかがあったような感覚じゃなかったですか？」

「この真下は、もしかして……」

土師に尋ねられ、血の気が失せた表情で、菅山が走り出す。

遅れて追いかけるが、重力が六分の一だと、走りにくくてスピードが出せない。

滞在期間の長い菅山は、上手く低重力に順応していた。

身体が飛びすぎれば天井に手をついて支え、反動をつけて加速する。

階段を一気に飛び降りても、バランスを崩しもしない。

さながら忍者だ。

途中、先ほどの音と振動を心配したのか、他のツアー客全員が廊下で立ち話をしているのに出くわした。

菅山は声をかけられても、無視してその横を通り抜けていく。

土師も、後ろを追いかけ続けた。

すると、避難誘導灯に沿って移動しているのに気づいた。

「まさか……嘘だろ」

ある予感に、走りながら呻く。

菅山が、非常口に駆け込んだ。

後ろに続くと、まるで巨大なドラム式洗濯機のようなハッチが、目に飛び込んでくる。

全部で六つあって、そのうちのひとつを、菅山が覗き込む。

中はがらんどうで、何もない。

ただ、何かが設置されていた跡だけあって、見るからに頑丈そうな扉が、一分の隙も無く閉じられていた。

他のハッチも確認すると、合計三つの中身が空になっている。

残りの三つには、大きな円錐型の小型艇がおさめられていた。

菅山がその場にくずおれる。

「菅山さん。これって……」

土師が尋ねるものの、菅山は答えない。床に座り込み、壁にもたれ、うなだれている。

そこへ、政木と真田が追いついた。

「ちょっと、いきなり走り出して……どうなってんだよ？」

「なにが、あったん、ですか？」

息を切らしながら尋ねてくるが、やはり菅山は押し黙ったままだ。

その後、ばらばらに残りのツアー客がやってくる。

山口、嶋津、澤田、宮原と、全員が揃ったところで、土師が再度尋ねた。

「菅山さん。何があったのか、教えてください」

顔を上げた菅山の表情は、今にも泣き出しそうに歪んでいた。

「脱出ポッドが使われています。それも、三つも」

「そんな、どうして？　一体なにがあったんですか？」

尋ねておきながら、何が起こったのか、想像はついていた。それが間違っていて欲しいと、強く願う。

だが……

「うちのスタッフ達が、逃げたみたいです」

全員が息を呑む。

そんな馬鹿なとつぶやいたつもりが、声も出なかった。

四

不思議なもので、宇宙にいても空気は重くなるらしい。誰もが口を開けずにいた。

菅山に至っては、あの後なんとかレストランまで連れてきたはいいが、テーブルの一点を見つめたままうつむいて、身じろぎひとつしなくなっていた。

土師も、いっそのことあれぐらい放心してしまいたかった。

だが、先にやられてしまうと、そうもいかない。

二人揃って使い物にならなくなれば、客の安全は誰が見るのか？

自分が特別責任感が強いとは思わないが、今やるべきことは分かる。

土師は、自分達の置かれた状況を、改めて頭の中で整理した。

パイロットが謎の死を遂げ、地球との連絡は取れず、ホテルスタッフは客を置いて帰還してしまっている。

インターネットについては、宇宙船の衛星ブロードバンドも使えなくなっていた。通信設備の電源が入らなくなっていたのだ。

分解したわけではないから分からないが、ここまで電子機器の故障が続けば、人為的なものだと疑っても問題無いだろう。

かろうじて、エンジンや操作系統は無事だった。

犯人も、地球に帰れなくなっては困るのだろう。

大変な状況ではあるが、宇宙船は無事だ。絶望と言う程ではない。

それでも、客は動揺している。

落ち着かせるため、向き合おうとしたその時――

「『就業規則に従い、帰還します』」

真田の声が沈黙を破った。

振り向けば、カウンターの椅子に腰掛けながら、手にした便箋に視線を落としていた。

「『会社に直談判します』『我々は先に帰還するので、支配人はお客様と宇宙船で戻ってきてください』『こうしないと、支配人は動かないと思ったんです』」

「なにそれ?」

宮原が尋ねると、真田が鼻で笑った。

「支配人室に置いてあったんです。多分、スタッフの人らの書き置きやと思います。都合悪なったら逃げるんは、大人の得意技やし」

「お、周ちゃん、言うじゃん。もしかして、世の中に絶望してるか、怒りを募らせてる感じなの?」

からかう政木に、にこりと真田は微笑み返す。

果たして政木は気づいているんだろうか。

さっきから真田が微笑み返すときは、目が一切笑っていない。

口元を吊り上げているだけで、瞳はむしろ鋭さを増していた。

そこには、刃物めいた冷たさがある。

何故か自分の方が居たたまれなくなって、土師は一同に頭を下げていた。

「ご迷惑をおかけして申し訳ありません。まさか、こんなことになるとは……」

「大変なことになったとね。やけど、添乗員さんに予想できたとは思わんけんね。責めたりはせんとよ」

嶋津が優しい声で肩を叩いてくる。

「ありがとうございます。必ず最後まで責任を持って対応させていただきますので」

「あの」

宮原が両手で眼鏡の位置を直しながら、注目を集める。

何を言うつもりなのか、土師には分かっていた。

「こうなったら、やっぱり今すぐ地球に戻った方がいいんじゃない？」

「ごもっともだと思います。私も、そう提案しようと思っていたところです。これ以上は、お客様の安全を保証できませんから」

今度ばかりは、反対できない。

会社の意向は分からないが、土師もそれしかないと考えていた。

それに、先に逃げたのはホテルのスタッフ達だ。いざとなれば、ホテル側に責任を押しつけることもできる。狡い考えに自己嫌悪するが、会社側を説得する材料にはなるだろう。

宮原が安堵して胸を撫で下ろす。

だが——

「ちょっと待ってよ。俺はまだ帰るつもりはないからね」

政木がすぐさま反対して、腰を浮かせた。

「三〇〇〇万も出してこれで終わりなんて、納得できないって」

「払い戻しのことなら、確約はできませんが、会社に掛け合いますので……」

「そうじゃない。はした金なんかいらないいんだよ」

「それは剛気(ごうき)やね。三〇〇〇万がはした金とは」

嶋津の驚きに、政木は得意になって口角を吊り上げた。

「金なら唸るほど持ってる。そりゃあ、ジェフ・ベゾスとかウォーレン・バフェットに比べりゃあ鼻くそみたいなもんだけど、あと一回ぐらい人生やり直せる金ならあるんだ」

三〇〇〇万円する宇宙旅行に応募するぐらいだ。そうであってもおかしくはない。

なのに、政木の言葉に違和感がある。

「それ、おかしいんとちゃいます？」

疑問を口にしたのは真田だった。

「政木さん、三〇〇〇万も出してこれで終わりなんて、納得できないて、今ゆわはったとこやないですか。そやのにお金やないとか、矛盾してはりません？」

「そりゃあ、もったいないとは思うって話だよ。ドブに捨てるのと、無駄遣いするのは、似てるようで意味が違うだろ？」

嘘や適当なことを言っている訳ではなさそうだ。

そういえば政木は、他にも何か気になることを言っていたはず。

たしか……「続行だよ、続行。俺だって、宇宙でやりたいことがあるんだから」だったか。

それに、各機材の故障について、思い当たることもあったようだ。

こうなっては黙ってはいられない。

「……政木さん。やりたいことがあるって仰ってましたよね。それって、一体何なんですか？」

にやりと、笑みを浮かべた。

「俺は、真実を明らかにしたいんだ」

「真実？」

反応したのは澤田だった。それまで無言で成り行きを見守っていたのに、胡散臭げに眉をひそめている。

「なんですか、真実って。僕らに関係のあることなんですか？」

「あるよ。ありありだよ。なんせ、俺たち全員が騙されてるんだからな。なんだか知りたい？」

「喋りたがってるくせに」

宮原の皮肉に、政木は嬉しそうに笑う。

「はは、ばれてるか」

「……それで、なんなんですか、真実というのは」

もったいぶった態度と、いい加減話が進まない様子に焦れたのか、澤田がにらみつけるような視線で呻いた。

「いいか、みんな。聞いて驚けよ」

まだもったい付けて、政木が胸を反らす。

順に一同の顔を見つめて、たっぷりと注目されるのを味わってから、満を持して発表した。

「地球ってのは、本当は平面なんだ。政府はそのことをずっと隠していて、国民を騙してる。俺はそれを証明するために、宇宙旅行なんてのに申し込んだんだよ」

「なんですって？」

自制心を総動員させて、土師は辛うじてそれだけ尋ねることができた。

地球が？　平面？

一瞬からかわれているのかとも思ったが、どう見ても政木は本気だ。

「だから、地球が丸いって説は間違ってるって言ってるんだよ」

同じ言説を、言葉を換えて繰り返してくる。やはり、本当にそう思っているらしい。

澤田が、目を見張って尋ねた。

「本気ですか？」

正気ですか、と尋ねたかったのだろう。それぐらい澤田は深刻そうにしている。

「本気も本気、そもそも地面が丸いとか、そっちの方が訳分かんないでしょ？」

なんと反応すればいいのか分からず、土師はひたすら、喉の奥で言葉を飲み込み続けた。

「ふふ」

低く、小さな笑いが、それも嘲笑の類いが、鼓膜を波立たせる。

振り返ると、山口が肩を震わせていた。

「失礼。ですが……ふふ。ははは」

視線に気づいて、降参するように両手が軽く挙げられる。

それでも笑いは収まらず、震える声のままに山口は言葉を続けた。

「どれだけ凄い理由があるのかと思えば、地球平面説ですか。まさか、本当に地球平面論者（フラットアーサー）が存在したなんて。てっきりネットのジョークかと思ってましたよ」

皮肉たっぷりに言われても、政木はむしろ憐れむような視線を返す。

「あー、まあ、そういう反応だろうね。自分の頭で考えるってことができない連中は、みんなおんなじ反応なんだよね」

小馬鹿にした態度なのに、なにひとつ感情を乱されないのは、地球平面説があまりに突飛すぎるせいだろう。

「なるほど、ではあなたは、自分の頭で考えて、地球平面説という真理に辿り着いたと。そう仰るわけですね？」

山口の皮肉にも、言われた方は得意気だ。

「こう見えて地頭は良いんだ。でなきゃ、この歳で億り人（おくびと）にはなれないっての」

「はぁ～、億り人。確か、資産が億を超える人のことやったと？　凄かねぇ」

「つまり、金と暇を持て余して陰謀論にかぶれたという訳ですか。平和ボケとはこのことを言うのでしょうね」

「ねえ、今そんな話必要？」

宮原が眼鏡を直しながら呻く。

「ホテルのスタッフがみんな逃げて、地球と連絡が取れないのよ？　話し合わなきゃいけないこと、他にもいろいろあるんじゃない？」

「まあまあ、最後まで話させてあげましょうよ。彼がどんな理論武装してるのか、とても興味があります。世の中には、貧しさから抜け出すために教育を望む貧困層がいるのに、少なくとも義務教育は受けられる日本人が、地球平面説を唱えるとはね」

「政木さんもたいがいだけど、あなたも十分悪趣味だから」

宮原の手厳しい声を、山口は肩をすくめただけで躱（かわ）す。

その間、全員を混乱一歩手前に陥れた本人は、嶋津相手に金儲けのコツを伝授していた。

「日本はやっぱ、なんだかんだで土地と建物だよ。家賃収入最強だって。銀行が不動産以外を担保に金貸すと思う？　だろ？　土地と建物持ってる奴が一番強いんだよ」

「いやぁ、おもろいわぁ」

真田が例の笑顔のまま政木を見つめた。

「不動産で儲けた人が地球平面論者（フラットアーサー）やなんて。なんかの寓話みたい」

「それで、地球が平らだと証明できたんですか？」

山口の挑発に、政木は不愉快そうに鼻を鳴らした。

口元を歪めて、腕を組む。

その後ろには、三層構造の大きなガラスがあって、宇宙の景色をこれでもかと見せつけていた。

「決定的な証拠ってなると、厳しいね」

青い惑星を背に、政木は意外と謙虚にこたえる。

「政木さん、それってツッコミ待ちですか？　そやったら、もっと分かりやすうボケてもらわんと。うち、大阪の人とちゃうんで、ようツッコミ入れられへん」

真田も、柔らかい口調ながら容赦がない。後ろの景色を指さしながら、堂々と政木を馬鹿にする。

しかし政木はめげない。

「こんなの、CGに決まってるだろ。みんなゲームとかやんないの？　これぐらいのムービー、映画でだって使われてるでしょ」

「確かに、最近の映画ばリアルですけんね」

「ちょっと、嶋津さん。余計な事を言って話をこじらせないで」

宮原の制止に、慌てて嶋津が口を両手で塞ぐが、もう遅かった。

「そうだよ。今どき個人でも、それなりのCGが作れるんだ。本気になった政府やNASAが、これぐらいできないはずないって。みんな騙されてるんだ。地球が平面だってことを隠すためにな」

嬉しそうに、政木が声を高くする。

そこに、柔らかいしゃべり方とは裏腹な冷たい声が滑り込んできた。

「ひょっとしてですけど――」

声の主は、真田だった。

「政木さんて、ワクチン打ったらマイクロチップ埋め込まれるとか、DNA書き換えられるとか信じたはる人ですか？」

どう取り繕っても侮蔑を隠しきれない言葉に、周囲の方が凍り付く。

だが――

「おいおい、反ワクチン派のヒステリー集団と一緒にしないでくれよ。こっちはちゃんと、科学的根拠に基づいて話してんだから」

政木はそう前置きして、今度はアポロ一一号の月面着陸写真がいかに怪しいかを熱弁し始めた。

空気もないのに星条旗がはためいているだとか、複数の影が平行になっていないから光源がいくつもあった、つまり月まで行っておらずスタジオで撮影されただとか。

途中で話を聞くことを放棄して、土師は天上を仰ぎ見た。

ここまで自分を信じられるなんて、うらやましくすらある。鋼のようなメンタルだ。

「正直俺は、あんたらの言う宇宙って場所に来たとも思ってないんだよね。そもそも宇宙が存在するなんて証拠も無いんだしさ」

宇宙が存在する証拠が無い……またもや予想もしない主張だった。

ガラス越しに見える景色をＣＧだと豪語するぐらいだから、そう言いだしてもおかしくはない。

おかしくはないが、反応に困る。

「ねえ！　この話、ずっと続けるつもりなの？」

うんざりと、宮原が声を荒らげる。

既にしらけたムードが漂っていた。

あれだけ曰（いわ）くありげにしていたくせに、こんな荒唐無稽な話を聞かされて、時間を無駄にしたとしか思えなかった。

真田に至っては、飽きたのか、自分の髪の毛を弄って遊んでいる。赤いインナー部分がちらちらと見えた。

「この中に政府の関係者がいて、俺たちを騙そうとしてるんだ。宇宙旅行なんて企画するからだぜ。地球が平面なのを隠すために、眠らされて、拉致られたんだ。目が覚めたら、知らないベッドの上だもんな。国家権力を使えばできないことなんてない、だろ？　俺は、この陰謀を暴くまで帰らない」

馬鹿馬鹿しすぎる主張に、全員が諦めたように視線を逸らす。

「違うってのかよ？　だったら、みんななんのために宇宙に来たんだよ。嶋津さんなんか、やたら含みのあること言ってただろ？」

「私ですか？」

きょとんと、嶋津の目が丸くなる。

「目的を果たしたとか言ってたじゃん。あれって、地球が平面だってばれないよう、細工したってことじゃないの？」

困ったように頭を掻き、嶋津は政木を見つめ返す。

「違うゆうても、信じてもらえそうになかですね」

「話す内容によるかもね」

「プライベートなことやけん、お耳汚しするのも憚られますたい。それに、話してそれが本当かどうか、証明する方法もありませんけんねえ」

やんわりと断るも、政木は食い下がる様子を見せた。

「政木さん、もうその辺りで……」

土師も気になっていたことではある。だが、客のプライベートだ。無理に暴くのはよくないと止めに入るが、それを嶋津本人が、手を振って制した。

「まあ、あまり楽しい話やなかですが、それでよかなら、聞いてください」

一同の注目が集まるのを照れくさそうにしながら、嶋津はまた頭を掻く。

「妻と息子の墓参りばしたかったとですよ」

ピンときたのは土師だけだった。

「もしかして、宇宙葬をされたのですか？」

「ええ」

嶋津の表情は、どこかほろ苦い。

「私ら夫婦には、なかなか子供ができませんでね。ようやっと授かったと思ったら、小児がんで亡くなりました。その子が、病院でずっと空ばっか見とったせいか、宇宙飛行士になりたかて言うとったとです。やけん、せめて遺骨は宇宙にと思て……」

しん、と空気がまた静かに波打つ。

「ああ、気にせんでください。しんみりした空気は、私も苦手です。それに、どうしようもなかことですけんね」

そうは言うが、嶋津の目尻には微かに光るものがあった。

「妻も、がんで二年前に。偶然にも息子の命日と同じ日でした。宇宙へ遺骨ば飛ばしたのも同じです。それが遺言でしたけんね。地上にも墓はありますが、二人は宇宙にいると、私は思っとるんです」

「それで、お墓参りですか」

土師の粛然（しゅくぜん）とした声に、嶋津が頷き返す。

「宇宙旅行の募集があったときは、運命やと思いました。旅行日が二人の命日と被っとりましたけんね。正直、金に余裕は無かですが、これを逃せば二度と宇宙に来れん、墓参りばできん思て、申し込んだとです。部屋や展望台で、十分に宇宙を拝ませてもらいました。こげな綺麗なところに二人がおると思うと、救われる気持ちです。やけん、目的ば果たした、すぐ帰ることになっても、後悔はなかてゆうた次第です」

言い終えると同時に、先ほどとは違う意味で、深沈とした空気が重く垂れ込めた。

湿っぽいのは苦手とは本人のセリフだ。それでも、言葉の端々には、今なお消えない深い愛情と悲しみが刻まれている。

同時に、美談として広告に使えるとも思った。

いかにも中田好みでもある。

まさか、本当に恣意的な選考があったのだろうか？

誰もが粛然とする中、鼻をすする音がした。

最初は小さく、徐々に大きくなり、ずるずると汚くなって、一同がそちらを向く。

音の主は政木だった。

「やべ……駄目だって。くそっ、ちくしょう。俺、子供の病気ネタは、駄目なんだよ……だって、狡いだろ、それは。くそ」

垂れた鼻水をすすり、ずびずびと汚い音を立て、ついにはぼろぼろと涙がこぼれ、袖で拭い始める。

ぽかんと、全員がその様子に驚く。

慌てて菅山がティッシュを持って運ぶと、政木は人目も憚らず思いっきり鼻をかんで、ようやく平静を取り戻した。

赤く腫れた目と鼻の頭に、宮原が呆れる。

「政木さんて、訳が分かんない」

「そう言えば、パイロットさんの生い立ちを聞かされた時も、同じような反応でしたね。そうとう涙もろいようだ」

反対に、山口はおかしそうに肩を震わせた。

「そういうあんたはどうなんだよ」

まだ滲む涙を指先で拭いながら、今度は山口に尋ねる。

気負う様子も無く、山口は答えた。

「言ったでしょう。バカンスですよ。仕事が忙しくて、ようやく休みが取れたんです。幸い、お金はありましたからね。忙しくて使う暇が無かったんです。結婚もしていませんし、食に興味があるわけでもなく、物欲もこれと言って無い。スーツぐらいですかね、それなりのものを揃えたのは」

「確かに、腕時計も古いもんね」

政木に指摘されて、山口は左腕に巻いた腕時計に触れた。

「ヴィンテージっぽくてかっこいいじゃん。俺も、腕時計にはこだわってんだ」

政木が腕を差し出し、袖をめくった。

文字盤は黒く、バンドはメタルといった、いかにも高級そうな腕時計が巻かれていた。

「やっぱクオーツは邪道じゃん？　男ならゼンマイだよ」

腕時計の動力は、二種類に分けられる。

ゼンマイ仕掛けで動く機械式と、電池で動くクオーツ式だ。

クオーツ式は時間の精度が非常に高く、かつ安価に作れることもあり、今ではこちらが主流になっている。

けれども、昔ながらの機械式にも、クオーツよりも力を出しやすいという利点がある。太い針を動かせたりするので、視認性やデザインの自由度はこちらの方が高い。

「機械式の、職人芸的な美しさっていうかさ、やっぱ時計って、こうじゃないとね」

「いやいや、そげん決めつけはいかんでしょう」

異議ありと言わんばかりに、嶋津が声をあげる。

既に腕をまくって、白い腕時計を自慢げに掲げた。

「やっぱし、Ｇ－ＳＨＯＣＫが一番ですたい。頑丈で滅多に壊れんけん、仕事でもプライベートでも重宝してますよ。それに、デザインもよかです。ほら」

確かに嶋津の時計は、目を惹く。

本体からバンドまで白く、ベゼルが嫌らしくない程度に、レインボーカラーだ。

「あれ、ひょっとしてそれ、アイサーチとコラボした限定モデルじゃない？」

「詳しかですね、政木さん。気づいてもらえて、嬉しかです」

嶋津の時計は、ＬＥＤライトのスイッチや、バンドの留め具にクジラの意匠が施されている。若者向けな気もするが、形自体は既に定番になっているので、違和感は無い。

「機械式もよかですけど、道具はちゃんと使えてこそ。防水やし、電波で常に正確な時間を表示するし、ほんのちょっとの光で発電しますけん、全部の機能が安定して使えるんはありがたかです」

どうやら二人共、時計については一家言あるようだ。

しかし山口は、盛り上がる二人に素っ気ない態度で応えた。

「趣味で付けているのではなくて、思い出の品なんです」

古びた腕時計を撫でる視線が、遠い過去を見つめるようだ。

「私は祖父母に育てられました。ああ、ちなみにお気遣いは不要です。死んだという連絡もないので、両親はきっと、どこかで生きているのでしょう」

家族関係の複雑さを簡単に流して、山口は説明を続ける。

「静岡の果実農家で、小さい頃から働くのは当たり前でした。ワーカホリックなのは、その頃の影響なのかも。その時祖父が付けていたのが、この腕時計なんです」

なんの変哲も無い腕時計だ。

元は白かったであろう丸い文字盤が、クリーム色に変色している。

革のベルトだけ新しいのは、取り替えたからだろう。

派手さや豪華さは無いが、質実ながらも丸みを帯びたデザインが、和らぎを醸し出している。

「ぼろぼろですし、骨董品的な価値もありませんが、私にとってはかけがえのない時計です。

果樹園も自宅もすべて無くなってしまったので、祖父母が残してくれたのは、本当にこれだけになってしまった。故障する度に何度も直して使っています」

腕時計に落とした視線は、複雑な色に揺れている。

様々な思い出があるのだろう。

「ふうん。じゃあ、今の仕事ってなんなのさ？」

「紛争解決のコンサルタント業です」

端的にこたえた山口だったが、その内容は、あまりにも現実離れしていた。

土師が首をひねりながら尋ねる。

「えっと……何をするんですか、その紛争解決って？」

「言葉通りですよ。武装解除、紛争予防、難民支援の三つを通じて、世界平和の構築を目指しているんです」

具体的にどんなことをするのかは分からないが、こちらも宣伝映えのする職業だと思った。

「急に話がでかくなったやなかと？」

嶋津が感心したように驚く。他のみんなも、同じように目を丸くしていた。

山口が、そうでもないとでも言いたげに肩をすくめる。

「元はエンジニアなんです。いろんな国に出かけて、上下水道や、太陽光発電なんかのインフラを整える会社に勤めていました。ですが、一企業にできることには限度があって、ＵＮＨＣＲに転職したんです」

「ＵＮ……なんなの、それ？」

政木が首をひねる。

「国連難民高等弁務官事務所です」

「知ってる。たしか、ＵＮＩＣＥＦの難民バージョンだっけ？」

宮原の発言に、山口が苦笑して頷く。

「雑な覚え方ですが、まあ、間違ってませんね。ＵＮＩＣＥＦは有名ですが、こちらはいまいち認知度が低くて困っています。難民であれば、子供だけでなくその家族にも支援が行くので、どうかもっと関心を持ってもらいたいんですが……」

ため息混じりの声と一緒に肩が落ちる。

「今の仕事をするようになったのは、ＵＮＨＣＲに入ってからです。紛争解決学を学び、実践していました。その知識と経験を活かすため、一五年ほど前から日本のＮＰＯ法人で働き始めましたが、それも二年前に辞めて、今はフリーランスで働いています」

「フリーランスの、紛争解決業……ですか」

凄さは分かるが実感はできなくて、土師はただ言葉を繰り返す。

反対に、目を輝かせたのは真田だった。

「そんな仕事があるんですね。具体的には、どんなことしゃはるんですか？」

高校三年生と言えば、将来について考えていてもおかしくない。

夏休みのこの時期なら志望校は決まっているだろうが、その先のことはまだいろんな選択肢があるはずだ。興味を持つのも分かる。

「武装解除、動員解除、社会復帰、それぞれの英語の頭文字を取って、ＤＤＲと呼ばれるプログラムを実施していました」

「言葉からなんとなく意味は分かりますけど……」

唇に人差し指を当てながら、真田はわずかに首を傾げる。

「興味があるなら、地上に戻ってからお教えしますよ。特に若い人に、知ってもらいたいことですから。難しく、時には絶望しそうになりますが、それでもやりがいはありますからね。いつかこの世から兵器を無くす。それが私の目標なんです。仲間は多い方が良い」

「ほな、名刺とかもろてもええですか？」

「もちろん」

懐から取り出し、手渡しながら、山口は嬉しそうに笑う。

真田はそれを片手で受け取ると、無造作にポケットに押し込んだ。

女子高生がビジネスマナーを知らないのは仕方のないことだ。山口も、特に気にした様子はない。

「そやけど、そんな大変なお仕事やったら、なかなか休みも取れへんのとちゃうんですか？」

「ええ。バカンスに行きたいからミサイル撃つのをやめてくれなんて、通用しませんからね」

深刻な内容だが、山口は軽く言う。

「なので、無理にでも予定を入れないと休めないと思って、取り敢えず応募したんです。二年先なら、さすがに前もって準備できるだろうし、抽選に外れても、別の案を考えればいいからと。そうしたら、運良く当選したというわけです」

以上、とでも言いたげに諸手が軽く挙げられる。

立ち振る舞いから役者か何かだと思っていたが、あまりにも予想外の職業だった。

「あ、ちなみにうちは、無料招待枠に応募したら当たったんです」

さらっと、真田が自分の都合を簡単に流す。

それから次を促すように、宮原に視線を向けた。

気がつけばそれぞれが宇宙へ来た理由を話し合う流れになっている。

仕方ないと言わんばかりに、宮原が口を開いた。

「私も、大まかなところは山口さんといっしょ。仕事仕事の毎日だったから、誰にも絶対に邪魔されない場所で休みたかったの。で、宇宙旅行に応募して当選した、それだけ」

自分だけ黙っていたら疑われると思ったのか、いつになく饒舌だ。

「私は実家が飲食店なの。最初は全然流行らなくて、おかげで中学ぐらいまでは、死ぬほど貧乏で辛かった。思い出すだけでも吐き気がするぐらいね。ニンニク臭いとか、同級生にもよくからかわれたし」

細く、くっきりとした眉と眉の間に、深い皺が刻まれる。

「だから、家業を手伝うつもりなんてなかった。弁護士になって独立するつもりだった。なのに、働きながら勉強させてくれるって言葉に乗っかったばっかりに……」

盛大なため息が、人生設計の狂いを過不足なくあらわす。

「忙しすぎて、結局ずっと働き詰めだった。会社と自宅の往復ばっかりで、資格の勉強なんて、全っ然、できなかった」

「飲食は、当たれば大きい分、忙しくなると聞いてます。本当なんですね」

澤田が感心して、嶋津が苦い表情を浮かべた。

「うらやましかです。私も昔、ハンバーガーショップで働いたり、自分でキッチンカーを出したりしとったんですが、これがもう、赤を出さんだけで精一杯やったとですから」

「飲食店をやりたくてやってる人は、忙しいのが嬉しいかもしれないけど」

嶋津の言葉を、宮原はいまいましそうに受け止める。

「理想と違う仕事をずっとやって来て、五年前には失恋して、そこにコロナ禍。会社のみんなを守るために必死で、なんとか切り抜けたと思った途端に、やる気が綺麗に消えちゃった。自分の人生ってなんだろうって思って。そうしたら、ちょうど宇宙旅行を募集してたから、とにかく家から離れたいって思って応募したの」

「これ以上ないくらい遠いとこまで離れてまいりましたね」

真田の言葉に、宮原は吹き出して頷いた。

「ちなみにお金は、今まで大して使ってなかったから貯まってただけ。趣味はゲームぐらいだし」

「なんだ、宮原さんゲームやるんじゃん。だったら、あれがCGだってことぐらい分かるでしょ？　新しいプレステとか、映像めちゃくちゃ綺麗だもんね」

窓の外に見える宇宙を指さした政木に、宮原は冷たくこたえる。

「私はXｂｏｘ派なんだけど」

「だったら余計に分かるでしょ。宇宙でエイリアンと戦うやつがあるんだからさあ。窓の外の景色、あのゲームに匹敵するレベルだと思わない？」

「おあいにく様。エイリアンじゃなくて、人間を撃ち殺すのが好きなの」

めげない政木に、宮原は舌を出して応戦した。

「じゃあさ、澤田さんはどうなのよ」

最後に、流れで尋ねる。

澤田は一瞬だけ息を飲み込んで、答えた。

「単に、旅行の募集があって、応募したら当選した、だからここに来た。それだけですよ。他にどういう理由が必要なんですか」

「三〇〇〇万もするのに？　仕事は何してる人なの？」

「……プライバシーに属することです。答える必要性を感じません」

「答えられないってところが、ますます怪しいね」

至極まっとうな澤田の返答も、政木にかかれば陰謀に思えてしまうらしい。

「俺たちは今、政府の監視下に置かれてる。ホテルのスタッフが逃げ出したのは、それに気づいたからじゃないの？　いや、ひょっとしたらホテルのスタッフ達こそが、政府の工作員なのかも。俺たちが自発的に地上に帰るように仕向けてるんだ。そうやって、地球が平面であることを隠そうとしてるんだよ」

「政府って、そんなに暇じゃないと思うけど」

宮原の声は素っ気ない。

「それで、その政府の人が誰なのか、分かったの？」

「まだハッキリとは分かんないけど……怪しい人なら確かにいたよ」

政木の視線が、山口と澤田に注がれた。

山口はおかしそうに笑い、澤田は明らかに怒りを浮かべて睨み返した。

「私達が政府の関係者？　地球平面説よりは面白いですよ」

「どういうつもりかは知りませんが、不愉快です。一体何の根拠があって仰ってるのか、返答次第では、黙ってませんよ」

二人の反応は、対照的だった。

「さっきから思ってたんだよね。ホテルのスタッフが逃げたのに、あんたら二人は随分と落ち着いてるじゃん。ひょっとして、こうなるのが分かってたとか？」

「たったそれだけのことで……？」

澤田の声が、怒りに震える。

「失礼だとは思わないんですか。なんの証拠も無く、憶測で誰かを貶めるようなこと。恥を知るべきだ」

「あれ～、ムキになるところ見ると、もしかして図星？」

「政木さん。どうかそこまでにしてください」

さすがに放って置けず、土師の声が厳しくなる。

それを手で制して、山口がこたえた。

「困ったことになったなとは、思ってますよ。ただ、ジタバタしてもしょうがありませんからね。それに、いざとなれば、土師さん一人でも宇宙船を動かせるんでしょう？」

「え、ええ」

話を振られて頷く。

「なら、焦る必要ありません。時間まで、ゆっくり構えていればいい」

「あんた、さっき笑ったね？」

「――はい？」

不意を突くように尋ねられて、山口が眉をひそめる。

「俺があんたら二人を怪しいって言った時だよ。笑ってたじゃん」

「……ええ。あまりの馬鹿らしさにね。それがどうかしましたか？」

「馬鹿にされたら怒るのが普通の反応だぜ？　澤田さんみたいにな。けどあんたは笑ってごまかした。やっぱり怪しいぜ」

山口は何か言おうと口を開きかけたが、肩をすくめて首を左右に振って見せた。

「くだらない。付き合いきれないだけです」

「……その通り。これ以上は付き合えない」

宮原が腰を浮かした。

「政木さんだけ残れば？　私達は、先に帰らせてもらうから。一人で好きなだけ陰謀の証拠を探せばいいじゃない」

「いや、待ってください。それはできません。帰還するなら、全員一緒でないと」

慌てて土師が否定した。

「どうして？　脱出ポッドがあるんでしょう？　帰って来たくなったら、それに乗ってもらえばいいじゃない」

「それは最終手段です。危険なわけではありませんが、全員一緒に帰還する方が、はるかに安全ですから」

脱出ポッドの落下地点は、なるべく人のいない場所が優先される。

陸から離れた海の上や、険しい山岳、極寒の地に落ちれば、救助が来るまで生存できるかどうか分からない。

水や食料、毛布などの防寒具を積んではいるが、脱出ポッドよりも宇宙船で帰る方が圧倒的に安全だ。

政木が暴力でも振るったというならともかく、地球平面説では置いて帰るなどできない。

それを見て、政木がしたりと頷く。

「土師さん、俺が残るのを阻止しようとしてるんでしょ？　誰もいなくなった後に調べられると、いろいろばれちゃうもんね。怪しいよね」

この程度の理不尽は、派遣時代に腐るほど経験していた。会社が資金難だった時もだ。

ロスジェネ世代を舐めるなよ。

就職活動期間が超氷河期時代に被さり、その後も派遣という非正規雇用を強いられる中、働く貧困層（ワーキングプア）と蔑まれながら、歯を食いしばってここまで来たんだ。

こんな荒唐無稽な陰謀論で潰されてたまるか。

腹の奥で唸っていると、伊東の記憶が囁いた。

冷静になれ、と。

目の前の仕事に集中しろ、と。

おかげで深呼吸する程度の自制心は働いて、平静でいられた。

「でもやっぱり、一番の本命はあんただよね。澤田さん。刑務所に入ってたんでしょ？」

澤田の顔から感情が消えた。

真田が目を見張り、宮原は目を伏せ、山口が目を瞬かせる。

土師は、嶋津が沈痛な表情で瞼を閉じるのを見て、驚愕した。

それでも信じられず本人へ視線を向けると、澤田はうつむいていた。

「あれ？　もしかしてみんな、知らなかったの？　同じツアーの人の名前とか、検索しないんだ？」

気味悪げに、女性二人が後ずさる。怒りを笑顔で表現する真田でさえ、くっきりと不快感を表していた。

土師が感じたのは、恐怖だった。デジタルタトゥーの実害を目の当たりにして、嫌な気分になる。

「澤田さんさあ、保育園の先生だったんだって？　その保育園で女の子が殺されて、容疑者として逮捕されたんでしょ」

凄惨な事件に、また澤田に視線が集まる。

澤田は深いため息をこぼした。

「……冤罪(えんざい)です。判決も出ています」

声には、疲労がくっきりと刻まれていた。

その肩に、嶋津がそっと触れる。

「澤田さんの言うとることは、間違っとらんです。二〇二〇年の四月頃やなかったとですか。私も、新聞で読みましたけん」

コロナのせいで、日本初の緊急事態宣言が発令された時期だ。

報道はコロナ関係ばかりで、澤田の扱いは小さかったのだろう。それにあの頃は、融資や取引先との折衝で、テレビや新聞に目を通す余裕もなかった。ネットニュースも、扇情的な見出しばかりで、わざと見ないようにしていた。

「やけん、触れんようにしとったとです。大変な思いばしたでしょうから。慰められるより、知らん振りの方がよかと思て」

頬を強張らせながら、澤田が頭を下げた。

「確かに僕は昔、保育士をやっていました。母子家庭で育ったので、働くお母さん達の力になりたかったんです。なのに……！」

薄い唇が、強くわななく。

「働いていた保育園で、女の子が殺される事件がありました。首を絞められて、倉庫の裏に放置されていたんです。警察に事情聴取され、数日後、逮捕されました。理由は、女の子の服に、僕の体液が付着していたからだそうです」

暗い声と衝撃的な内容だった。

「でも、僕はやってない。確かに僕にアリバイは無かった。でも、それを言うなら、他の誰にだって無かった。なのに、どうして……」

少なくとも土師には、澤田が嘘をついたり演技しているようには見えない。

「体液って言っても、皆が想像してるようなものじゃなくて、ただの唾液だったんだ。子供と接してたら、唾ぐらい飛んで当たり前じゃないですか」

上擦った声には、身を切られるような切実さがある。

一言毎に澤田の血が滲んでいるようだった。

「俺さ、警察の記者会見がネットに上がってたから見たんだけど、ありゃひどかったね」

政木が、当時を思い出したのか、顔をしかめる。

「捜査を担当した警察が、記者会見で賞状を返還するなんて言ってたけど、ずれた連中だよ。そんなもんで人の人生台無しにした罪が無くなると思ってるんだからさ。しかもコロナ対策でマスクしてたから、顔も分かんないんだぜ。狡いよな」

冤罪や警察の捜査を批難してはいるが、人が隠していたことを勝手に暴露する政木も、同類に思えた。

「疑われる方が悪い、なんて言わないよ。俺も随分誤解を受けてきたから、その辛さは分かるつもりだし」

「あなたのは自業自得でしょう」

宮原に指摘されても、政木はめげない。表面上はまったくいらついた様子も、反発する素振りもなく、自分の説を続けた。

「刑務所に入ってる間に、政府から接触とかあったんじゃない？　世間に恨みもあるだろうし、裏の仕事で世の中を欺いて復讐してやれって、そんな感じで誘われたんじゃないの？」

「……本気で言ってるんですか？　だとしたら、救いようがありませんね」

澤田が政木をにらみつける。

「こんな思いをするために宇宙へ来たんじゃありません。それとも、大それたことをしようとした罰ですか？　こんなことなら、宇宙になんか来るんじゃなかった……」

胸を刺されたような気がして、土師はよろめくところだった。

小さい頃に見た星空に憧れ、エネルギー問題に関心を持ち、解決するために宇宙を身近にするという想いが、土師の原動力だ。なのに、ようやく実現に漕ぎ着けた最初の宇宙旅行で、ツアー客にこんな想いをさせてしまうなんて、息が詰まる。

「危険でもなんでもいいから、脱出ポッドで先に帰らせてください。こんなところ、一秒だっていたくない」

力の無い声に、土師はますます心がすり潰される思いだった。

澤田の無念に、悔しさとやるせなさが全身を満たす。

なにより、こんな状況でもまだ、自説を主張し続ける政木に呆れた。

「みんな、目を覚ませよ。これだけおかしな証拠だらけなんだから、政府に騙されたままじゃなくて、真に独立した人間として立ち上がろうぜ」

地球平面説を唱えている間は、まだ馬鹿馬鹿しいで済んだ。しかし冤罪で収監された人間を揶揄しては、支持はもちろん共感も生まない。

不意に、嶋津が無言のまま席を立った。

どうしたのかと思っていると、レストランの隅に置かれたピアノに近づいて、蓋を開いた。

ぽろん、ぽろん、とたどたどしい音が聞こえてくる。

「誰か、ピアノば弾ける人はおらんとですか？　明るい曲でも聞きたか気分やけど、私は芸術関係はからっきしで」

　気負った風も無く、さり気ない言動だった。

「ほな、うちが」

　静観していた真田が名乗りを上げる。

　そうだった。この子は演奏を生配信したくて、宇宙に来ていたんだった。

　椅子を引き、姿勢を正して、軽く指を鍵盤に躍らせる。

　綺麗な音なのに、真田の眉が跳ねた。

「タッチがキーボードみたいになってる」

「それは多分、宇宙仕様に調整してあるからだと思います」

　土師の説明に、小首が傾げられる。

「低重力だと、ハンマーの返りがよくなりすぎるので、電子キーボードみたいにバネで鍵盤の動きを調整してるんです」

　ピアノは、ぴんと張った弦を、てこの原理を使ったハンマーで叩いて音を出す楽器だ。低重力下では、運動エネルギーの消失率が地上より低いため、ハンマーが何度も往復することになる。

「それで、普通のピアノとは違う弾き心地なんだと思います」

「ああ、なるほど。それで」

　跳ねるように音を奏でて、指を慣らしていく。

「これやったら……」

感触を摑んだのか、長い指がゆっくりと鍵盤を奏でた。

分厚いハーモニーに、聞き覚えがあることに気づく。

だが、記憶の中では、それはアカペラだった。

そこへ、さらに印象的なフレーズが奏でられる。腕を交差し、高音が跳ねるように響いたその曲は、クイーンのボヘミアン・ラプソディだった。

今どきの子が知っているなんて珍しい。ボーカルのフレディ・マーキュリーを題材にした映画も、公開されたのは今となっては随分前だ。

サブスクでいろいろ見聞きできるから、古いとか新しいは関係無いのだろう。

ただ、名曲ではあるが、嶋津のリクエストした明るい曲かと問われると、少し疑問だ。

最初はバラードだし、中間のオペラ部分はコミカルだ。その後爆発するようなロックに変わるが、最後はまたバラードに戻る。

歌詞だって、人を殺したという内容で始まり、全体的に刹那的で怒りや悲しみを内包している。

解釈はいろいろあるが、ハッピーな内容でないのは確かだ。

土師は、これは真田なりの諧謔(かいぎゃく)なのかもしれないと考えた。

本人の言動は、どこか皮肉っぽい。明るい曲と言われて、わざとこの曲をチョイスしたのかもしれない。ピアノだけを聞けば、暗さは感じないのだから。

みんな歌詞には無頓着なようで、嶋津や宮原は、ピアノの音色にどこかホッとしたような表情を浮かべていた。

澤田もじっと耳を傾けていて、心なしか緊迫感が薄らいでいる。

弾きながら、真田が口元をつり上げた。

「これ、思い出の曲なんです」

歌うのではなく、ボーカルパートもピアノで奏でられる。

おかげで、音色とメロディーの美しさが際立っていた。

「小学校の時にこれ弾いて、担任の先生を怒らしたんですよ」

不思議そうに宮原が首をひねった。

「どうして？　こんなに上手なのに」

「うち、昔から教師と反りがあわへんかって」

曲調ががらりと変わる。オペラパートだ。

誰も歌っていないのに、ガリレオ、ガリレオ、というあの印象的でコミカルなフレーズが脳裏でこだまする。

「まあ、ゆうてうちも、教師が望むようなええ子やなかったんですけどね。自分が納得でけんこと、そのままにしとけへん性格やったんで」

「例えばどんなことを？」

土師が尋ねるのと、曲が激しいロックパートに変わるのは、ほぼ同時だった。

「いじめを見て見ぬ振りしたり、隠蔽しようとしたり。それも、目の前でやられてんのに。あとんなって、あれはじゃれてるだけや思たとか、見え見えの嘘ついたり……そういう教師に、お前は間違うてるてゆうてやったんです」

鍵盤を叩きつけるようなフレーズが繰り返される。真田は、ギターソロまでピアノで再現していた。

「そやけど、えこひいきの上手い人やったから、一部には好かれてはったなあ。まあ、うちは一生かかっても好きになれへんタイプやけど」

「そんで、その教師とこの曲と、どう繋がると？」

「卒業式で、うちがピアノ弾くことになってもうたんです。嫌やゆうたのに、弾けるんがクラスにうちしかいいひんかって、しゃあなしに。あんな教師に命令されて弾くやなんて、ほんまに嫌で嫌で……ほんで、本番の時、校歌やのうてこれ弾いたったんです」

駆け上るようなフレーズが奏でられる。

一音一音が力強い。

「ほんまは、ドント・ストップ・ミー・ナウにしたかったんですけどね。知名度でこっちに」

真田の頬に皮肉っぽい笑みが浮かぶ。

「あのぽかんとした顔、なんべん思い出しても笑えてくるわあ。まあ、おかげで中学上がってから、周りにちょっと痛い奴や思われてたみたいですけど」

ピアノが、ファンファーレのようにハーモニーを奏でて、ゆっくりとまたテンポが落ちる。

ふと、真田の唇が綻んで、年相応の無邪気な声がこぼれた。

「この話聞いて、おもろがってくれたクラスメイトがいたんです。その子に、生配信で演奏聞かしたあげたかったな」

声の最後に、誰かのあくびが重なる。

同時にピアノの音が止んだ。

「いやあ、いいもん聞かせてもらって、気分が晴れたとです。おかげで、急に眠くなってきよりました。今何時頃とですか?」

多少のわざとらしさはあったが、すかさず山口がこたえた。

「日本時間で、日付が変わる直前ですね」

「そら眠いはずですたい。おかげで全然頭も働かん。やけん、いったん寝てすっきりしてから、明日改めて相談するゆうことで、お願いできませんか?」

反対意見は出なかった。

おそらくだが、全員が嶋津の真意を理解しているのだろう。

剣呑な雰囲気を、リセットしようとしているのだ。

政木はなおも何かいいたそうだったが、タイミングを失ったように押し黙る。

いきなり話を打ち切ろうとするのではなく、ピアノを挟み、会話の流れを変えてからの誘導が良かったのだろう。

弾ける人がいなければ、嶋津本人が適当に音を出して、空気を変えていたのかもしれない。

本来なら、今の立ち回りは土師の役目だ。

伊東が見ていたなら、あとで反省会だとからかわれたかも知れない。

「異論はなかね?　ほな、今日はこれでお終いっちゅうことで」

嶋津がそう結論づけるなり、澤田が真っ先にレストランを出て行く。

宮原と山口も続き、遅れて政木が席を立った。

ずっと黙ってうなだれていた菅山も、のそりと立ち上がって奥へと消える。

嵐が去ったような心地で、土師は嶋津に頭を下げた。

「助かりました。ありがとうございます」

「いやあ、ただの年の功ですたい。昔バーで働いとったときに、客をなだめすかす方法を学びましたけん、それが役にたったみたいです」

「真田さんも、ありがとうございました。あのピアノが無かったら、もっと話がこじれてたかも」

ピアノの椅子を引きながら、真田が微笑む。

それから何かに気づいたように、いたずらっぽい表情を浮かべた。

「ほな、一個だけお願い聞いてもろてええですか?」

「いいですよ」

ジュースでも奢ってくれとか、そんなことだろうと簡単に頷く。

「周て呼んでください」

予想していなかったことに、土師は目をぱちくりとさせた。

「……それは、どうして?」

「うち、自分の名前好きなんです。周りの人みんなに好かれるようにゆう意味で、周ゆうんです。まあ、現実はなかなか上手いこといかへんのやけど」

言った本人は面白そうに笑うが、土師としては反応に困る言葉だった。

親子ほども歳が離れた女子高生に、名前呼びを求められるのは、どういう意味があるのだろうか？

「それに、あのおっちゃんにだけ名前呼ばれんの、めっちゃ気持ち悪いし」

ああ、と苦笑する。

あのおっちゃんとは、政木のことだろう。こっちが本音か。

そういうことなら気負う必要もないかと、土師は頷いた。

とは言え、さすがに呼び捨てにはできない。

「じゃあ、周さんで」

「はい」

頷いた周が、あくびを浮かべる。

「あかん。うち、日付変わる前には絶対寝るて決めてんのに、生まれて初めてオーバーしてしもた。テストの前の日かて、一一時には寝てたのに」

土師は、嶋津と一緒になって笑い返した。

周と嶋津を見送って、土師は売店に急ぐ。

昼から何も食べていない。

空腹感がチクチクとした痛みになって、胃を苛(さいな)んでいる。

何かを腹に入れないと、眠れそうになかった。

自動販売機に、カップ麺があったはずだが……

「……うそだろ」

いつの間にか自動販売機の電源が落とされていた。

利用者などいないと思って、菅山がやったんだろうか？

支配人室へ向かおうかと思ったが、一言も発せずとぼとぼと戻った背中を追いかける気にもなれない。

こんな状況だから、レストランのキッチンを勝手に使わせてもらおうか？　いや、刃物などがあるため、ドアは施錠されていたはずだ。冷蔵庫も鍵の向こうだし、他に食べ物を売っているところは無い。プレオープン、モニター旅行ということもあり、余分な在庫は極力置かないことになっていたんだった。

急激に疲労が押し寄せてくる。たった一日でいろんなことがありすぎた。

伊東が亡くなり、地上との連絡は途絶し、ホテルのスタッフが逃げだした。

体力も気力も根こそぎ奪われている。

今の土師にできたのは、ベッドに倒れ込むことだけだった。

第三章　こわれもの

一

翌朝。八月一日。

腕に巻いたままのスマートウォッチが震えて、意識が覚醒する。

時刻は朝の五時五〇分。

メールが届いたのかと思って確認するが、アラームだった。音声通話の着信も無い。Ｗｉ－Ｆｉの電波も拾っていないから、連絡なんて来るはずがなかった。

なんでこんな早い時間にアラームを設定したんだったか……

そうだ、現場の写真だ。

昨日は結局、現場の写真を撮る暇も無かった。

のそりとベッドから起き上がって、手早く着替える。

タブレットを摑み、顔も洗わず部屋を出て、十師はエレベーターに乗り込んだ。

箱が動き出し、慣性の法則で、天井に向かって重力が生まれる。

今になって、床と天井の両方が同じ造りになっているのに気づいた。いや、天井という表現はおかしいか。宇宙では、上下は関係無い。

なのに、プラットフォームエリアに到着すると、地球側が地面になっている。

軽く混乱するが、同時に頭も冴えて来て、眠気が消えた。

すると抜けきらなかった疲労と空腹がやって来て、その場にうずくまりたくなった。

ふと思いついて、地面を蹴る。

思った通り、身体が宙を滑った。これなら、体力をあまり使わなくて済む。

倉庫までやって来ると、伊東は昨日と同じく、首を吊ったまま宙に浮いていた。

見れば見るほど不思議だ。

一体伊東の身に何があったのか……と、つい考え込んでしまいそうになって、タブレットを構える。

考えるのは後だ。今はやるべきことをやらないと。

思いつく限りの角度から、現場を写真におさめていく。

伊東の姿はもちろん、周囲の状況や、散らばった荷物等々、何が手がかりになるかは分からないが、とにかく目についたもの全てを撮影した。

もう十分かと思い、倉庫を出ようとしたその時、見覚えのある物が視界を横切った。

伊東が家族からプレゼントされたというボールペンだ。

思わず手を伸ばして摑む。

アルミボディのペン先を回せば、赤いＬＥＤが灯った。壊れてはいないようだ。そのボールペンを胸ポケットに差す。形見というか、お守り代わりに身につけておきたかった。

一段落ついた心地で部屋に戻ると、昨日から出しっぱなしの珈琲が目に入った。

閃くものがあって、土師は伊東のボストンバッグに飛びつく。

着替えと仕事道具がほとんどだが、思った通り、底からクッキーやチョコレートなどのお菓子が見つかった。

珈琲を淹れる予定だったのだから、お茶請けがあるかと踏んだわけだが、案の定だ。

故人の物を勝手に漁るのは気が引けたが、空腹では本来のパフォーマンスも発揮できない。伊東も分かってくれるだろう。

箱を開けるのももどかしく思いながら、ようやくクッキーを取り出して、二、三枚一気に口の中に放り込む。

強烈なバターの甘味に、唾液が迸った。

クッキーのサクサク感が口の中で躍る。

続けてチョコを頰張る。

イチゴ味だ。甘党なのは知っていたが、こんなピンク色のものを食べていた記憶はなかった。ひょっとしたら、奥さんか娘さんが用意してくれたのかもしれない。

どうやらイチゴ味のチョコではなく、フリーズドライにしたイチゴそのものに、チョコを染み込ませてあるらしい。

商品名を確認した。

しみしみ苺チョコだ。覚えた。地上に戻ったら絶対買おう。

一袋食べ終えて、ようやく身体が落ち着いた。

気がつけば土師の左手は、自分の右肩に触れていた。

伊東が、軽く叩いてくれたような気がした。

その時、左腕に巻いたスマートウォッチが視界に入り、あっと閃くことがあった。

本当に伊東が助けてくれたように思えて、泣き笑いしそうだった。

今思いついたアイデアが本当に可能かどうか、一度考えを整理するため、土師は浴室に入りシャワーを浴びた。

熱いお湯が、勢いよく肌を叩く。

跳ねた水滴が落ちていく速度はゆっくりで、まるで濃霧が発生したか、ミストサウナのように、浴室がうっすらと白く濁った。

肌に触れるお湯も、地上よりもくっつく感覚がある。重力が小さい分、表面張力が勝って、アメーバのように肌を滑り落ちた。

不思議な光景と熱い感触に、ますます頭が冴えてくる。

現状、インターネット設備、衛星携帯電話のドック、宇宙船に備え付けた通信設備が故障したことにより、地上との連絡は取れなくなっている。どれも衛星ブロードバンドを利用しており、強力な外壁のおかげで電波を受信できない状態だ。

なら、ホテルから出れば、直接電波が拾えるのでは？

宇宙ホテル『星くず』には、多くの太陽光パネルが設置されているが、それらが故障した際は、人力での修理が必要になる。

外壁メンテナンスのため、外へ出る設備があったはずだ。

衛星携帯電話は、衛星の電波さえ捕らえれば通信は可能だ。

空気が無いため通話はできないが、メールなら送受信できる。

髭を剃り、身体を洗いながら、土師は脳裏で、リスクとリターンを天秤にかけた。

宇宙に出るのだから、危険がゼロということはあり得ない。そのため国際宇宙ステーション（ISS）などの船外活動は、必ず二人一組で行うことになっている。命綱が絡まったり、宇宙ゴミ（スペースデブリ）が飛んでくる可能性もある。他にどんなアクシデントがあるか予想も付かない。

サポートは菅山に頼むのが筋だが、アリバイがあるのは伊東の死に関してだけだ。通信機器の故障などは、自作自演という可能性も十分にある。

一人でやらねば。

だからと言って、自己犠牲的な思考はもっての外だ。自分になにかあれば、誰が宇宙船を動かすのか。

脱出ポッドは最後の手段にしたい。

安全を第一に考えるなら、宇宙船での帰還が絶対条件だ。

じゃあ、外へ出るのは止めておくべきなのか？

地上と連絡が取れれば、帰還に際してかなり楽になる。

滑走路を開けてくれるよう伝えるだけで、安全性はぐっと高まるし、自分一人ですべてを考え、決定するのではなく、多角的な視点が得られるだろう。心理的余裕も生まれる。

逆に、これでも連絡が取れないとなれば諦めも付くし、それはそれで、今後の行動にひとつの指針を生むことになる。

やはり、やるべきだ。

土師は、自分の能力をできるだけ冷静に分析した。

水中訓練の経験はある。

成績は、正直言って、ぎりぎりだった。

だが、宇宙遊泳と電話での連絡だけなら、そう難しいことではないはずだ。

ありがたいことに、メールを打つ方法も、昔ながらのガラケー方式だ。スマホのようなタッチパネルなら、宇宙服では操作すらできない。

できる。やれる。これなら一人でこなせる。

再び、土師は自分の右肩に触れた。

親指を立てて微笑む伊東の姿が、瞼の裏に浮かぶ。

覚悟は決まった。

気合いを入れるように冷水を浴び、シャワー蛇口の横にあったスイッチを押した。

途端に四方から空気が吸い上げられて、舞っていた水分が排出される。

放っておくと、地上より長く湿気が溜まるから、それを防ぐための装置だろう。

何も事故がなければ、こういったギミックを楽しめたのだろうが、今は目の前の仕事に集中しないと。

急いで着替えて、昨日菅山に案内してもらった、エネルギーサプライエリアへ向かう。

そこで、予備の衛星携帯電話を、サーマルブランケットというシートで包んだ。

ポリイミド製の薄いフィルムにアルミを蒸着させたもので、主に熱と放射線を防ぐために使われるものだ。

宇宙空間で直接太陽の光にさらされると、一〇〇度以上の高温になることもある。放射線はそれ自体が半導体の回路を傷める。これらを防ぐためには、このサーマルブランケットが絶対に必要だった。

0・2ミリとかなり薄く、見た目は頼りないが、宇宙空間は空気による熱伝導が無い。この薄さで十分に機能する。

人工衛星や国際宇宙ステーション（ISS）にも使われていて、性能は実証済みだ。

用意を済ませて、メンテナンス用のエアロックへ向かう。脱出ポッドがあった場所の隣だ。

宇宙ホテル『星くず』は、セキュリティを除く多くのことが情報公開されている。有事の際の対応方法などは、ネットでも見られるようになっていた。

事前に目を通していたおかげで、迷わずエアロックへやって来て、宇宙服を見つける。

宇宙へ出る際は、本来ならここで、プリブリーズと呼ばれる、体内から窒素を追い出す作業が必要になる。でなければ、窒素が気泡となって、毛細血管を詰まらせる危険があるからだ。

減圧症、あるいは潜水病や潜水夫病と呼ばれるもので、文字通りダイバーに多い職業病でもある。

そこまでの急激な減圧でなくとも、筋肉痛、関節痛、皮膚のかゆみ、めまい、血管塞栓、吐き気や知覚運動障害、その他の神経症状を伴う、とても危険なものだ。

これを防ぐためには、濃度一〇〇パーセントの酸素で一時間ほど呼吸し、〇・七気圧を保った空間に一二時間滞在、その後宇宙服を着て、宇宙服内の窒素を追い出し、また濃度一〇〇パーセントの酸素で一時間前後呼吸して、宇宙服内の気圧を〇・三気圧に減圧するという、非常に手間と時間のかかる作業が必要になる。

もちろん、そんなことをしている暇は無い。

土師は、宇宙服を〇・五気圧にすることで、この工程を省略することにした。

減圧症は気圧の急激な変化で生じる症状だ。〇・五気圧であれば、理論上は問題無い。

だがそれは、あくまで健康被害についてだ。

宇宙服内を〇・五気圧にして宇宙へ出れば、宇宙服は風船のように膨らんで、身動きが取れなくなるだろう。密封された袋菓子を、標高の高い山に持って上がるのと同じだ。

宇宙空間で特別な作業は必要ない。

衛星携帯電話で連絡を取るだけだ。

エアロックの開閉も、ボタンひとつでできる。

大丈夫。いける。

宇宙に出た後、送信ボタンを押すだけの状態にするため、あらかじめメールの文面を打ち込む。

Hase desu. Tsu-shin kiki ga kowareta. Net tsunagaranai.

Trouble hassei.

Imasugu kikan shitai. Kono adress ni mail de henji kure.

Tsu-wa dekinai.

Okuttekara 1jikan matsu.

衛星携帯電話のメールは、日本語が使えない。

なので、最初は英語で打とうと考えたが、見知らぬアドレスからの連絡だとスパムと間違えられる恐れもある。

そのため土師はあえて、ローマ字読みでメッセージを打った。

『土師です。通信機器が壊れた。ネット、繋がらない。

トラブル発生。

今すぐ、帰還したい。このアドレスに、メールで返事くれ。

通話、できない。

送ってから一時間待つ。』

ぎこちない文面だが、これでこっちの状況は、ある程度伝わるはずだ。

準備を終えて、予定通り宇宙服内の気圧を〇・五に設定し、エアロックに入る。

二重ハッチの中、安全ベルトを念入りに確認していると、早くも軽い立ちくらみと耳鳴りが始まった。

〇・五気圧と言えば、約六〇〇〇メートルの高度に相当する。富士山の約一・六倍だ。

この程度で済んでいるなら、御の字だろう。訓練を受けていない一般人なら、気絶していてもおかしくない。なにしろ急な減圧は、火事、宇宙ゴミ（スペースデブリ）と並んで、宇宙三大事故にも数えられている。

幸い、耳抜きは得意だ。唾を飲み込むことで、耳の違和感はかなりマシになっている。

耳鳴りが治まっても、無音にはならない。宇宙服の内側は、驚くぐらい雑音だらけだ。

自分の呼吸する音はもちろん、血管が脈動する音まで聞こえてくる。

土師は深呼吸を二度三度と繰り返してから、ついにエアロックを開いた。

予想していた通り宇宙服が膨らみ、ろくに身動きが取れなくなる。

それでも床を蹴るぐらいはできて、ゆっくりと身体が浮かんだ。

静かに宇宙へと泳ぎ出る。

顔を宇宙へ覗かせた瞬間、圧倒的な深淵の広がりに、気圧変化とは違う理由で眩暈（めまい）が起こった。

どこまでも果てが無い景色だった。

暗闇の中、瞬くことのない光が点在し、見下ろした先には地球がある。

今は太陽が反対側に隠れてしまっているため暗い。宇宙から眺めても、眼下の地球が夜であることが分かる。

あまりの美しさに、言葉も無かった。

見とれそうになるが、本来の目的を遂行するため、ポケットから衛星携帯電話を取り出す。

だが、想像以上に膨らんだ宇宙服が動きづらい。

関節部分が思うように曲がらず、直立した姿勢を強制されるようだった。

衛星携帯電話を紐でくくっておいて良かった。ポケットから引っ張るだけで取り出せるし、取り落とす心配も無い。

それでも、着ぐるみで動くような窮屈さがあって、サーマルブランケットの隙間からアンテナを出すだけでも大変だった。

苦労した甲斐もあって、隙間から覗いたディスプレイには、通信可能な状態を知らせるアンテナのアイコンが表示される。

思った通りだ。衛星からの電波を捕らえている。

それでもまだ安堵はせず、土師はもう一度文面を確認し、問題無いことを確かめた。

メールの送り先は、中田の社用メールアドレスだ。

そのアドレスも入力済みで、早速送信ボタンを押そうとするが、ぱんぱんに膨れた宇宙服では、それだけのことが難しい。無理に暴れると、破裂しそうな恐怖もある。

強度は十分にあるはずだが、宇宙空間では思い切れない。

ゆっくりと、慎重に、負荷が急にかかったりしないよう気をつけて、ぱんぱんに膨れた宇宙服で、携帯電話へ指を伸ばす。

なんとかボタンを押せた。

画面でも、無事にメールが送信できたことを確認できたが、中田が気づいてくれるかどうかは分からない。

メールの山に埋もれるかもしれないし、迷惑メールフォルダにでも入れられたら、気づかれない可能性もある。

いろんな悪い予想が頭をめぐるが、じっとここで、返事が来るのを待つしかなかった。

酸素の残量を心配する必要はない。

約七時間分の酸素パックを積んでいるし、いざという時のためのバックアップもある。また、必要となればエアロックで補充することもできる。一時間待つとメールしたのは、ツアー客を放っておくことができないからだ。

ただ、この格好でじっと待つのは、かなり辛い。

ろくに動けない状態だから直立不動でいるしかなく、冷却機能が働いているはずなのに、暑苦しい。

今はまだ平気だが、このままだと、じりじりと体力が削られていくのは目に見えていた。

どれぐらいで返事が来るか……

焦る心のまま宇宙空間を浮かび、土師は地球を見下ろす。

状況も忘れて、言葉を失った。

夜の地球は、大地に大小様々な光を灯していた。

電気が、夜景を万華鏡のように彩っている。

まるであちらの方が星空のようだ。

気づくのが遅れたが、見下ろした一角に、光がなんとなく長靴を形作っている場所がある。

ということは、ここはイタリアの上空か。光の量に地方で差があるのは経済活動の差だろう。

それにしても、夜なのに海が青いことが分かる。

てっきり、闇に飲まれて暗いだけかと思っていたが、深い深い瑠璃紺(るりこん)色が、鮮やかに目に飛び込んで来た。

――これが地球か。

宇宙から見下ろす夜景に見とれていたが、左腕に巻いたスマートウォッチが震え我に返る。

一〇分ごとに震えるよう設定しておいてよかった。でないと、いつまでもここで、この景色を眺めていただろう。土師は、エアーを噴射して身体の位置を整えると、ゆっくりと宇宙ホテルの外壁に足をついた。

靴の裏には、ホテル内で使っていたブーツと同じく、磁石が仕込まれている。それを上手く使って、身動きが取れない中でも、なんとか身体を固定する。

こうしていると、まるで自分が星の一部になれたような気がした。

国際宇宙ステーション（ISS）と同じく、宇宙ホテルは地上からも見ようと思えば見える。一点の光が、満天の星の中に紛れて移動して見えるはずだ。

人工物ではあるが、ここにこうしてたたずむ宇宙ホテルは、確かに星の一部だ。

改めて土師は、宇宙ホテル『星くず』のネーミングセンスに感心した。

地球の向こう側に、淡い光が灯った。

丸い大地の輪郭が、光でできたヴェールに覆われ、白さを増してくる。

突然、視界全部が光で染まった。

思わず目を細めると、ヴェールの一端から光の球が昇ってくるのが見える。

日の出だ。

土師は、初めて見る宇宙の日の出を、まさしく宇宙で迎えた。太陽のまぶしさはすぐに解消された。どんどんと高さを増し、既に視界内から消えている。

地球が青く色づく。

瞬間、総毛立つような何かがあった。

既に窓越しに眺めた景色ではあるが、こうして外に出て眺めると、宇宙に直接触れているような気になる。意味も無く涙が出そうだった。

もっと平面的に見えるのかと思っていた地球は、ジオラマのように細かい部分まで分かった。

名前も分からない山脈のごつごつした様子や、規則性があるようにも見える砂漠の風紋など、宇宙からでなければ見えない景色に、ため息がこぼれる。

特に雲は、油彩絵具の塊が泳いでいるようで、ただ眺めているだけで楽しかった。

考えてみれば、じっくりと宇宙を眺めたのはこれが初めてだ。

宇宙船では政木が気を失ったため、ホテルに着いてからは伊東のアクシデントがあったため、堪能することはできなかった。

なんて綺麗なんだ……

地球が『こわれもの』であることが、理屈ではなく肌で理解できた。

どんな機械やミニチュアよりも精巧なのだ。繊細であっておかしくない。

スマートウォッチが震えた。二度目だ。

エアロックに入ったのが、六時四〇分になる少し前だったから、今は七時前か。

あと四〇分で返事は来るだろうか？

幸い、ここでじっと待っていても、退屈はしなかった。

自転する地球の周囲を、秒速約八キロメートルで移動するため、一秒として同じ景色が存在しない。

束の間の休息だと思うことにして、土師は刻一刻と変わる景色を堪能することにした。

様々な自然の造形に目を見張る。

ハッキリと形が分かる人工物は、今のところ見当たらない。万里の長城もピラミッドも、見つけることはできなかった。

スマートウォッチが震えた。三〇分が経過した。

それにしても、こんなに立体的に見える地球を、平面だと思っている人がいたなんて……

海も、大地も、うねるような躍動感がある。

眩しくなって視線を上げれば、濃紺から漆黒へのグラデーションを経て、何もかもを呑み込むような深淵が続いていた。

そこに、無数の星が点描画のように存在している。

光で作られた様々な彩りが、宇宙には溢れていた。

美しすぎて、壮大すぎて、脳が現実だと受け止めきれなくても仕方ない気がした。

スマートウォッチが震える。

——もう四〇分経ったのか。

一〇分刻みに時間を告げてくる度に、焦りが募っていく。

同時に、地球がまた暗くなってきた。

平常心を保つため、ひたすら目の前の景色に集中するも、心が波立つのを抑えられない。

本体が壊れないよう、サーマルブランケットの隙間から衛星携帯電話のディスプレイを確認するが、メールの返信は来ていない。

それとも、シートで包んでいるからメールが来ない、なんてことはないだろうか？

いや、アンテナだけはちゃんと出している。ディスプレイにも、通信が繋がっていることを示すアイコンが表示されている。

ということは、やはりメールが向こうに届いていないか、迷惑メールフォルダに紛れ込んでしまったのか。

いやいや、一時間待つと伝えたんだ。衛星携帯電話のメールは、一〇〇〇文字以内のものしか送受信できないから、ギリギリまで文面を練っているのかもしれない。

だとしたら、メールが届いていることだけでも先に知らせてくれればいいのに……やっぱり届いていないのだろうか？

考えれば考えるほど、悪い方に思考が傾く。

スマートウォッチが震えた。

残り一〇分。ため息がこぼれる。

ほぼ同時に、地球がまた暗くなった。

日が沈んだのだ。

宇宙ホテルは、地球の周りをおおよそ九〇分で一周している。つまり、約四六分ごとに、太陽が昇ったり沈んだりするところを見ることができた。

日が沈んでいく青い星も美しくて、涙が出そうだった。

色づいていた景色が徐々に光度を落とし、落ち着いた色合いに変わっていく。

それがあまりにも切なく思えて、思わず手を伸ばす。

ぱんぱんの宇宙服でも、辛うじてそれぐらいはできた。

その手をかすめるように、何かが通り過ぎたように思えた。

え？――と思ったときには、また見えない何かが通り過ぎ、宇宙ホテルの外壁に衝突した。

破片がヘルメットに当たって、小さな音を立てる。

幸い、傷ひとつ付かない些細なものであったが、それでも土師は、血が凍るような恐怖に頬を引きつらせた。

宇宙ゴミ（スペースデブリ）だ！

飛んできた方角を見れば、何かが近づいて来ている。

また、すぐ側を小さな欠片が通り過ぎていった。それもひとつやふたつじゃない。

大量の宇宙ゴミ（スペースデブリ）が、群れで飛んできている。

ＪＡＸＡの発表では、宇宙ゴミ（スペースデブリ）の数は、一〇センチ以上の物体で約二万個、一センチ以上では五〇万～七〇万個、一ミリ以下では一億個を超えるとされている。

これらが、秒速一〇～一五キロメートルという、弾丸よりも速い速度で飛んでいた。

周にも言ったように、この程度の宇宙ゴミ（スペースデブリ）なら、宇宙ホテルはびくともしない。

ただし人体は別だ。ましてや今、宇宙服は風船のようにぱんぱんに膨れている。

破片がかすめるだけで裂ける恐れがあった。

もし宇宙服が破れたら、当たり前だが命の保証は無い。

酸素が漏れるからではない。人体は酸素が無くても、息を止めた状態で二分間は活動できる。

問題は気圧だ。

ただでさえ、今は〇・五気圧に設定している。これ以上下がれば、あっという間に減圧症にかかって気を失うだろう。

最悪なのは、体内に残った空気が膨張し、肺が破裂してしまうことだ。

音もなく、超高速で死が迫ってきている。

半ば悲鳴を上げながら、土師は急いで踵を返した。

瞬間、背中に強烈な衝撃が走る。

つんのめりながら呼吸が詰まって、気がついたときには目の前に地面があった。宇宙ホテルの外壁だ。

それから、パン、という破裂音を聞いた気がした。

――宇宙服⁉

刹那のうちに様々な考えが交錯する中、土師は辛うじて、肺の中の空気を吐き出した。肺の破裂を咄嗟に防ごうとしたのだ。

――大丈夫！　まだ冷静だ！

自分に言い聞かせるように、心の中で叫ぶ。

素早くエアーを噴射して、転ぶのを回避する。

だが、今度は噴射の勢いで身体が回転する。

ぐるんと視界が移動して、上下左右が分からなくなる。

——どっちだ。どっちがホテルだ⁉　落ち着け、落ち着け、落ち着け！

焦る心をなだめながら、回転する視界を凝視する。

だが、脳が揺さぶられ、胸が圧迫される感覚に、目の前が灰色に染まった。

——危ない！

頭の中で叫びながら、唇を嚙みしめる。意識がブラックアウトするのを痛みで堪えていると、視界の隅にエアロックの入口がちらりと映った。

——あった！

咄嗟に身体をひねって、エアーを噴射する。

——大丈夫、絶対にできる！

錐揉(きりも)み状態で宙を舞いながら、エアーで角度を調整し、土師はエアロックに飛び込んだ。

自動でハッチが閉まり、すぐに空気が注入される。

安堵する暇も無く、鼓膜が破れるような耳鳴りがして、鋭い痛みに脳がかき混ぜられた。

唸るような叫び声を上げ、無我夢中でヘルメットを脱ぎ捨て、両耳を押さえ、のたうち回る。

頭を床に擦りつけ、ぐちゃぐちゃになる意識を辛うじて保ち、ようやく徐々に痛みが引いた。

「はぁ、はぁ、はぁ、はぁ、はぁ……」

自分の呼吸する音が聞こえる。

良かった。鼓膜は無事だ。

減圧症の特徴である、皮膚のかゆみや四肢のしびれ、倦怠感も、今のところ無い。

どうやら、耳鳴りと頭痛程度で済んだようだ。

土師はようやく、自分の身体を見下ろすことができた。

懸念したとおり、背中に背負った酸素タンクが破壊されている。

宇宙服も、内側から破裂したように裂けていた。

どうやら宇宙ゴミ（スペースデブリ）が直撃したらしい。

この二つがクッションになって、奇跡的に助かったようだ。

死にかけた……

比喩（ひゆ）でも何でもなく、本当に死にかけた。

心底ホッとして、土師はただただ呼吸を繰り返し、生きていることに感謝した。

今なら神様を信じても良い気分だ。

だからなのか、勝手に頭（こうべ）が垂れる。

というか、身体がだるい。

たった一時間無重力状態だっただけなのに、六分の一の重力が重く感じた。

安堵感が余計にそう思わせるのか、本当に重力を重く感じているのか、今は冷静に判断できなかった。

ぶるっと、スマートウォッチが震える。

宇宙遊泳を始めてから一時間が経過した。

そろそろレストランへ向かわないと。

無駄骨だったかとがっかりして、衛星携帯電話を手に取り……目を見張った。

ディスプレイに、メールの着信が表示されている。

やった！　死ぬ思いをしたのは無駄じゃなかった。

あまりの嬉しさに、土師は数秒前の苦しみを忘れて、その場で喜ぶ。

だが――

Kiken! Mada modoruna.

開いたメールには、不穏なものが滲んでいた。

『危険！　まだ戻るな。』

メールは、間違いなく中田のアドレスから送られて来ている。

――危険だって？

――まだ戻るなって、一体どうして？

他にメールはないか探すが、これ一通だけだ。

ひょっとしたら、最近はチャットアプリが主流だから、細切れにメッセージを送ろうとしたのかもしれない。もう一度宇宙に出て、メールが来ていないか確かめないと。

だが、宇宙服が破損していて、それもできない。

宇宙服や生命維持装置だけは、まだこれ一着しかなかった。

というのも、宇宙服メーカーの製造が間に合わず、唯一届いたのがこれだったからだ。

正式な開業日には必要な数が揃う予定になっているが、それも怪しい。

それよりも今は、メールの中身だ。

こんな短い一文だけでは何も分からないが、それでもなんとか意図を読み取ろうと考え始めたその時、どんどんっ、とエアロックが叩かれた。

びくっとして振り向けば、ドアの向こうに周がいる。

その表情は、置いて行かれるのを恐れる子供みたいに見えた。

二

「良かった。うちてっきり、土師さんがやけにならはったんかと思て、びっくりしてしもた」

事情を説明すると、周が安堵してその場にしゃがみ込んだ。はらりと、耳の横の赤い髪が揺れる。

どうやら自殺でもするかと思われたらしい。

「澤田さんと土師さんが起きて来はらへんから、うちが呼びに行くことになったんです。そしたら、窓の外にお人形さんみたいなんが立ってんの見えて。うち、両目とも二・〇あるから、見たないもんまでよう見えるんです」

宇宙服を脱ぎながら、土師は申し訳なく鼻の頭を掻く。

「すみません。朝早くに思いついたので、誰にも言えなくて」

ぽす、と右肩に拳がぶつかる。

叩かれたと気づくのに時間差があったのは、微塵も痛くなかったからだ。

「なんかあったらどないするんですか。土師さん一人の命やないんですよ」

……妙な怒られ方をして、笑って良いのか悪いのか、ボケたのか本気なのかも分からない。

拗ねているのだけは分かって、曖昧に笑ってごまかした。

スマートウォッチを見れば、八時一六分だった。

エアロックの中で痛みに耐えたり、メールについてあれこれ考えている間に、それなりの時間が過ぎていたらしい。

取り敢えず衛星携帯電話を尻ポケットに突っ込み、土師は頭を下げた。

「すみません。心配をおかけして」

「それで、地上とは連絡取れたんですか？」

正直に答えて良いのかどうか返答に悩む。

おかげで喉が詰まったような声が出てしまい、それだけで周は、ある程度状況を悟って、肩を落としている。

「全員が集まってから話します」

そうごまかしてから、今になって気づいたことがあった。

「澤田さんが、まだレストランに来られてないんですか？」

「そうです。それで、様子見に行く途中で、土師さんが外にいんの見つけたんです」

昨日あんなことがあっただけに、顔を見せないのは心配だ。

単に他の誰にも会いたくないだけかもしれないが、それでも安否だけは確認した方がいいと、宮原が言い出したのだとか。

その宮原は、逃げたスタッフに代わって、朝食を用意してくれているらしい。

「宮原さんが買って出てくれはったんです。ＩＨが使いにくいゆうて、愚痴ったはりましたけど」

まともな食事を期待し、早速腹が疼く。やはりクッキーとチョコだけでは物足りなかった。カロリー的には十分だろうが、ちゃんとした食事を取りたい。

そう思っていると、周がついっと顔を近づけて来て、鼻が小さく鳴らされた。

「果物（くだもん）が焼けたような匂いしてません？」

「ああ。イチゴ味のチョコを食べたからじゃないでしょうか」

「そんなんあるんですか？」

ぱっと周の顔が輝いた。

「すみません。全部食べてしまいました」

「……そうですか」

あからさまに肩を落とす姿に申し訳なくなる。

「果物なら、キッチンにまだあったはずです。早く食べられるように、澤田さんを呼びに行きましょう」

まるで食事の方が大切みたいな言い方になったが、澤田が心配なのも本当だ。塞ぎ込んでいなければ良いが……

部屋の前にやって来て、早速ドアをノックする。

だが、反応は無かった。

「澤田さん？」

声をかけても同じだった。

ドアに耳を近づけるが、音はしていない。

風呂に入っているというわけでもなさそうだ。

中にいないのか、それともこっちの言葉を無視しているのか……と考えながらドアノブに触れると、簡単に動いた。

鍵が開いてる？　オートロックのはずなのに？　周も気づいたのか、眉を跳ねさせる。

「澤田さん。開けますよ？」

再度声をかけドアを開けると、ひんやりとした空気が肌に触れた。

「澤田さん？」

音もなく、暗い中、声をかけながら照明のスイッチを探す。

くらっと眩暈に似た感覚がした。まだ気圧の変化に身体がついていけていないのだろうか。

壁にもたれるようにしながら、指がスイッチを見つける。

照明が付くと、ベッドに横たわる人影が見えた。

間違えようも無く、澤田だ。

まだ眠っているだけだったのか。

それにしては、ぴくりとも動かない。

何かに気づいて、周が息を呑む音が聞こえた。

同時に、澤田の頬の白さにぞっとした。

息をしていない⁉

「澤田さん！　澤田さん！　澤田さん⁉」

慌てて駆け寄り、肩を叩きながら名前を呼ぶ。

最初は普通に、続いて大きく、最後は叫ぶように。

教科書通りの意識確認方法だが、反応は無い。呼吸も、脈拍さえも途絶えていて、土師は考える間もなく、澤田の胸に手を当て、心臓マッサージを始めた。

全力で一〇回。しかし反応は無い。

すぐさま気道を確保して、人工呼吸を行う。

呼吸は戻らなかった。

「土師さん！　これ！」

周がＡＥＤを突き出してくる。廊下に設置されていたものだ。

「開封してください！」

心臓マッサージを続けながら叫ぶ。

周が言われるまま機械を取り出し、一枚のパッドを澤田の胸に貼り付けた。

「心電図を解析中です。患者に触れないでください」

スピーカーから音声案内が流れて、土師は心臓マッサージをやめた。

「電気ショックが必要です。患者から離れてください。充電中です」

「離れて！」

「ショックボタンを押してください」

指示に従い、ボタンを押す。

どん、と小さな音を立ててパッドが震えた。

医療ドラマで見るような大きな揺れではない。

本当に効果があるのか疑わしい、小さな衝撃だったが――

「うう……げほっ！　えほえほえほえ！　えほ！」

「澤田さん！　良かった！」

咳き込む音に、土師と周は同時に叫んでいた。

幸いにも、ＡＥＤ一発で呼吸が戻った。

「はせ……さん？　……真田、さん、も」

息苦しそうだが、呂律(ろれつ)はしっかりしている。

気が抜けたのか、土師は足元が揺れるような眩暈を覚えた。

「……はせ、さん」

掠れた声が自分を呼ぶ。澤田が、震えながら手を伸ばしていた。

「……部屋、出て……ガス、が……」

「ガス？」

だとしたら、さっき感じた眩暈も？

思わず匂いを確かめる。

無臭だ。

都市ガスは、安全のためにわざと匂いを付けているんだったか？　宇宙ホテルで使うガスがどうなっているかは、土師も知らない。

だとしても、宇宙ホテルは換気機能について、神経質なぐらい整えられている。空気が漏れていたり、澱むような場所ができれば、宇宙ホテル全体が影響を受けるからだ。

もしそんなことになれば、警報装置だって鳴るはずだが、澤田は一体なにを根拠にガスだと言っているのだろうか？

「とにかく、外に出ましょう」

錯乱しているのかと思って、土師は部屋から出るのを優先した。一応、なるべく呼吸しないよう注意しながら、澤田を背負う。

重力が軽いせいで重くはなかったが、頭痛の中歩くのは苦労した。ようやく廊下を一〇メートル程歩いて、恐る恐る息を吸った。

身体に異常は起きない。

眩暈も消えていた。

澤田も、ぐったりはしているが、頬に血色が戻りはじめている。

なのに、周が戻っていくのが見えて、思わず叫んだ。

「ちょっと！　周さん！」

呼ばれた方は少し驚いたようだが、無視して部屋に駆け込んだ。

澤田を置いて、追いかける。

周は、部屋の中央でリモコンを弄っていた。換気でもしようと思っているのだろうか。避難の方が先だろ！

手を摑んで、問答無用で引っ張る。

体感としては一〇キログラムにも満たない荷物を引っ張っている感覚だった。想像以上に軽くて勢いが付き、土師は咄嗟に周を抱き抱えて、廊下を転がった。

低重力のせいで勢いが収まりづらく、ようやく止まったのは、部屋から一〇メートル以上離れたところでだった。

身体を起こして、さすがに怒鳴る。

「危ないじゃないですか！」

「そんなことよりも――」

周の声に無視できない震えがあることに気づいた。

「――これ、見てください」

突きつけられたのは、二つに折られた便箋だった。

表に、遺書と書かれてある。驚きに、声も出なかった。

「机の上にあったんです。さっき、ちらっと見えて……ほんで、気になって空調調べてみたんです。そしたら、全然反応せえへんかって。詳しく調べてみんと分かりませんけど、多分、空調壊されてるんとちゃいますか。ほんで換気でけへんようにしてから、ガスを充満させたんやと思います」

リモコンを弄っていたのはそういうことだったのか。振り向くと、澤田が気まずそうに視線を逸らした。

「……死のうとしたんですか、澤田さん？」

「違う……いや、違わないけど、違う」

赤味を取り戻したばかりの頬が、また青くなる。

「どういう意味です？　ちゃうことないけどちゃうて。これ書いたん、澤田さんとちゃうんですか？」

「書いたのは、確かに僕です。でも、死ぬつもりだったけど、死ぬつもりはなくて……」

「ガスのせいで錯乱してるのかも知れません。ひとまず、酸素を吸わせないと。すみませんが、外しますよ」

断ってから、寝間着のボタンを外す。

澤田はなおも何か言いたそうに口を開くが、声が出る前に目が大きく見開かれ、絶句した。

視線を追いかける形で振り向く。

周が遺書を開いていた。

「ちょっと！　なにしてるんだ、君！」

澤田が叫ぶ。

注意されたこと自体が予想外だったように、周が目をぱちくりさせた。

「え？　わざわざこんなん書いたはるゆうことは、読んでもらいたいことがあるんとちゃうんですか？」

周の言葉は、乱暴なわけでも、言い方にトゲがあるわけでもない。むしろやんわりとしているが、容赦だけが無かった。

「だとしても、遺書なんだから、死んでから読むものじゃないか」

澤田の抗議に、再度周が目を瞬く。

それからおかしそうに、「そらそうや」と笑った。

「けど、なんかの謝罪やったらそれでええと思うんですけど、ちゃうんやったら、生きてる間にゆうといた方がええですよ。例えば、あいつがムカツクとか、こいつほんまはしばいたりたい思てたとか」

澤田がぐっと言葉を詰まらせる。図星らしい。

「それに、死んでからやったら、都合ええように曲解されても、訂正でけへんやないですか。あの人はこんなこと書いてたけど、心の中ではきっと許してたのよ、とか。一番反吐が出る言葉やと思いません？」

「なるほど、確かに」

つい頷いてしまい、澤田に睨まれた。

それでも土師は、周の言葉に乗っかることにした。

「なにか思うことがあるなら話してください。力になれるかどうかは分かりませんが、話を聞くぐらいはできますから」

「だから……」

澤田が何か言いかけるが、言葉は続かない。躊躇うように、視線が泳いでいる。

生きて欲しい一心で、土師は諭し続けた。

「愚痴でもなんでも、ぶちまけたらスッキリするかも知れませんよ。なにより、目の前で自殺しようとする人を、放っておけません」

澤田はうなだれ、諦めたように吐息した。

「僕は、ぶちまけると、余計に怒りが燃え上がってしまうタイプなんです」

自嘲するように頰が歪んでいる。

「それを書きながらも、ムカムカしてました。執筆が癒やしになるなんて大嘘だ。何度暴れそうになったか。だから……そっちで勝手に読んでください。言いたいことは、全部そこに書きましたから」

許可を得て、土師と周は小さく頷き合い、遺書を開いた。

書かれていたのは、冤罪事件への恨みと、刑務所での惨めな暮らし、冤罪を揶揄する世間への怒りだった。

特に、乱暴な取り調べと強引に自白を強要する警察のやり方を、担当した刑事の実名を挙げながら糾弾し、他人の人生を破滅させることで出世するような連中と、皮肉まで書き綴ってある。自分が刑務所にいた期間と同じだけ刑務所に入って欲しいともあった。

再審請求が叶ったのは、祖父母も、母親も亡くなった後だったようだ。三人とも冤罪を信じてくれていたが、証明される前に亡くなり、無念さとやるせなさが、文字に震えとなって表れていた。

澤田の怒りは、ネットにも及んだ。

検索すれば、無実を証明した判決よりも、事件当時のニュースが先に出てくるし、匿名掲示板には心ない文言が並んでいる。

ＳＮＳでも、「疑われる方が悪い」「男が保育士なんてロリコンに決まってる」などなど、正視に堪えない誹謗中傷が並んでいたこと、書き込んだ連中も全員犯罪者だと、厳しい言葉で罪を断じていた。

失われた人生と、失意のうちに亡くなった家族への申し訳なさ、無念さ、何より警察の対応と世間の無理解を悲観し、世と人を恨みながら自殺すると綴られたこれは、間違いなく遺書だった。

一人の人間にここまでのことを決意させる辛さなど、土師には想像もできないことだった。

同時に、気になることがあった。

昨日あれだけ政木に苛立っていたのに、そのことについては、なにひとつ書かれていない。

それにこの便箋も、ホテルに備え付けのものではないようだ。

ということは、前もって用意し、持ち込んだことになる。

「澤田さん。まさか、最初から自殺するつもりで宇宙に来られたんですか？」

投げやりに、澤田が頷く。

「そうです。僕は、死ぬためにここに来たんです。どうせなら、一番派手な場所で死んでやろうって考えて。ひっそり死んだって、記事にもならないですからね。遺書だって、自宅で死んでもゴミと一緒に捨てられるだけでしょうし。抽選に当たった時は、舞台が整ったと思いました。そういう運命なんだって。だから、やるべきだって思って、準備して来たんです」

周が口元に人差し指を重ねた。

「それって要するに、なるべく大勢の人に、自分が死んだこと知らせたかったゆうことですか?」

「大勢というより、僕を冤罪で苦しめた連中に。お前達のせいで人が死ぬんだって教えてやりたかったんだ。良心があるなら、呵責に苛まれるだろうと思って」

屈折した復讐方法だが、澤田の目は真剣だ。

だが——

「ああ、無理です。無理無理。そんなん絶対できませんて」

周が簡単に否定する。声はどこまでも軽い。クラスメイトに話しかけるような気安さだ。

「そうゆう連中は、誰が死のうが、自分のせいやろうが、最初だけ深刻な顔して、五秒後にはへらへら笑(わろ)てますから」

「ちょっと、周さん」

土師が諫(いさ)めるが、澤田はおかしそうに笑った。

「まるで見て来たように言うね」

「そうです。見て来たんです」

しれっと頷いた周を、澤田が見つめ返す。

「うちの通てた小学校で、いじめがあったゆう話はしましたよね。後藤(ごとう)君ゆう子がはみごにされたり、暴力振るわれたりしてたんです」

はみごというのは、仲間はずれとか、そんな意味だったはずだ。

「担任は目の前で殴られてても、カツアゲされてても知らん顔で。あげくに、いじめられて人は強なるとか言い出して……その子、結局転校してしもた」

「さすがに考えが古すぎますね」

土師が思わず呻いたぐらいに、時代錯誤な考えだった。

いや、どんな時代でも、通じてはいけない考えのはずだ。だが、未だにいじめがなくならないのは、そういう教師が少なからず存在しているからなのだろう。

「まあ実際、おばはんやったし」

唾でも吐きたそうな声なのに、周はうっすらと微笑んでいる。

喜怒哀楽のすべてが笑顔なのは京都人の特徴だが、ここまで極端な子は土師も見たことが無い。京都で暮らした一年が無ければ、話す内容と表情のちぐはぐさに、困惑していたはずだ。

「で、その後藤君が転校してった時、全校集会があったんです。いじめはあかんぞ的な。それ自体はよかったんですけど……それが終わったあと、担任の教師がなんてゆうた思います？　新しい学校で後藤君が頑張れるように、みんなで応援しましょう、ですよ。ほんでその後普通に授業始めて、いつも通り冗談ゆうて、笑てて。うち、生まれて初めて、心の底から気持ち悪なって」

周の笑顔がますます鋭さを増していく。

本当に高校生なのかと思うほど、表情は冷たい。

「ほっといたん自分の癖して。自分が黙ってたから、あんなエスカレートしてってたのに。そやのに他人事みたいな言い方して。実際他人事やったんでしょうね。生徒一人がどうなろうと、教師の人生はなんにも痛まへんにゃろし。人間て、どこまでも自分勝手で残酷になれるんやなて、あの時生まれて初めて思たんです」

「それで、教師が嫌いなんですか？」

土師の問いに、周は大きく頷いた。

「切っ掛けのひとつですね」

ということは、他にもあるらしい。

「わざわざ中学受験したんも、進学校やったらアホな教師がいる確率低いて、従姉妹(いとこ)のお姉ちゃんに教えてもろたからなんです」

自分で言って自分で笑う周の表情も声も、どこまでも冷たい。

どうやら容赦が無いのは生まれつきのようだ。

「元予備校講師としても、それは保証しますよ」

苦笑しながら頷くと、周は珍しく、ほろ苦い表情を見せた。

「そやから、死んで復讐するとか、そうゆうの、ぜんっぜん、効果ありませんから。アホなこと考えんの、やめといた方がいいですよ。それよりも、美味しいもんのこと考えましょ。とらやの羊羹とか、ふたばの豆餅とか、中村軒のかき氷とか。うちの近所に、フレンチトーストのめっちゃ美味しいパン屋さんがあるんです。京都一美味しいんちゃうやろか？　京都一ゆうことは世界一なんで、いっぺん食べてみてください。元気出ますから」

皮肉や冷笑の消えた、年相応の笑顔が浮かぶ。

どうやら周は周で、自殺を止めさせようと説得しているつもりらしい。

不器用過ぎる。

澤田もそう感じたのか、気がつけば泣き笑うような表情で肩を震わせていた。

「ラーメン」

「「はい？」」

土師と周の尋ね返す声がハモった。

「京都は、ラーメン激戦区だって聞いてるから。実際、有名な店も多いし。昔はそうでもなかったんだけど、刑務所を出てからは、筋トレとラーメンの食べ歩きが趣味なんだ」

「京都のラーメンは私も好きですよ」

土師が実感を込めて同意する。

「西の方は全体的に薄味なのに、ラーメンだけは濃くて、昔住んでたときに良く食べに行きました。このツアーが終わったら、おすすめのお店、お教えします」

「どうかな。大峰軒て知ってますか？　チェーン展開してるラーメン屋なんですけど、あそこより美味しいのを、僕は知らないな」

「ほな、うちのおすすめも試してみてください。こってりもええですけど、あっさりのんも美味しいの多いですよ」

澤田の肩が、ますます大きく震えた。

だが、最後には首を左右に振って、うなだれる。

「違うんだ。最初に言っただろ、違わないけど違うって」

どういうことなのかと、続きを待つ。

澤田は、塊のような息を吐き出し、震える声をこぼした。

「遺書を書いたのは確かに僕だ。でも、違う。出しっぱなしなのは迂闊だったし、信じてもらえるか分からないけど、昨日の時点で、自殺する気は無くなってたんだ」

「それはつまり……？」

尋ねた土師の声も、とっくに震えている。

「誰かが、僕を殺そうとしたんです」

三

お玉がレストランの床を打った。それを隣で見ていた菅山が、慌ててキャッチする。

落とした本人である宮原が、頭に巻いていたバンダナを外し、澤田に駆け寄った。

「殺されかけたって、どうして⁉　大丈夫だったの⁉」

簡単に事情を説明して、最初に反応したのは宮原だった。

他の一同は、心配するよりも先に、驚きで放心しているようだ。

山口など、呻くようにうつむいている。

「平気です。土師さんと真田さんのおかげです。服まで貸していただいて、ありがとうございます」

澤田の部屋は、ガスが充満している可能性がある。閉鎖したままにしているため、着替えを取りに戻ることもできなかった。

そこで予備の制服を貸したのだが、これが良く似合った。

もともと有名なデザイナーとのコラボ製品だ。普段使いできるデザインで、一般販売の予定もある。細身の澤田の身体に、黒地に銀色のラインを使った意匠がよく映えた。

それに、着替えている時に見たが、澤田の身体は、服の上からでは想像できないほど筋肉質だった。黒を基調にした服で余計に引き締まって見えるのだろう。

筋トレが趣味だと言うだけあるが、塀の中では他にやることが無かったと言われると、複雑な気持ちになる。

「澤田様。よろしければ、珈琲か紅茶をお持ちしましょうか？」

菅山の気遣いを、澤田は丁寧に断った。まだ少し気分が悪く、何も口にする気になれないのだとか。

菅山はしつこく勧めなかったが、宮原はそうではなかった。

「何かお腹に入れた方がいいんじゃない？　朝食もできてるから、できればそれも食べた方がいいと思う」

「……じゃあ、白湯（さゆ）をいただけますか？　ぬるめのを」

心配してくれてのことだと分かっているのだろう、澤田は微かに微笑んで頷いた。

「かしこまりました」

菅山がすぐに動く。昨晩はかなり憔悴していたが、一晩寝て気持ちを持ち直したのか、今は制服をきちんと着こなし、動く姿も機敏だ。ついでに土師と周にも飲み物を尋ねてくる。

「じゃあ、アイスティーをお願いします。ストレートで」

「うちもそれで」

紅茶を選んだというよりは、伊東の件が片付くまで、なんとなく珈琲を飲むのが憚られた。まだあの珈琲豆は、部屋に置いたまま手を付けていない。

珈琲と紅茶、どちらもホットとアイスが選べるようで、テーブルの上でいくつかのカップが湯気をあげていた。

今日から八月だが、宇宙ホテルは施設全体を、常に二五度になるよう調整している。暑くもなく寒くもない設定で、好みでホットとアイスを選べるのはありがたい。

「ちょっと待ってよ！　俺じゃないって！」

ストローに口を付けると同時に、政木の悲鳴が聞こえた。

振り返ると宮原に睨まれている。

「なんで俺が殺すのよ⁉　そりゃ確かに昨日はちょっとやりあったけど、あんなので殺すわけないでしょ⁉」

「そうたい、落ち着いてください宮原さん。なんか証拠ばあるんならともかく、無闇に誰かを疑うんは、褒められたことやなかとです」

嶋津が低い声でたしなめ、山口が頷く。

「その通り。地球平面説を唱えるとんでもない輩ですが、殺人犯と断ずるためには、それ相応の証拠が無いと」

澤田も、優しく宮原の肩に手を置いて、頭を振った。

「僕のために怒ってくれるのは嬉しいですけど、昨晩のことなら、なんとも思ってませんから」

本人に諭され、宮原はうなだれた。

「……ごめんなさい。さすがに勇み足だった」

「分かってくれたらいいけど……宮原さんさあ、めんどくさいとか重いって言われない？　言われるでしょ？　絶対言われてるよね？」

余計な言葉を付け加えるあたり、政木は政木で、何故自分が疑われたのかを理解していない。

「やけど、気にはなるったいね。なんで澤田さんが狙われなあかんかったとですか？」

「さあ、それは僕を殺そうとした方に聞いてください」

「そりゃそうだ。犯人以外、そんなこと分かんないよな」

一度宮原に疑われたからか、自分じゃないとアピールするように、政木はおどけて見せる。

山口が、指を立てて注目を集めた。

「本当に殺人未遂だったんですか？　どういう状況だったのか、詳しく教えてください。失礼ですが、自殺するのに失敗して体裁が悪いから嘘をついている、なんてことはないですよね？」

「……本当に失礼だな」

ムッとして、澤田は否定する。

「すみません。ですが、遺書を用意されていたのですよね。それに、もし本当に殺されかけたのだとしたら……」

途中で憚られたように口をつぐむ山口だが、何を言いたいのかは分かる。

誰もが押し黙る中、空気を読まないのは、やはり政木だった。

「だよな。自殺じゃないなら、この中に殺人犯がいるってことだもんな」

憮然と、澤田は白湯に口を付ける。

土師としても、ツアー客の安全確保のために、ハッキリさせておきたいことだ。殺人を躊躇わない者がいるなら、伊東の件も、そいつがやった可能性が出てくる。

今でも土師は、伊東が自殺したとは思っていない。

それに、通信機器の故障もある。

何者かが害意を持って行動していると考えた方が自然だ。

「土師さんと真田さんには言いましたけど、確かに僕は、派手に自殺してやるつもりで宇宙旅行に応募しました。当選したときは、これで僕を不幸にした連中に、少しでも嫌な思いをさせられると思ったのも、本当です」

何度聞いても、暗い復讐方法だった。それだけ、澤田の人生は追い詰められていたのだろう。

「でも、昨日寝る前には、自殺する気は無くなってました」

「それはどうして?」

山口が眉間に皺を寄せて促す。

「理由は二つ。ひとつは、パイロットさんが先に亡くなられたからです。自殺だとしたら、二人目はインパクトが薄いでしょう」

暗い皮肉に、誰も言葉を返さない。

「殺人だとしたら、また自分が疑われるんじゃないかと思ったんです。僕が自殺した後に殺人犯にされたら、それこそ死んでも死にきれませんから」

　冤罪で一七年刑務所にいたのだ。トラウマになっていて当然だ。

「二つ目は、政木さんのおかげですよ」

「俺？」

「地球平面説なんか聞かされた後で死ねるわけないでしょ。馬鹿馬鹿しすぎる」

「言うじゃん！　俺、そういう強がり方、好きだよ。でもまあ、自殺は良くないよ。生きてりゃ良いこともあるし悪いこともあるって」

　政木の口振りに悪意は感じられない。だからこそ余計に、宮原と山口は呆れていた。

　土師は、なんとなく政木のことが分かってきたような気がした。

　彼は、小学生のまま大人になったタイプだ。

　不動産で成功したということは、頭は良いのだろう。良くも悪くもああいう性格だから、人の懐に入るのも躊躇わないはずだ。

　嶋津が、ホッとして頷いた。

「よかよか。思いとどまったんなら、理由はなんでもよかたい」

「そもそも自殺するなら、パイロットさんと同じで首を吊りますよ」

　湯飲みを置いた澤田に、山口が身を乗り出し尋ねて来る。

「重力は地上の六分の一です。首を吊っても死ねるかどうか分からないでしょう？」

「頸動脈は、二キロの重さがあれば絞まるんですよ」

平然と言ってのけるが、あまり愉快ではない知識に、レストランの空調が冷えた気がした。

土師も、既に検索して知っていたことなのに、改めて人の口から聞かされると気分が悪くなる。

「どうかな。それを証明できますか？」

「証明って……実際に首でも吊れって言うんですか？」

「それなら、私が証明できるかも知れんたい」

山口の無茶な要求に、細い腕を上げたのは嶋津だった。

「昔、柔道をやっとったんです。絞め技は、綺麗に入れば力はいらんですからね。頸動脈を絞めるのに二キロもいらんとですよ」

「へえ、じゃあ俺で試してみてよ」

政木が前に出た。

嶋津は政木の襟首を右手で摑むと、反対の手を下から交差させて、喉に押しつけた。

「苦しかったら、無理せんとすぐタップしよってくださいね」

嶋津の忠告にも余裕の表情を浮かべる政木だが、次の瞬間、両目が大きく見開かれた。

「おおっ!?」

嶋津の腕は、大して力を入れたようには見えない。端から見れば、両手を軽く握っただけだ。

なのに一秒と保たずに、政木は大慌てでタップしていた。

嶋津が力を緩める。それも、拳を開いただけにしか見えない。

大げさに呼吸しながら、政木が目を見開いた。

「マジヤベェ。こりゃ死ぬわ。絶対死ぬって。意識消えかけたもん。失神するのに一〇秒もいらないって」

「そんなもんかも知れんたいね。昔は、もっと綺麗に極められたんやけど」

素人目にはそれでも凄いが、嶋津は技の衰えを嘆いていた。

「おそらく二キロゆうんは、確実に頸動脈が絞まる重さゆうことやなかですかね？　今みたいに綺麗に塞げば、二キロもいらんと」

暗く笑って、澤田が手の中で湯飲みを遊ばせる。

「痛かったり苦しんだりして良いならともかく、人間て、意外と楽には死ねないんですよ。特に、一般人が手に入るものでなんとかしようとするとね」

聞くものの感性を、低く暗い方向へ刺激するような声だった。

「薬を過剰摂取しても吐き出す可能性があるし、絶食して餓死しようとしても、途中で本能には逆らえなくなる。だから、自殺するなら首吊り一択なんです。ガスなんて回りくどい方法は取りません」

「ガス……ですか？」

菅山が首をかしげる。

「正確には、ガスかもしれないと疑ってるんです」

土師が補足すると、澤田が頷き言葉を引き継いだ。

「目が覚めると、身体全体がひんやりしてて、鈍い頭痛があって、まったく動けませんでした。そうしたら、いつの間にか意識が無くなって……気がついたら、土師さんと真田さんが、顔を覗き込んでたんです。ガス以外に、こんなのあり得ないでしょう?」

「いえ、ガスの方があり得ません」

菅山がきっぱりと否定した。

「そもそも当ホテルでは、ガスを一切使っていないんです」

驚きと納得が半々ずつ、各々の顔に浮かぶ。

「宇宙ホテルで最も恐ろしいのは火事です。火が燃えれば酸素が著しく消費されますから、火気類はもちろん、ガスも持ち込まないようにしているんです」

「そう言えば、ライターなども持ち込み禁止でしたよね」

思い出したように、山口が声をあげる。

菅山と一緒に、土師も頷き返す。

宇宙船の搭乗手続きで荷物検査をしたのは、ユニバーサルクルーズ社の地上班だ。

「もちろん、いざという時のための対策は施してあります。消火器やスプリンクラーも、地上以上に厳しい基準で設置してあります。過去には、宇宙船でもボヤ騒ぎが起きていますから。でも、そもそも最初から火を使わないという設計思想で、当ホテルは作られているんです」

宮原が、ぽんと手を叩いた。

「キッチンが全部ＩＨだったのも、それでなんだ。おかげで温度調整がいつもと違って、使いづらかった。ミキサーだけは、やたらと高性能だったけど」

「当ホテルは、オール電化なんです。幸い、電気だけは無限に作れますから」

太陽光パネルも、一昔前に比べて、かなり改良が進んでいる。

それに宇宙では、季節や天候の影響を考える必要が無いため、計画的な発電が可能だ。宇宙ホテルがフル稼働しても、なお余裕があるように設計されていた。

「じゃあ、あの息苦しさはなんだったんだ？」

澤田が当然の疑問に首をひねる。

政木が、ごく簡単に言った。

「そもそも殺人が勘違いじゃないの？　事故だったんじゃない？　空調が壊れてたみたいだし、二酸化炭素で窒息しかけたんじゃないの？」

「それも、可能性は低いかと。部屋は、そこまで気密性が高いわけではありませんから」

菅山が、柔らかい口調でこたえる。

「いうなれば当ホテルは、施設自体が巨大な密室です。換気については、設計段階からかなり気を遣って考えられています。それこそ、空調が故障しても、呼吸に差し障りが無いように。一斉に全ての空調が止まれば、二酸化炭素中毒を引き起こす可能性もありますが、それも数時間後の話です。ひと部屋だけなら、問題は無いかと」

「例えばなんだけど」

宮原が何かを思いついたようだ。

「ドライアイスを使えば、二酸化炭素の濃度は上げられるんじゃない？　溶けて無くなれば証拠も残らないし」

「なるほど。そりゃあ名案たい」

嶋津が感心するが、菅山はこれも否定した。

「それも無理です。ドライアイスメーカーがありませんし、仮にあったとしても、材料が手に入りませんから」

ドライアイスとは、固体二酸化炭素のことだ。

作るのは簡単で、二酸化炭素を加圧圧縮した後、冷却し液体化させ、その後急速に通常の大気圧力に戻すと、粉末の固体になる。

「当ホテルは、酸素二一パーセント、窒素七九パーセントに保たれるよう設定されてます。二酸化炭素は、我々が呼吸で吐き出す分のみなんです。呼吸で排出される二酸化炭素も、特殊なフィルターで宇宙に排出されるようになっています。この排気口は、宇宙ホテルの至る所に設置されています。廊下やホテルの部屋はもちろん、倉庫や遊具施設のある場所にもです」

嶋津が不安そうに手を挙げた。

「あの、それは空気が漏れとるゆうことですか？」

「いえ、漏れているのではなく、押し出されてるんです」

菅山は、近くにあったタンブラーを二つ手に取り、底を重ねて鼓のような形にした。

「このタンブラーが排気管で、底を特殊フィルターだと思ってください。宇宙側には、このように蓋が付いています」

四角いコースターが濡らされ、土師から見て右タンブラーの飲み口に貼り付けられる。

「フィルターは、大気圧以上の加圧で二酸化炭素を吸着し、大気圧未満にまで減圧すると、脱着する仕組みになっています。そこで、このフィルターに辿り着くまでに空気を暖め、膨張させます。こうすることで、フィルターに二酸化炭素だけが吸着します。この時、酸素と窒素は、そのままフィルターを通り抜け、フィルターの向こう側に設置した別の配管から、元の部屋に戻っていきます」

右側タンブラーの上に、ストローが置かれる。これが、その配管のようだ。

「しかしこのまま置いておくと、二酸化炭素がフィルターにくっついたまま、どんどんと溜まっていくことになります。そこで、宇宙側の蓋を開きます」

飲み口に貼り付けていたコースターを取り除く。

「こうなると、一気に排気管内の気圧が下がり、酸素と窒素を運ぶ配管に設置した弁が引っ張られ、蓋をします。ちなみにこの配管と弁は、錆びないよう、ステンレスでできています。空気には、水蒸気が含まれてますから」

ストローの先が指で摘まれる。それが、蓋をするジェスチャーらしい。

「同時に、気圧が下がったので、フィルターに吸着していた二酸化炭素は脱着され、宇宙に排出されます。大気は、気圧の高いところから低いところへ流れていきますから」

宇宙ホテル内と宇宙では、当然宇宙の方が気圧は低い。というか、大気がそもそも存在しない。

「二酸化炭素の排出が済めば、宇宙側の排気管にまた蓋をします」

外していたコースターが、再度貼り付けられる。

「この蓋は、一定周期で自動的に開閉するようになっています。これが、二酸化炭素除去システムの大まかな動きです」

感心して、嶋津は何度も頷いた。

「なるほど。気圧差ば利用して、二酸化炭素を押し出しとるんですね。上手く考えとりますね」

「ですので、我々が呼吸で排出する二酸化炭素も、そう簡単に、ホテル内にたまらないようになっています。残っていても、ドライアイスを作る材料分にもならないかと」

「そうなんだ。材料が無いなら、どうしようもないか」

宮原が複雑な表情で納得する。

自殺未遂なのか殺人未遂なのか、これではハッキリとしなくなってしまった。どちらに転んでも喜ばしいことではない。そんな表情になるのも理解できる。

ふと一同の様子をうかがうと、大なり小なり、全員が似たような表情で思案していた。

もし殺人未遂なら、犯人がいるということになる。気になるのは当然だ。

しかし土師は今、別のことが引っかかっていた。

宇宙ホテルには、二酸化炭素がほぼ存在しないと、菅山は言った。

その言葉を裏付けるように、宇宙ホテルには、植物の類いが置かれていない。光合成ができず、枯れてしまうからだ。

パブリックエリアにある自然公園も、設置されている芝や植物は、すべて人工物だ。

将来は野菜の地産地消を目指しているらしいから、そのうち本物が持ち込まれる予定はあるのだろう。それまではこの宇宙ホテルに存在する二酸化炭素は、自分たちが吐き出すもののみだという。

……本当にそうだろうか？

違う。どこかで見た。二酸化炭素という文字を、宇宙に来てから見ている。どこだ？

二酸化炭素。

ドライアイス。

そう。ドライアイス。この単語もまた、引っかかる。

そういえば澤田の部屋は、空調が壊れていたにもかかわらず、わずかにひんやりとしていた。

だから宮原がドライアイスと言い出したときは、妙な納得感があった程だ。

二酸化炭素、ドライアイス、二酸化炭素、ドライアイス……

この二つがどうしても引っかかる。

「消火器……」

何気なしにつぶやいた次の瞬間、ぱちんと何かがはまるような感覚があった。

続いて、宮原が手を叩く。

「そう、二酸化炭素消火器！　だから私、さっきドライアイスが思い浮かんだんだ！　前に会社の消防訓練で使ったことあったから！　二酸化炭素消火器を使うと、ドライアイスができるんだった！」

消火器は、粉末系消火器、水系消火器、ガス系消火器の三つに分類される。粉末と水については、説明の必要はないだろう。ごく一般的な代物だ。

最後のガス系というのが、二酸化炭素などを使い、窒息効果で火を消すという、少し珍しいタイプだ。消火剤が二酸化炭素なので、電気設備や精密機械、美術品などを汚損しないという特徴がある。

また、宮原の言う通り、二酸化炭素消火器は構造上、噴出する際にドライアイスが精製される。液体化した二酸化炭素が急速に通常の大気圧力に戻されるからだ。

これなら、澤田の部屋がひんやりしていたのも、土師と周が頭痛を感じたのも説明ができる。

「寝てるところに忍び込んで、二酸化炭素消火器を使えば、窒息させることは可能じゃない？」

宮原の言葉に、澤田が自分の身体を撫でながら青ざめる。

「そうか。だから身体が冷たかったのかも。意識が消えそうだから冷たく感じたんじゃないんだ」

コロナ禍の時、換気を推奨するため、二酸化炭素濃度についてテレビで詳しくやっていたのを覚えている。

濃度別の症状は、次の通りだったはずだ。

二パーセント。健康被害は無いが、呼吸の深度が増す。

四パーセント。耳鳴り。血圧上昇。頭部の圧迫感。

六パーセント。呼吸数の顕著な増加。過呼吸、頭痛、眩暈。

八パーセント。一〇分以内に呼吸困難、精神活動の乱れ。

一〇パーセント。数分以内に意識喪失。

二〇パーセント。中枢の麻痺。死亡の危険あり。

三〇パーセント。約一〇呼吸で意識喪失、死亡の危険あり。

日常生活で八パーセントの濃度を超えることはほぼないが、空調が動かない状態で二酸化炭素消火器を使えば、可能だ。

やっかいなのは、ガスのような匂いもない上、換気をするだけで証拠が消える点だ。だがその換気の良さで澤田は助かっている。

一度心臓が止まったにもかかわらず蘇生できたのは、おそらく犯人の予想以上に部屋の換気が良かったためだろう。

それでも、土師と周が部屋に踏み込んだとき、あんな短時間で頭痛や立ちくらみがしたのだから、二酸化炭素の恐ろしさに身がすくむ。

「そうでした。通信管理室には、二酸化炭素消火器を用意してたんでした」

菅山が今になって思い出す。無理もない。二酸化炭素消火器は、対象物を窒息させて消火するという性質のため、扱いが非常に難しい。特に、室内などには設置しないことが推奨されているから、存在すら知らない人もいる。普通の生活をしていれば、あまり見かけることはない。

そもそも宇宙ホテルは、火が使えないようになっている。火事への対策は万全だが、火事が起こりえないような工夫が随所に施されていた。開業作業の忙しさで記憶から漏れていても、不思議ではない。

「土師さん！　確かめましょ！」

周が腰を浮かしながら叫ぶ。

土師も、頷き返しながら歩き出していた。

「みなさんはここにいてください。菅山さん、行きましょう！」

やって来たのは、エネルギーサプライエリアの、衛星モデムが設置された通信管理室だった。

ラックから伸びたＬＡＮケーブルが何度見ても壮観だが、それは無視して、消火器を手に取る。

ラベルには、間違いなくCO_2の文字があった。

よくよく見れば、消火器のすぐ後ろに、全面型の防毒マスクのようなものとアルミニウム製タンクが置いてある。大きさは、五〇〇ミリリットルのペットボトルぐらいだ。

可搬型呼吸器と書かれているから、これで窒息を防ぐのだろう。五分弱使用できると書かれている。

「思った通りだ。昨日ここでこれを見たんです」

脱出ポッドが発射された際、床が揺れて、軽く浮いたのを覚えている。その時に、CO_2の文字がちらりと視界に入っていた。

一瞬のことでその時は気にもならなかったが、ドライアイスと二酸化炭素という宮原の言葉で、辛うじて思い出せた。

「中身、空っぽや」

周が手も触れずに指摘し、土師は訝しんで尋ねた。

「どうして分かるんですか？」

「圧力計が、赤いとこの外側指してはるでしょ？」

長くて白い指がさす通り、ハンドルに付けられた圧力計は、内部の気圧が減っていることを示している。

「そやのに、安全栓がきちんとくっついてる」

ハンドル部分に付いていた黄色いリングのことだ。

誤作動を防ぐため、これを引き抜かないと、レバーを握っても消火器は動かない。

誰かが使った後、そうと悟られないよう元に戻したのだろう。

「二酸化炭素消火器は、他にいくつあるんですか？」

「待ってください……」

菅山が、支配人室から持って来た緊急マニュアルを開く。

「全部で八個です。この部屋に二つ、隣のA室に二つ、予備に四つです」

すぐにA室へ移動し、こちらも使用済みであることが確認できた。

予備の分についても、スタッフの詰め所にあるロッカーで確認ができた。こちらもやはり、使用済みだった。

澤田が、意図的に窒息させられたのは確実だ。

「これ、誰が持ち出したんか、防犯カメラ見られへんのですか？」

「こっちです。来てください。管理室で映像が見られるようになっています」

エネルギーサプライエリアに戻ってさらに奥へ進み、『管理室』とプレートが貼られたドアを開ける。

六畳ほどの部屋で、パソコンと、上下に並んだ二つのウルトラワイド液晶モニターが、二セット置かれていた。

パソコンは動いていないらしく、画面は真っ暗だ。

「どうしてパソコンの電源が？　ずっとつけっぱなしのはずなのに」

防犯機材の電源が落ちているなど、普通に考えてあり得ない。

それでも、菅山の言葉を待つ。

スリープモードになっているだけで、その裏でプログラムが動いていることを期待した。

「……パソコンが壊れてる」

伊東が亡くなった時はまだ作動していたパソコンだが、何度電源ボタンを押しても、ぴくりとも反応しない。

当たり前と言えば当たり前か。

一連のできごとが何者かによる犯行であるなら、通信設備を破壊しておいて、防犯カメラを放っておくはずがない。

ホテルのスタッフ達が帰還したため、気づくのに遅れてしまった。

「これで、ハッキリしてしまいましたね」

重い吐息と共に、菅山が呻く。

してしまいました、という言葉に今の心情が過不足なく表れていた。

ここまで様々なアクシデントが重なれば、さすがに偶然では片づけられない。

「このホテルに、人殺しがいる」

周が深刻な表情で呻く。

「土師さん。もしかしてですけど、これって、パイロットさんが亡くならはったんも、関係あるんちゃいますか？」

二酸化炭素消火器の話が出てから、土師もそのことは考えていた。

もしかして伊東も、二酸化炭素で殺されたのでは？

それなら、無重力下で首を吊っていたよりも納得がいく。

伊東に外傷は無かった。吉川線すら見当たらなかったのだから、二酸化炭素による窒息死は、十分に可能性がある。

だが……

「分かりません。ただ、伊東が亡くなっていた倉庫は、二五メートル四方と、かなり広いんです。あれだけの空間を、どうやって二酸化炭素で満たせば良いのか」

ホームセンターで売っている物置や、個人向けのレンタル倉庫とは規模が違う。

改めて消火器のラベルを確認すると、消火剤三・二キログラムと書かれていた。これが、二酸化炭素の容量なのだろうか？

液体化した二酸化炭素が気体になったとき、どれほどの体積変化が起こるのかまでは、土師も分からない。

二酸化炭素消火器をどれぐらい使えば、倉庫の二酸化炭素濃度を三〇パーセント以上にできるのだろうか?

「倉庫全体の二酸化炭素濃度を上げる必要はありませんよ」

頭を振った周の声は冷静だった。

「パイロットさんに向かって二酸化炭素消火器使えば、それだけで気絶させたり、動き鈍らせるぐらいはできるんとちゃいますか?」

「そうか。その後首を絞めれば、吉川線ができることもない。仮に気絶までしなくても、眩暈や頭痛が起こるだけで動きは鈍くなる。そうなったら……」

そこで言葉を止めたのは、添乗員として踏み込んではいけない領域に思えたからだ。

けれども、その領域に簡単に踏み込む輩がいた。

周だ。

「嶋津さんみたいに頸動脈絞めるんが得意やったら、動きが鈍なるだけでも、殺人は十分可能とちゃいますか?」

「………」

慎重な言い回しが必要で、土師も菅山も、即答はせずに喉を鳴らして唾を飲み込んだ。

想像してみる。

倉庫作業中に、ツアー客が、消火器を持って近づいて来る。

さすがに警戒はするだろうし、身構えるはずだ。

それでも相手は客だから、背中を見せて逃げる様なことはできない。

追い返すか注意しようと近づいたところを、二酸化炭素消火剤を吹きかけられる。

嶋津が犯人なら、眩暈などで動きが鈍くなれば、さっき見たような技で気絶させて殺すのは容易いだろう。

「なるほど、可能ですね。ですが、それだと説明できないことがあります」

「なんです?」

「伊東を、わざわざ無重力下で首吊りに見せかけた理由です」

「……忘れてた」

周は現場を見たわけではない。印象が薄くても仕方ない。

だが土師には、忘れようにも忘れられない光景だった。

捜査を攪乱するためにあんなことをしたとは考えにくい。

ここに警察の捜査が及ぶのがいつになるかは、土師も分からないのだ。少なくとも、今日明日に駆けつけられる場所じゃない。現に昨日の連絡から、今もって警察はやって来ていない。

他にも、まだ分からないことはある。

「菅山さん。鍵は?　マスターキーはありますか?　客室とか、非常扉とか、そういうのを全部開けられるマスターキーは?」

「ございます。ですが、どうして?」

「澤田さんの部屋、鍵がかかってなかったんです。伊東が亡くなったときも、スタッフ専用エリアの鍵が外れてて……」

「ほな、犯人はマスターキー使(つこ)たんかもしれませんね」

さあっと、菅山の顔から血の気が引く。

「いえ、まさか、そんなこと……ありえない」

菅山が自分の左手首に触れる。

そこには、土師も身につけているスマートウォッチがあった。

「まさか、それが？」

「……はい。常に、わたくしが身につけています」

スマートウォッチには、電子タグが埋め込まれている。ネットに繋がっていなくとも機能し、電子マネー、デジタルキーとして利用できた。

「他に同じものを持ってる人は？」

「わたくしと同じ権限がある人物という意味なら、おりません。先回りしてこたえますと、その権限を別の誰かに付与するには、わたくしと二人いる副支配人のうち、二人以上の承認が必要になります」

「その副支配人は？」

「一人はプレオープンに参加しておらず、もう一人は昨日に……」

「つまり、ツアー中にマスターキーを使えるのは、菅山さんだけということですね」

「違います！　わたくしがやったのではありません！　どうしてわたくしが、伊東様と澤田様を殺さなければならないんですか⁉」

「澤田さんはともかく、伊東は菅山さんには殺せませんでした」

動揺する菅山をなだめるために、冷静に土師は事実だけを口にする。

伊東が亡くなった時間帯は、まだネットが使えた。ホテルスタッフの位置は、Ｗｉ－Ｆｉを利用した検索システムで調べられた。

菅山を含め他の誰一人、倉庫だけでなく、プラットフォームエリアに近づいた様子もなかった。

伊東の行動履歴も、倉庫と宇宙船の往復のみだ。他の場所で殺されて倉庫に運ばれたという可能性すら無い。

だとしたら、どうやって鍵を開けたんだ？

「ほな、やっぱりお客さんの中に犯人がいるゆうことですね」

周が言いにくいことをズバリ言う。

まるで自分は犯人じゃないという口振りだった。疑われるなんて微塵も思っていないらしい。

しかし現時点で確かなことは、伊東を殺したのは菅山ではないということだけだ。

澤田の件については、全員にまだ疑いが残っている。

オートロックの部屋に入れたのは菅山だけだし、二酸化炭素消火器についても、知らない振りをしていただけかも知れない。

「土師様。やはり地球に戻りましょう。これ以上は安全を保証できません」

菅山の声は、泣き出す寸前の様に聞こえた。

土師も同じ考えだ。

犯人は、わざわざ二酸化炭素消火器を持ち出し、ばれないように元に戻している。

明確な殺意を感じ、証拠を隠蔽しようとする行動を確認した今、すぐにでも戻るべきだ。

だが、衛星携帯電話に届いたメッセージが気になる。

——危険！　まだ戻るな。

一体どういうつもりで中田はあんなメールを送ってきたのか。

先に脱出ポッドで逃げたホテルスタッフ達から報告を受けているはずだ。連絡も取れない今、宇宙ホテルで予期せぬトラブルが起こっていることは、承知しているはず。

なのに、まだ戻るなとはどういうことなのか。

もう一度宇宙に出て、別のメールが来ていないかを確かめたいが、宇宙服が破れた今、それも叶わない。

「とにかく、一度レストランに戻りましょう。地球に戻るにしても、全員に状況を説明しないといけませんから」

四

「間違いないって。これってやっぱ、何かの陰謀だって」

レストランに戻って、一部始終を話すと、政木が真っ先に反応した。

「地球が平面だってことを知られたくない連中がいるんだよ。そいつらが、俺たちを閉じ込めて殺そうとしてるんだって。おまけに、パイロットさんも殺された可能性が出てきたんだよね？　連続殺人ってやつか……こえぇ」

「大変な状況であることは分かっていただけたと思います。澤田さんは、間違いなく、誰かによって殺されかけたわけですから」

土師のかたい声に、澤田もかたい表情で頷き返す。

土師は念のために、廊下とレストランに設置されている消火器を確かめた。すべて超純水をベースにした、中性薬剤のものだった。

純水は電気をほぼ通さない。ラベルにも、通電火災に最適とある。

なら、全ての消火器を超純水中性消火剤で揃えれば良いのにと思うが、サーバーなどの精密機械に使用するには、不安が残るということなのだろう。注意書きに、『電子機器・精密機器が故障しないことを保証するものではありません』とある。

それに、消火剤使用時にホコリやゴミが混ざれば、ショートする可能性はある。

インフラであるサーバーには、確実な消火と復旧のしやすさを優先するため二酸化炭素消火器を、それ以外の場所では安全面を考えて、超純水ベースの中性消火剤消火器をと、使い分けているようだ。

菅山に確認してもらったところ、二酸化炭素消火器のことは、安全性について紹介したPDFファイルが、ネットで公開されているとのことだった。

ちなみに実際に火災が発生した際は、スプリンクラーが作動することも確認した。これも、超純水中性消火剤が使用されるようだ。

山口が、両方の人差し指を眉間に押し当てながら、呻いた。

「懸念していたことが、現実になってしまったみたいですね。どうやらこの中に、殺人犯がいるようだ」

一同の視線が、ぎこちなく泳ぐ。

特に澤田は、自身が殺されかけたこともあって、眼鏡の奥で眼光を鋭くしている。

雰囲気が悪くなるのは仕方ないが、疑心暗鬼に陥り、無実の人間が傷つけ合うようなことは避けたい。その想いで、土師は話を続ける。

「そこで、提案があるのですが……やはり地球へ戻るべきだと思います。これは、私と菅山さんの一致した意見です」

菅山が頷く。

「これ以上は、安全を保証できません。ツアーの途中ですが、地球へ戻った方がいいかと存じます」

「まあ、しょうがないんじゃない」

政木が率先して賛成した。陰謀を暴くために絶対に残ると言い出すかと思っていただけに、驚きだった。

「いや、そりゃそうでしょう。だって、実際に澤田さんの心臓が止まってたんでしょ？　事故じゃなくて誰かの仕業だって確定したなら、戻るべきでしょ」

引き合いに出された澤田本人が、苦笑した。

「あなたがまともなことを言うと、違和感がありますね」

「だから、俺は誤解されやすいんだってば。誰かに死んで欲しいなんて、思ったことないんだから」

政木が、心外だと言わんばかりに腕を組み、そっぽを向く。

なんにしろ、帰還に賛成してくれるのはありがたい。

だが、それはそれで、中田からのメールを切り出しにくくなった。

あの内容を皆に告げるべきか否か、まだ決心がつかないでいた。

余計に不安にさせるのではないか？

そうなれば、不必要にパニックを招くかも知れない。

だが、外に出てメールを受信しようとしていたことは、周に知られている。黙っていて欲しいと口裏を合わせたりもしていない。いつ誰かに打ち明けないとも限らない。後で知られた方が、余計に疑念を招くはずだ。

伊東が亡くなったときもそうだった。下手に隠すより事実を伝えた方が、事態は良い方に転がるはず。

意を決して、土師はメールのことを伝えるため、衛星携帯電話を取りだした。

「帰還することに同意していただけるのはありがたいのですが、それにあたって相談したいことが。実は……」

宇宙に出たことを話すと、既に知っていた周以外、驚いて目を見張った。

しかし、嶋津だけが、どこか嬉しそうに頷く。

「ああ、なるほど。それで納得ばしました。どうりで土師さんの身体から、妙に甘酸っぱい匂いがしとったわけです」

「それ、イチゴの匂いとちゃいます？　土師さん、一人でイチゴ味のチョコ食べたはったみたいやし」

「そうたいそうたい。イチゴをちょっと焼いたような匂いたい」

方言コンビが、やたらと匂いに反応する。

しみしみ苺チョコを食べたのは、シャワーを浴びる前だ。匂いなど流されているはずだが……。

「宇宙は、イチゴの匂いがするとですよ」

嶋津が感慨深げに頷いた。

「なんでも、宇宙にある特殊なイオンが、そんな匂いがするらしいですたい。宇宙飛行士の方が言っとりました。そうですか、これがその匂いですか」

「そうなんですか？　それは、知りませんでした」

土師が自分の知識不足を嘆く。

船外活動から戻った際も、いろいろ考え込んでいて、まったく気づかなかった。

「そやけど、ひとりでイチゴ味のチョコ食べたはったんも、ほんまですからね」

一旦咳払いし、居住まいを正してから、改めて土師は、メールの内容を伝えた。

全員の顔に、険しさと不気味さが浮かぶ。

嶋津が尋ねた。

「まだ戻るなゆうんは、どげんしてですか？」

「弊社の地上班は、澤田さんが殺されかけたことを知りません。それで、まだツアーを続けて欲しがってるのかも知れません」

宮原が、不安に眉を曇らせる。

「でも、危険て書いてあるのはどういうことなの？」

「分かりません」

正直にこたえることしかできず、土師は力なく頭を振る。

「計画が変更されることに対するリスクはあります。予定と違う時間に戻れば、他の飛行機と接触しないように飛ばなければなりませんし、滑走路が混んでれば、どいてくれるまで、上空で旋回して時間を稼がないといけません」

空路は意外と過密だ。特に空港付近は、飛行機が必然的に密集する。そのスケジュールを突然変更してもらうのだから、リスクが高くなるのは当然だ。

だが、こういうトラブルは起こるものとして、航空業界は企業間をまたいで事故防止に取り組んでいる。普段であれば緊急着陸を行う際は、管制官の指示に従えば、まず間違えることはない。

「今の段階では、確かなことは何も分かりません。ただ、それでも戻るべきだと思います」

澤田が深刻に頷いた。

「誰かに殺されそうになる経験なんて、一度でも多いですからね」

「けど、困ったことになったとね」

嶋津が髪の毛をかき混ぜる。縛った髪がぴょこぴょこと揺れた。

「殺人犯ともう一日過ごすか、何が危険か分からんまま宇宙船に乗るか……こりゃあ、判断がむずかしかぁ」

「失礼ですが――」

ゆったりとした動作で手が上がった。

一同の注目が集まったのを確認して、山口は足を組み替えた。

「澤田さん。殺される心当たりは？」

ムッとした澤田に先回りして、言葉が続けられる。

「気に障ったなら謝ります。ですが、あなたを殺そうとする動機が分かれば、誰が犯人か分かると思うんです。その人物を――」

「だから、陰謀だって！　もしかしたら知らないうちに、澤田さんが地球が平面だって証拠を見たのかもよ。それで、政府のスパイが、暗殺しようとしたんだって」

政木が、強引に割って入ってくる。

無視して、山口は話を続けた。

「――その人物を拘束して監禁すれば、当初のスケジュール通りに宇宙船を飛ばせると思うのですが？」

「それについては、私は賛成ばできんたいね」

山口の提案を否定したのは、嶋津だった。

「犯人捜しは、疑心暗鬼を加速させますけんね。わだかまりが残れば、いざという時に協力ばできんようになります」

土師も頷く。

「そうです。最悪、その状態で犯人も分からないとなれば、単に安全性を脅かすだけに終わります。得策ではありません」

「そうたい。みんな仲良くするのが一番ったい」

「では、あと一日、殺されるかもしれない恐怖に怯えながら過ごせとおっしゃるので？　相手は、連続殺人犯なんですよ？」

「ですから、帰還した方が良いと、提案させていただいてます」

「何が危険かも分からないのにですか？」

そう言われると、それ以上は強く言えなかった。

「それに、やましいことがなければ、議論をするぐらいは構わないのでは？」

沈黙が両肩にのしかかる。反論すれば、藪蛇になりそうな気がして、迂闊なことが言えない。

不意に視線が外されて、山口が澤田を見つめた。

「で、どうなんです、澤田さん。殺される心当たりは、本当に無いのですか？」

澤田は、苦々しげにこたえた。

「殺したい相手はいても、殺される心当たりなんてありません」

「殺したい相手とは？」

「決まってるでしょう。僕を冤罪で捕まえた警察の連中ですよ」

吐き捨てるような唸り声だった。

「歪んでるのは自覚してますよ。女の子を殺した犯人よりも、警察の方を憎むなんてね。でも、どうしようもないじゃないですか」

「澤田さん、そんなこと考えてたんだ……」

宮原が顔を青くし、嶋津は両目を閉じて深く息を吐き出す。

問い詰めた山口本人も、返答に困ったように口元を撫でた。

「そもそも、ここにいる誰とも、宇宙へ来るまで一面識もなかったんですよ。一七年も、冤罪で刑務所にいたんでね」

「念のためにゆうときますけど、澤田さんが捕まった年、うちまだ生まれてませんから」

「ちょっと、周ちゃん。なにしれっと、自分だけは無実みたいなこと言ってんのさ」

政木の指摘にも、周は動じない。

「しれっともなにも、ほんまのことですから」

「だからって、わざわざ口にしなくてもいいと思う。周りを煽ってるように聞こえるから」

宮原のたしなめを否定はしなかったが、周は不服そうに頬を膨らませた。

「いえ、それです」

逆に、したりと山口が指を鳴らす。相変わらず所作がいちいち芝居臭い。

「真田さんだけでなく、我々は皆さんと宇宙旅行に参加するまで一面識もなかった。正確には、嶋津さんと政木さんは澤田さんをご存じだったようですが、ニュースで見た程度では、同じと考えて良いでしょう。これでは澤田さんの言う通り、殺人の動機など持ちようがない」

「何が言いたいの？　いちいち回りくどすぎるんだけど」

「パイロットさんと澤田さんの事件、これだけ短期間に連続して起こったのですから、全く無関係と考える方が不自然です」

探偵役でもこなすように、弁舌が冴えだした。

「この二つの事件、連続殺人事件と考えるなら、一人だけいるんですよ。両方の被害者に、動機があってもおかしくない人物が」

山口が、じっとこちらを見つめてくる。視線の強さに一瞬たじろぎ、土師はその意味に気づいた。

「あなたですよ。土師さん」

恐れていたことだった。中田にも指摘されていた。伊東の死が他殺なら、犯人はツアー客か土師しかいないと。疑われるのは、時間の問題だった。

「澤田さんへの動機から説明しましょう」

反論するよりも早く、言葉が畳みかけられる。

山口が、癖のある髪をかき上げた。それこそ、俳優がクライマックスを演出するように。

「おそらく、ツアーを最後まで進行したい、その一心でしょう。昨晩澤田さんはこう仰った。いっそのこと、脱出ポッドを使ってでも先に帰りたい、と。そんなことをされれば、ツアーは失敗だとみなされてしまうかも知れない。会社の評判に傷がつく。そこで事故を装って殺そうとした。客室で亡くなっていたとなれば、ホテル側に責任をなすりつけられますからね」

「違います！」

強く否定しすぎて、声が裏返りかける。

逆に怪しく見えていないか、ひやりとした。

「ですが、そう考えると、パイロットさんが亡くなった時、執拗にツアーを続けたがったのも分かる。普通誰かが亡くなったなら、ツアーは中止でしょう？」

「お待ちください」

土師が反論する前に、菅山が割って入ってきた。

「あの時土師様は、帰還を会社に進言しておられました。反対したのは、むしろわたくしの方です」

助言に山口が閉口する。すかさず、土師は矛盾を突いた。

「仮に、私が澤田さんをそんな理由で殺そうとしたとしましょう。ですが、そうなると、伊東の件は？　私が伊東を殺そうとする動機はどうなるんですか？」

「さあ、知りませんよ、そんなもの」

平然と言い放った山口に、さすがにカチンとくる。

それでも、伊東の戒めが、激昂することを許さない。

――落ち着けよ。深呼吸しろ。苦しい時に根性は助けてくれないって、いつも言ってるだろ。

もはや聞くことのできない、記憶の中だけに存在する声が脳内で再生される。

「知らないとはどういうことですか。仰いましたよね、動機があるのは私だけだと」

「私はこう言ったんです。動機があってもおかしくない人物、と」

いやらしさを感じるような、わずかな差だった。

「整理してみましょう。
一、澤田さんと面識が無かった以上、ツアー客全員、動機を持ちようがない。
二、添乗員である土師さんには、澤田さんを殺害する動機が存在する。

三、この短期間で連続して殺人が行われた訳ですから、二つが無関係とは考えづらい。
四、となると、パイロットさんを殺したのも土師さんである可能性が非常に高い。パイロットさんを殺す動機を持ち得たのも、土師さんだけだ――そう推理できると言ってるんです」
推理と言いながらも断定するような口調で、山口の表情に迷いは無かった。

「それに、逃げた方々も含めて、ホテルスタッフの全員にアリバイがあるのですよね？　なら余計に怪しいのはあなただ」

決めつけられて、怒りよりも先に、悔しさが込み上げてくる。

「あなたは澤田さんの遺書を何らかの形で知ってしまった。あるいは、澤田さんが冤罪被害者だと元々知っていたのかも知れない。それで、自殺に見せかけて犯行に及んだのかも。二酸化炭素を使ったのは、換気すれば証拠は残らないからでしょう」

唸りたくなるのを堪えるが、それでも見つめる視線には力がこもる。いわれのない批判がこれほどまで心に来るとは……

澤田は日々、こんな屈辱に耐えていたのか。

だが、感情的になるのはもっと良くない。

――墜落中でも冗談を言い合えるぐらい、俺達は興奮しながら冷静になれるんだよ。

聞いた直後には忘れていた言葉が、今はその時の伊東の表情も含めて思い出せる。

「すべてただの仮説じゃないですか。証拠も何もない。遺書だって、どうやって前もって知ることができたんですか」

「そもそも澤田さんを助けたんは土師さんですよ」

隣で聞いていた周が首を傾げる。

「なんで殺そうとした相手を助けなあかんのです?」

「単に失敗しただけでしょう」

簡単に断言されて、土師と周は同時に鼻白んだ。

「今朝我々は、八時頃にレストランに集まる予定だった。しかし澤田さんと土師さんがなかなか現れず、真田さんが呼びにいくことになった。この時には、既に犯行を終えていたのかも知れません。アリバイ作りのために宇宙へ出ていたところ、真田さんに見つかり合流。一緒に澤田さんの部屋に向かうことになり、呼吸の止まいた澤田さんを見つけた。そこで助けなければ怪しまれますから、心肺蘇生を行うのは当然でしょう」

「何か証拠はあるんですか?」

「いえ。単に、犯行が可能だと言ってるんです」

土師の言葉を、山口は簡単にいなす。

「つまり、ええ加減やゆうことですね」

飲み込んだはずの言葉が聞こえた。

冷たい声は、周のものだった。

切れ長の目が、余計に細くなって微笑んでいる。

「大喜利やないんですから、ひねった答えゆうたらええゆうもんやあらへんのとちゃいますか」

言葉使いは丁寧だが、視線と声音はどこまでも鋭い。

だが、山口は怯まない。

「状況から、動機があっておかしくないのが、土師さんだと言ってるんです。その衛星携帯電話に来たメールだって、怪しいじゃないですか」

山口が指さしてくる。

お尻のポケットから、衛星携帯電話の太いアンテナがのぞいていた。

取り出すと、サーマルブランケットに包んだままだった。

薄い金属箔だから、ポケットに突っ込んでいても、違和感が無かった。

「危険というのは、会社にとっての危険を書いているのかもしれない。今帰還すると、返金対応になって会社に損害が出るから、まだ戻るな、とかね。違いますか？」

「馬鹿なこと言わないでください！」

「ことは命に関わることです。安全には、配慮しすぎるぐらいがちょうどいい。これは、私がカンボジアやアフガニスタンで得た教訓です。このぐらい大丈夫だろうと油断をしていると……」

山口は手のひらを握ったまま上に向け、ぼん、と爆弾が弾けるようなジェスチャーをしてみせた。

「足をすくわれるどころか、地雷を踏んで下半身が吹き飛ぶ、なんてことになりかねませんからね」

「そやけど地雷て、誰かに踏ませるために設置するもんですしね」

「……どういう意味ですか？」

曰くありげな周の一言に、山口の眉が跳ねる。

「そのまんまの意味ですけど？」

にこりと笑ったまま、周は言い返す。

「それとも、なんか別の意味に聞こえたんですか？」

さらに重ねて尋ねると、山口は唇を震わせるように黙った。

その間に、周は昨晩ポケットに押し込んだ名刺を取り出し、ひらひらとさせる。

「仕事に煩わされたないゆうてスマホ置いて来た人が、なんで名刺は持ってきたはるんです？」

周の挑発するような言葉に、山口は肩をすくめた。

癖になっているのか、何度も見かける仕草だ。

「別に他意はありませんよ。名刺入れをポケットに入れっぱなしにしてるから、そのまま癖で持って来たんですよ」

「スマホかて、いつも癖で持ち歩くと思うんですけど？」

「分からないな。名刺があるからなんだって言うんです」

「さあ？　ただ、ことは命に関わることですし、安全には配慮しすぎるぐらいがちょうどええんとちゃいます？」

痛烈な皮肉に、山口は口をへの字に曲げて押し黙った。

何か言いたげな視線が周に向けられるが、やがて諦めたように、吐息した。

「失礼。どうやら嫌われたみたいですね。まあ、今どきの女子高生と仲良くなれるなんて、最初から考えてはいませんでしたが。気に障ったなら謝りましょう」

「いやぁ、もしかして、失礼て枕詞つけたら、何ゆうても許されるて思たはるんですか？」

しかし周は皮肉の手を緩めなかった。

勝手に降参したような雰囲気を出していた山口だが、追い打ちを喰らったように目を剝く。

「おまけに、気に障ったらて、そんなもん、障ってるに決まってますやん。まさか気いついたあらへんかったんですか？」

山口は反論しないが、不機嫌さも隠そうとしなくなっていた。

「うち知らんかったんですけど、相手の気持ちも分からんで、世界平和とか叶えられるんですね。えらい簡単な仕事なんでしょうね。そんなテキトーな考えでできるんやから」

戦意を喪失した相手こそ、きっちりトドメを刺す。

そんな風にでも思っているのか、言葉の刃が止まらない。

「ＮＰＯ法人とか、ＵＮＨＣＲとか、えらいたいそうな名前出てきてたけど、鼎(かなえ)の軽重(けいちょう)が問われるて、多分こうゆうことゆうんやろなーて、めっちゃ勉強になりますわ」

「周さん、もうその辺で。それ以上は言い過ぎです」

土師に止められて、普段は喜怒哀楽の全部を笑顔で表現する少女が、ムッとする。

お前のために言ってやってるんだぞ、とでも言いたげな表情だった。

見た目からは想像できないが、血の気が多い。

それでも、とにかくようやく黙ってくれて、ホッとする。

「言い過ぎなんかじゃありませんよ。僕も同じ意見だ」

なのに今度は、澤田が焚きつけるようなことを言い出した。

「誰がどんな理由で僕を殺そうとしたのかは分からないけど、少なくともその人と同じぐらい、僕はあなたが大嫌いだ」

「……心外ですね。私は、あなたを殺そうとした人物が誰か、それを探ろうとしただけですよ。誰よりもあなたに恨まれる筋合いは無いはずですが」

「山口さん。あなたを見てると、僕を聴取した刑事を思い出す。決めつけて、威圧的に恫喝すれば、相手は折れると思ってる。何故なら自分は正義だから。だからどんな思い上がった言葉でも吐けるんだ。そういう傲慢な態度が、冤罪を生む原因になるんだ」

土師には、澤田が唸る気持ちがよく分かった。今し方、その山口に、覚えの無い犯罪で糾弾されていたのだから。

ぴりぴりとした空気に息を呑む中、山口が腰を浮かせた。

「部屋に戻らせてもらいます。今の状況では、同じ場所にいられませんから」

「ええんですか？」

土師が止めるよりも先に、周がまた挑発的な声を飛ばす。

「こういう時は、一人になった人からだいたい死んでまいますよ」

山口はゆっくりと向き直って、鼻で笑ってみせた。

「君が私を殺しにきたら、喜んで返り討ちにさせてもらうよ」

「うちに殺されるような心当たりでもあるんですか？」

お互い笑顔で言い合う姿に、空気が冷える。

本人達は、悪びれもしなかった。

山口は、それ以上の会話を拒絶するように、無言のままレストランを出て行った。

政木が、呆れたように自分の額を叩いた。

「あの人、このままでいいの？　周ちゃんの言う通り、これって死亡フラグって奴じゃないの？」

「悪い冗談はやめてください」

土師のうんざりした声に、周が冷たく笑った。

「ええんちゃいます？　好きにしゃはったら」

「周さん、お願いですから、これ以上誰かを挑発するような言動は控えてください。でないと、どんどん雰囲気が悪くなる」

ムッと、また周がむくれる。悪いことをしたとは思っていないような表情だ。

土師はすかさず、本人にだけ聞こえるよう、小声で囁いた。

「でも、ありがとう。スカッとしたよ」

長い睫毛がぱちくりと瞬く。

周は、結んでいた口元をほどくようにして頷き、ようやく機嫌を直した。

「あの……」

菅山が、頃合いを見計らったように声を上げる。

「皆さん、ひとまず朝食にしませんか。せっかく宮原様がご用意してくださったので」

ホテルマンらしい、押しつけがましくない軽やかな笑みに、張り詰めていたものがしぼんでいく。政木など、ぐったりとした様子で、机に突っ伏した。

「やっとだよ。俺、ずっと腹減ってたんだよね」

「では、掛けてお待ちください」

菅山と宮原が、一緒にキッチンへ向かう。

程なくして、人数分のどんぶりが運ばれた。

中身が見える前から、鶏と醬油の独特な匂いに予感はしていたが、やっぱりと驚く。

「チャーシューが無いのは我慢して。背脂はあるのに、豚肉が無かったの。代わりに、半熟卵を用意したから」

「朝からラーメン。それも、けっこうぎとぎと系……」

「作れる料理は少ないって言ってあったでしょ」

「数少ない料理のレパートリーに、インスタントじゃない本格ラーメンが入ってるって、そっちの方がおかしくない？　普通その前にチャーハンでしょ？」

「嫌なら食べなくていいけど？」

「嫌じゃないよ。嫌じゃなくて、びっくりしてるだけだから」

下げられかけたどんぶりに、跪きそうな勢いで政木は手を伸ばす。

仕方なく宮原が渡すと、真っ先に手を合わせて、「いただきます」と割り箸を割った。

コントのようなやり取りに、ようやく土師も、軽く笑えた。

それからスープを口に含むと、その温かさに、強張っていた心と身体の両方が緩んでいくのを感じた。

馴染みのある鶏ガラ醬油ベースで、脂のまろやかさと、ざっくりと刻まれたねぎが合わさり、これだけでも十分食べ応えがある。

「これ、美味しいです」

お世辞ではなく心から言って、麺を啜る。

こってりした口当たりとあっさりとした余韻に、いくらでも食べられそうだ。

その時、横腹が軽く小突かれた。

「土師さん……土師さん。ちょっと」

隣に座った周が、なにやら驚いて声をかけてくる。

ふと顔を上げると、土師はぎょっとして、手にしていた箸を落としかけた。

澤田が、ラーメンを前に、声も無く泣いていた。

涙が目尻に溜まり、大きな水玉がくっついている。

表面張力でどんどんと水玉の大きさが増し、ついに涙は、ゆっくりと頬を滑り始めた。

「どうされたんですか？」

「この味……」

声をかけると、意識を取り戻したように、ずるずると麺が啜られた。眼鏡が曇るまま、拭うのももどかしいと言わんばかりにスープを飲んでから、ようやくティッシュで鼻をかんだ。

宮原が、いたずらを成功させたような表情を浮かべる。

「驚いた？」

「はい。だってこれ……大峰軒の味だ」

聞き覚えのある店の名前だった。

「ここのスープが、うちと同じ鶏ガラ醬油ベースだったから、ちょっと手を加えて、味を調えたの。あくまでそれっぽい味だけど、近いのが再現できたんじゃない？」

「うちと同じって……宮原さん、大峰軒で働いてるんですか？」

「ちょっと違う。現場にはほとんど出ないから。私、そこのお飾り専務なんだ」

自嘲とも冗談とも分からない口調で、宮原は名刺を取り出し、全員に配った。

確かに、宮原フーズ専務と肩書きが書かれてあった。

「うちの会社は、経理も総務も、全員がラーメン作れるように修業させられるの。ラーメンのことを知らずに経営はできないって。だから、チャーハンが作れないくせにラーメンだけは作れるの」

「飲食店勤務やと聞いて、レストランかなんかで働いてると思っとったとですが、まさか、あの宮原フーズの専務とは。凄かですね」

「何も凄くない。ただ親の経営してる会社に入っただけだから」

「俺は何となく気づいてたよ」

政木がレンゲを小さく揺らした。

「その辺のパートや会社員が、三〇〇〇万もする二泊三日の旅行になんか来られるわけないじゃん。飲食は飲食でも、それなりにでかいところの本店勤めなんだろうなって思ってた。専務ってのは予想外だったけどね」

澤田は、頰の涙を拭った。

「刑務所を出て、記者会見の前に、軽くお腹に溜まるものを入れようって話になったんです。でも、中途半端な時間だったから、ファミレスかラーメン屋ぐらいしか開いてなくて。それで、大峰軒に入ったんです」

「私、あの日はたまたま、応援でお店に立ってたの。コロナが流行ったばっかりで、現場が混乱してたから。忙しい時間帯が終わって一息つこうとしたら、ラーメン食べながら泣いてる人がいるんだもん。びっくりしてよく覚えてる。なんだったんだろうって、その後も気になってた」

「恥ずかしいな。ええ、そうです。逮捕される前に、家族でよく食べに行ってたのを思い出したんです。そうだ、この味だったって。前は気づかなかったけど、大峰軒のラーメンて、こんなに美味しかったんだって、そう思ったら、勝手に涙が溢れてきて……ずっと刑務所の味気ない食事だったから、余計にそう思えたのかも。そうか。あの時の店員さんだったんですね」

眼鏡を外し、澤田は照れ臭さをごまかすように顔を撫でた。

「あの時の僕は、全てに絶望してました。一七年も社会から隔離（かくり）されて、いきなり外に放り出されて、保育士には戻れず、コロナ禍で他の仕事も無く、なにより、祖父母や母に、冤罪だって証明するところを見せられなくて、心から落ち込んでて……」

上擦りそうに不安定な声が、澤田の感情の乱れを表していた。

「こんな状況でやっていけるはずがないって、そう思ってたんです。でも、こんな美味しいものがあるなら、頑張れるかなって……記者会見でも、そんなこと、言ったと思います」

「それ、私、たまたま新聞で読んだの。泣いてたお客さんが載ってて、ラーメンに救われたって書いてあった。あの時初めて思ったんだ。ラーメン屋も悪くないかもって」

はにかんだ宮原に、澤田は恐縮したように頭をさげた。

「さっき真田さんが、アホなことよりも、美味しいもののこと考えようって励ましてくれたんです。それを聞いたときは、子供が分かったようなことをって思ったけど、そうだった。僕は、一度、ラーメンに救われてたんだ。どうして忘れてたんだろう」

語尾に嗚咽が重なり、拭っても拭っても、澤田の頬は、涙で濡れ続けた。

同時に、神経質そうに見えた表情や瞳の鋭さが、洗い流されていくようにも見える。

憑き物が落ちたような表情で、澤田はわずかに残っていたスープを一気に飲み干した。

「美味しかったです。ごちそうさまでした」

スッキリとした声だった。

地上へ戻ったとしても、苦しい毎日は変わらないかも知れない。

日本が、冤罪の補償に手厚いという話も聞かない。

そんな澤田に、たった一杯のラーメンが、生きる希望を与えた。

冤罪が晴れ、刑務所を出たその日に食べた、あのラーメンが。

まだ辛いことはあるかもしれないが、前向きになってくれたらと、土師は願わずにはいられなかった。

同時に、ある疑念が首をもたげる。

澤田は覚えていなかったようだが、宮原と面識があった。

面識が無いから殺人の動機が無いとする根拠は、覆されてしまったように見える。

それに、無作為に選んだメンバーの中に、たった一度だけラーメン屋ですれ違った二人がいるなんて、できすぎではないだろうか？

抽選結果は、やはり人為的なモノなのでは？

伊東が言ったように、広告の為に、お涙頂戴を画策して、それらしいエピソードを持つ人物を選んだのだろうか。

そんなことが可能なら、殺意を持つ人物を送り込むこともできるかもしれない。

土師は、さりげなく探りを入れることにした。

「澤田さんは、その後もお店に通われたんですか？」

「いいえ。地元の川崎市に戻りましたから。他のチェーン店には、何度も足を運んだんですが、本店はあれっきりです」

「私、旅行の説明会に参加したとき、澤田さんを見てびっくりしたんだ。あの時の人だって」

「すみません。僕はまったく気づかなくて……」

「いいの。逆に覚えてる方がおかしいんだから」

「では、お二人は面識があったというよりは、宮原さんが一方的に澤田さんを覚えていた、ということでしょうか？」

「そうだね。そんな感じかな？」

宮原が簡単に頷く。自分が疑われているなど、微塵も思っていないのだろう。

周が、何やら納得した様子で頷いた。

「そっか……それで宮原さん、やたらと澤田さんに絡んだはったんですね。うち、てっきり澤田さんのこと好きで、そうしたはるんや思てました」

「え？　ちょっと、どうして？」

宮原の顔は耳たぶまでが一瞬で赤くなった。

澤田も、驚き照れてうつむく。

どちらもまるで、恋愛経験の無い二〇代のような反応だ。

その様子に、ずっと年下の女子高生が苦笑する。

「そういう反応やからですけど」

周の指摘に、いい年をした二人の大人が、見つめ合って、顔を赤くしている。

微笑ましく思っていると、意を決したように、澤田が顔を上げた。

「あの、ラーメン屋って、今からでもなれますか？」

宮原が目を丸くする。

慌てて澤田が、手を振ってまくし立てた。

「いや、無理ですよね。そんな簡単なもんじゃないですよね。すみません。ただ、今は清掃業をしてて、ホテルなんかをまわってるんです。時々講演に呼ばれて、冤罪事件について話したりするけど、それだと全然生活が安定しなくて。それで、生きていくなら仕事が必要で、だったらもう、いっそのこと好きなものを仕事にしたいなって思ったんですけど、やっぱり考えが甘い――」

「違うの！」

早口を遮って、宮原が澤田の手を握る。

「嬉しくてびっくりしただけだから。うちのお店の味、そこまで気に入ってくれるなんて」

　ぶんぶんと、握った手が大きく振られた。

「大丈夫とは言わない。正直、体力的にもきついかなって思う。でも、飲食経験が無くても、うちの会社で修業したいって四〇代の人はそれなりにいるし、何人も独立してる。だから、頑張るなら応援する」

「そうたい。いつからでも遅くなか。やりたかと思った時が、ベストなタイミングたい。私が介護の仕事についたんも、四〇代後半になってからやけんね」

　妻子を亡くした男が、人生の一部を無くした男の背中を叩く。

「独立するときは、不動産を探すの手伝うよ」

　政木まで、励ますように声をかけた。

「言っとくけど、不動産屋の言うことなんか信じちゃ駄目だぜ。あいつら、合法的な詐欺師みたいなもんだからさ。元不動産屋の俺が言うんだから、間違いないって」

「うちも、友達連れて食べに行きますね。そやから、頑張ってください」

「みなさん……ありがとうございます」

　また、澤田の目尻に涙が浮かぶ。

　ツアー客達が励ます姿に、土師は驚きにも似た感覚を覚えていた。

　宮原も澤田も、こんなにくるくると表情が変わる人だったなんて。

　どちらかというと厳めしい表情が多かったが、それはこのツアーが、最初から波乱続きだったからかも知れない。

考えてみれば、スケジュール通りなら、今頃はアトラクションを楽しんでもらっている頃だ。

低重力バスケ、低重力トランポリン、無重力遊泳、などなど。

料理だって、ラーメンだけでなく、様々なものを提供する予定だった。無重力下では味覚が鈍くなるという研究結果がある。だから、宇宙専用に味付けされたものを、楽しんでもらうはずだった。

こんな緊迫した状況でなければ、宇宙の景色をもっともっと堪能してもらえたかも知れない。

予定のほとんどが滅茶苦茶で、澤田に至っては、知られたくない過去まで暴かれ、さぞ嫌な思いをしただろう。

それをたった一杯のラーメンが笑顔に変えた。

宮原の仕事が、人を笑顔にした。

それも、過去と現在の、二度も。

——大変な時程、今やるべきことに集中しろ。

記憶の中の声が、ささやきかけて来る。

宮原は、自分にできること、やるべきことをやっていた。

ホテルスタッフが逃げ、朝食が用意できないとなった時に、自分にできる仕事で、みんなの腹を満たしてくれた。

その結果がこれだ。あれだけ人生に絶望していた澤田や、その周囲まで笑顔にしている。

この光景を見て、腹が決まった。

「みなさん。相談があります」

意を決した土師の言葉に、視線が集まる。

「帰還しましょう」

短い一言で、土師は今までの逡巡を突破した。

嶋津が頭を掻きながら頷く。

「これ以上話し合っても、答えは出んけんね。私は、添乗員さんに決めてもらうのがよかと思います」

「もっと早くに、私が私の責任で決断すべきことでした」

判断を他人に委ねたのが間違っていた。

土師の仕事は、宇宙を楽しんでもらうことであり、そのためにツアー客を案内することであり、同時にこのモニター旅行でいろんなデータを集め、客を無事に地上へ帰すことだ。

今は、そのほとんどに失敗している。

この上、ツアー客を無事に地上へ帰すことまで放棄すれば、なんのためにここにいるのか分からなくなる。

周が、長い指を唇に当てて首を傾げた。

「そやけど、山口さんはどないするんです？」

「説得します。必ず連れて帰ります。でももし駄目だった場合は……」

土師は、嶋津に向き直って、頭をさげた。

「どうか協力をお願いします。責任は私が取りますので。警察に何か言われたら、私に脅され、仕方なくやったと主張してください」

「はは。錆びついた腕でどこまでやれるか分からんですが、そこまで覚悟を決められとるんでしたら、断れんとですね」

　面白がるように、嶋津は簡単に請け合った。

「危険だってメールは？　まだ何が危険か分からないんでしょう？」

　宮原の懸念は、そのまま土師の懸念でもあるし、他のツアー客も気になる所だろう。

「宇宙船の飛行前点検には、細心の注意を払います。少しでも違和感があれば、徹底的に原因を突き詰め、憂いを払拭するまで出発しないことを約束します。それに、機内には防犯カメラが設置してあります。ある程度の抑止力にはなるかと」

　伊東を殺し、澤田も殺そうとした犯人が誰かは、まだ分からない。

　一人か、複数かも不明だ。

　それでも、防犯カメラを前にして犯行を行えるほど、大胆ではないだろう。

　そこまで開き直っているなら、伊東の殺害も澤田への犯行も、隠れて行う必要は無い。

「ただし、私は操縦のため、コックピットに籠もらなければなりません。自動運転といえども、不測の事態に備える必要がありますから」

　政木が肩をすくめた。

「意地悪言いたかないけどさ、土師さんが犯人じゃないって証明は、まだできてないんだぜ。ここに山口さんがいたら、きっとそう言うよ？」

「……かも知れません」

指摘されて、言葉に詰まる。

「つまり――」

嶋津がさりげなく尋ねた。

「我々の命ば、土師さんに預けろっちゅうことですね」

「そうです」

間髪を容れずに、強く頷き返す。

ただ信じてもらうしかできない。

そのためには、躊躇いや逡巡を見せるのは、良くない。

「僕は、異存ありません」

澤田が頷く。

「昨日と今日で、土師さんが人を殺すような人でないのは分かっていますから」

ありがとうございます――と返事する前に、澤田はさらに言葉を続けた。

「とは言え、そういう人が怪しいというのも定石です。僕は昔、警察を疑ったことがなかった。その警察に、一七年も刑務所に入れられることになったわけですから」

冗談を言っているのではなく、澤田の視線は真剣だ。

「だから、信じるけど、油断はしませんから」

「望むところです」

「じゃあ、私も」

宮原が簡単に同意した。

「ラーメンを喜んでもらえたおかげで、仕事の意欲が戻ってきたみたい。どうしてだろ、ここに来る前は、あんなに嫌だったのに、今はみんなと早く働きたい」

突然、ぽろんと、澄んだピアノの音色が響いた。

そちらを向くと、周がピアノに触れていた。

「生中継でけへんかったんは残念やけど、しゃあないですね」

これで、山口以外の全員が、帰還に賛成してくれた。

ほっとしていたところに、政木が唇の端を吊り上げて笑った。

「けどさ、一個だけ問題があるんだけど」

挑発するような声音に、土師は身構える。

「宇宙船て、窓から外見えたよね？　今度こそ、地球が平面だって証拠、見逃すつもりないよ？」

「どうぞ、ご随意に」

地球が本当に平面だったとしても、今の土師にはどうでもいいことだ。全員を無事に地上に連れて行く。それさえ叶うなら、立方体だろうが星形だろうが構わなかった。

第四章　さらば星くず

一

宇宙船の出発時刻は、各々の帰り支度や、山口を説得する時間を考え、一時間後と決まった。ちょうど一一時だ。準備ができた者からプラットフォームエリアに集まることにして、いったん解散する。

土師も部屋へ戻り、荷物をまとめた。

と言っても、大した物は持って来ていない。

着替え、タブレット、ラップトップパソコン、それとスマホぐらいだ。

そのスマホを探して、窓際で見つける。

そうだった。動画撮影したままだったのを忘れていた。

バッテリーが無くなっていたので、コンセントに繋ぐ。

帰還する際、もし別の空港に案内されたら、そこで会社と連絡を取るのに必要になる。衛星携帯電話も持ち帰るが、連絡手段は多いに越したことはない。

その間に、脱ぎっぱなしだった服やら下着をリュックに詰めて、ふと、テーブルに置いた珈琲豆が目に入った。

結局、伊東のスペシャルブレンドを飲むことができなかった。

どんな味なのだろうかと胸を躍らせていたのが、遠い昔のようだ。

少し考えて、土師は珈琲豆を半分だけ置いて帰ることにした。

特に意味のある行為ではない。ただの代償行為だ。

ここに伊東が来たという証を残したかった。様々な苦労を不屈の努力で乗り越え、宇宙に戻ってきた男がいた証を。

だが、愛用のミルや布フィルターは、ボールペン同様、家族への形見になる。そう考えての、珈琲豆半分だ。

珈琲豆の残り半分は、家族が許してくれるなら、譲り受けたい。返して欲しいと言われれば、素直に従うつもりだ。

一通り準備を終えて、スマホを手に取る。急速充電に対応していたおかげで、七割ほどが充電できていた。これだけあれば、地球に戻るまでは保つだろう。

自分のリュックを背負い、伊東のボストンバッグを手に取って、部屋を振り返った。

伊東だけではなく、土師自身も、様々な苦労と努力の果てに、宇宙へやって来ている。

なのに、その宇宙でこんなことになり、早々に帰還せねばならなくなるなんて。

窓の外には、果てのない深淵がどこまでも続いている。

地球も、変わらず美しい。

磨き上げたようなマリンブルーの上を、マーブル模様の雲が覆っている。

大地の隆起や、帽子のように被さる雪の模様も、ただただ美しい。

同時に、畏怖めいたものが心身を震わせた。

何もなせずに、伊東の死の真相も分からないまま、ここを去らねばならないなんて。

土師は、景色の美しさと悔しさの両方を心に刻み、部屋を後にした。


その足で、山口の部屋の前までやって来る。

伊東のボストンバッグを置いて、一度深く呼吸してから、ドアをノックした。

「山口さん。土師です。山口さん」

反応は無い。何度か繰り返しても、部屋の中は無音だった。

あんなやりとりがあった後だから、無視を決めて黙っているのかと思ったが、人の気配そのものがない。

中にいないのか？

そう思って何気なしにドアノブを回すと、簡単にドアが開いた。

鍵がかかっていない。オートロックなのに。

気のせいか、ひんやりとした空気が流れてくる。

覚えのある感覚に、思わずドアを閉め、手を離して後ずさった。

澤田の部屋を開けた時と同じだ。

「山口さん？　山口さん！」

もう一度声を掛けながら、ドアを乱暴に叩く。

ふと、政木の言葉が脳裏をよぎった。

——これって死亡フラグって奴じゃないの？

馬鹿馬鹿しいと、嫌な予感を追い払う。

「山口さん！　聞こえてたら開けてください！　山口さん！」

「どうされましたか？」

声に振り向くと、菅山が近づいて来た。

鞄を背負っている所から察するに、自分の帰り支度を終えたところだろう。

事情を説明すると、菅山は青くなって、ドアを開けようと手を伸ばした。土師は、咄嗟にその手をつかんで止めた。

「駄目です。もしドアの向こうが二酸化炭素で充満してたら、こっちの命が危ない」

「ですが、二酸化炭素消火器は、予備も含めて使い果たしてあります」

「それは、そうなんですが……」

土師も、そのことは承知していた。他ならぬこの二人で確かめたことだ。

「それに、もし二酸化炭素が充満しているなら、中で気を失ってる可能性もあります。早く助けないと」

菅山の言葉は正しい。

なのにどうして、こんなに心がざわつくのか。

「そうだ。これ――」

菅山が、何かを思い出して、ポケットを漁り出す。

取り出したのは、カード型の装置だった。

有機ＥＬの画面に、大きく数字が羅列されているが、時計ではなさそうだ。

温度、湿度、CO_2の文字がある。

「二酸化炭素濃度測定器です。エアコンにも同じ機能が搭載されているんですが、真田様のお話では壊れていたようですので、念のために備品室から持って来たんです」

「ナイスです！　菅山さん！」

思わず叫んで、手を握る。

菅山が改めてドアノブに手をかけた。

「この測定器は、赤外線で二酸化炭素濃度を測定し、濃度が高ければアラームが鳴るようになっています。なので、音がしたらすぐに部屋を出てください」

「分かりました。菅山さんも、気をつけて」

頷き合って、菅山がドアを開けた。

ひんやりとした空気が漏れてくる。

まだ中に入ってもいないのに、土師は、無意識のうちに呼吸を止めていた。

菅山の後ろについて行く格好で、部屋に足を踏み入れる。

電気は消えていた。

カーテンが閉められていて、一切の光がなく、真っ暗だ。

二酸化炭素濃度測定器の数字だけが、浮かび上がって見える。

その数値は、部屋の中に入っても変わらなかった。念には念を入れてしばらく待つが、アラームは鳴らない。

ほっと、菅山が吐息する。

「どうやら、二酸化炭素濃度は、通常通りのようです」

恐る恐る呼吸してみると、確かに問題ない。

土師も、安堵して胸を撫で下ろす。

それから、手探りで、電気のスイッチを探した。

真っ暗だが、部屋の造りは全て同じだ。すぐ指先に触れて、同時に、菅山の肩越しに、ベッドに横たわる人影らしきものが見えた。

あれは？――と目をこらしながら、電気を点けようとスイッチを入れる。

ばちっと音がして、視界一面に超新星爆発を思わせる閃光が弾けた。

空気と熱の塊が全身を打つように迫る。

悲鳴を上げる暇も無く床を転がされ、痛みよりも先に、衝撃が全身を駆け巡った。

前後不覚になり、意識までもが白く染められる。まるで無重力空間に放り出されたような気分だ。

疼くような痺れが、鼓膜にまとわりつく。

何も聞こえないし感じない。

それから、全身がばらばらになるような痛みがやって来た。

呻き声すら出せず、ただその場でうずくまる。

不思議な感覚だった。

身体中痛いはずなのに、微睡(まどろ)むような心地好さがある。

そんな中で、けたたましいサイレンの音を聞いた。

がなり立てるような声も。

「……さん！　土師さん！　土師さん！」

どちらも遠くから響いて来るようで、なのにすぐ耳元で聞こえて、矛盾する感覚に、現実味を感じない。

「目ぇ開けてください！　土師さん！　土師さんて！」

これは、周の声だ。

土師は自分が瞼を閉じていることに気づいた。

「土師さん！」

一際大きな声に、うっすらと視界が開く。

最初に見えたのは、泣きそうな周の顔だった。

そのすぐ後ろに、政木もいる。

「良かった……マジでびびったんだから」

どちらも心配そうな顔でこちらを覗き込んでおり、何故かびしょ濡れだった。

それどころか、辺り一帯水浸しだ。

見上げた天井から、シャワーが勢いよく噴出している。

スプリンクラーだ。

なんとか首を動かすと、山口の部屋が燃えていた。

痛みも忘れて、呆然とした。

「馬鹿な……」

信じられない光景が広がっている。

防火対策を厳重に施し、マッチ一本すら持ち込みを禁止されているこの宇宙ホテルで、火事なんて……

あり得ない。あり得ることじゃない。

現実だとは思えなかった。

だが、炎がドア口から溢れている。

まるで赤い九尾の狐が暴れているようだ。

幸い、スプリンクラーの消火剤が功を奏しているらしく、目に見えて火の勢いが小さくなっていく。超純水をベースにした中性消火剤だ。

延焼を防ぐためだろう、周がドアを閉めた。

減圧、宇宙ゴミ（スペースデブリ）、火事と、これで宇宙三大事故をコンプリートだ。本職の宇宙飛行士だって、全部を経験した人物はまれだろう。

自失からなんとか立ち直り、起き上がろうとするが身体が重い。物理的にだ。

服が大量の消火剤を吸っていた。

見えない手で全身を押さえつけられているようで、動きづらい。

それでも無理に力を込めた瞬間、身体が悲鳴を上げた。

骨という骨が軋んでいるようで、たまらず、のたうち回る。

呼吸すら苦しくて、同じ姿勢を取るのも辛い。

周と政木が身体を支えてくれたが、痛みが引くのに、しばらくの時間が必要そうだ。

「無理せんといてください、土師さん」

「そうそう。たまたま見てたんだけど、二人の身体、一〇メートル近く吹っ飛んだんだぜ。怪我が無い方がおかしいって」

「吹っ飛んだ？　そうだ、確か、電気のスイッチを入れた瞬間……」

瞼を閉じてなお痛い光量を浴び、圧力を感じるような灼熱に身体を吹き飛ばされた所までは覚えている。

「……どれぐらい、気を失ってたんですか？」

呻いて、スマートウォッチを見る。

だが、今ので壊れてしまったのか、何も表示されなくなっていた。

代わりに、政木が教えてくれる。

「大体三〇秒弱だね。俺と周ちゃん、ちょうど二人がドアを開けたところに通りかかったんだ。だから、正確だと思うよ」

さすがは高級腕時計だ。ずぶ濡れになっているのに、しっかりと動いている。

「菅山さんと、山口さんは？」

「……わたくしなら、無事です」

後ろから声がした。振り向くと、同じく全身びしょ濡れの格好で、菅山が身体を床に横たえている。

「少し肌がヒリヒリしてますが、大きな火傷は無いようです」

言葉通り、髪の毛と服が盛大に焼け焦げているが、それ以上の被害は無さそうだ。

あれだけの爆発で、軽い火傷で済んでいるのは、奇蹟に近い。

自分がその軽い火傷すら負っていないのは、菅山が前を歩いていたからだろう。

盾になってくれた訳だが、身体の痛みは自分の方が上のようだ。おそらくだが、吹き飛ばされたときに、土師の身体がクッションになったのだろう。

重力が小さくとも、質量は変わらない。誰かの下敷きになったり、地面に叩きつけられれば、それだけ身体が痛むのは当然だ。

背負った鞄が無ければ、後頭部を打って、もっと大変なことになっていたかも知れない。

「とにかく、危ないから離れようぜ」

政木が腕を引っ張ってくる。

「でも、山口さんが……」

「言いたかないけど、無理だよ。さっき見た時、火の勢い、凄かったから」

「そんな馬鹿なこと、あり得ない。宇宙ホテルは、火事への対策を厳重に行ってるはずです。火が燃えるなんて、ましてや勢いよくなんてこと、無いはずです。ですよね？」

すがるような視線を向けるも、菅山は無念そうに首を左右に振った。

「せめて、確かめさせてください」

「あかんゆうてるでしょ！」

一喝されて、土師はびくりと身体を縮ませる。

その隙に、政木と菅山に引きずられて、その場を強引に離れさせられた。土師にできたのは、伊東のボストンバッグを咄嗟に摑むことぐらいだった。

引っ張られていく途中、周が他の客の部屋をノックする。

「火事です！　みんな、出てきて！　火事です！」

乱暴に叩き、蹴り、声を掛けるが、反応は無い。

ドアノブを握っても、電磁石式のオートロックは、女の子の力ではびくともしなかった。

結局誰も出てこず、周は少し遅れて、引きずられる土師の後ろに続いた。


ようやくエレベーターの前まで運ばれて、一同が安堵する。

ここまで来れば、火に巻き込まれることはないだろう。

「……菅山さん。山口さんは、中にいたんですか？」

土師の問いかけに、菅山は力なく頭を振る。

「ベッドに横たわった人影らしきものは見ました。ですが、暗くて……」

沈んだ声に、なんと言えば良いのか分からない。

「俺のせいだ」

何故か政木が、自分を責める。

「だってそうだろ？　俺が、死亡フラグなんて言ったから……言霊（ことだま）ってやつだよ。余計な事言ったせいで、現実になったんだ」

「んなわけあるかいな。そんなもんがあるんやったら、山口さんが生きてはるて言い続けたらどないです。ほしたら言霊さんが叶えてくれはるかも知れませんよ。知らんけど」

「山口さんは生きてる。山口さんは生きてる。山口さんは生きてる」

言われたまま、呪文のように繰り返す姿に、雨が失笑する。

そんな馬鹿馬鹿しいやり取りを見て、土師は冷静さを取り戻せた気分だった。

祈っていた政木が、首を傾げる。

「けど、なんで爆発なんかしたんだよ？　ガスは無かったんじゃないの？」

「ガスではなく、おそらく酸素です」

土師は、まとわりつく消火剤を拭いながら立ち上がった。身体の痛みと重さに、足がもつれそうになる。

「あくまで想像ですが、酸素濃度が高くなっていたんだと思います。ガスが無く、厳重に火事対策を行った宇宙ホテルで、あれだけの火災を引き起こそうと思うなら、それしか方法はない」

酸素による火災事故は、珍しくない。

自宅療養中の酸素マスクや、運動の疲労を回復するため酸素タンクを使用し、喫煙して火種が大きく広がり、周囲に燃え移ったあげく、建物が焼け落ちるという事故もあった。

だから宇宙ホテルは、地上と同じ酸素濃度にするため、わざわざ窒素も使用していた。

「それに、照明のスイッチを入れる時に、静電気が弾けるような音がしました。おそらくそれが原因で、火がついたんだと思います」

これも、よくある事故だ。特に冬場の乾燥した空気で起こりやすく、セーターに着火して大火傷する例も報告されている。

「けどさあ、酸素なんて、どこから持って来たんだよ」

「いくらでも方法はあります。小学生の時、過酸化水素水と二酸化マンガンを使って、水上置換法で酸素を集めたりしたでしょう。消毒液のオキシドールも過酸化水素水です。あれと、鉄や電池があれば、それなりの量が作れる」

「水上置換法！　テストが終わってから今まで、一回も聞かなかった単語じゃん！」

「船外活動のための酸素パックだってあるし、とにかく、酸素を集めることは、誰にでも可能です」

政木が、なるほどと納得して、悔しそうに呻いた。

「澤田さんのことがあったから、みんな二酸化炭素には注意してたんだろうけど、酸素にまでは意識がまわらなかったってわけだ。仕組んだ奴、かなり狡猾じゃん」

「そやけど、なんぼ酸素が濃いゆうても、静電気だけであんな燃えるもんなんですか？」

周の疑問についても、土師は心当たりがあった。

「……火が燃えたというよりは、視界が真っ白に光った感じでした」

菅山が神妙に頷くのを見て、話を続ける。

「もしかしたら、マグネシウムがあったのかも。理科の実験でご存じだと思いますが、マグネシウムが燃えると、ちょうどあんな色に光ります。それに、軽くて丈夫なため、いろんなものに使われてるから、手に入れるのも簡単です」

パソコンの筐体や、車椅子のフレーム、飛行機のボディ、スーツケース、ゴルフクラブなど、数え上げればキリが無いほど、マグネシウムはあちこちに使われている。

「ですが、マグネシウムに火がついただけでは、爆発は起こりません。おそらく火種に使っただけのはず」

「じゃあ、なんで爆発なんかしたの？　俺文系だったから、分かりやすく話してよ」

ハッとして、周が手を挙げた。

「もしかして、テルミット反応ですか？」

「さすが現役受験生」

「なんなの、それ？」

政木だけでなく、菅山も説明が欲しそうに見つめてくる。

「簡単に言うと、アルミと銅を混ぜて着火すると、とんでもない高熱の炎が発生するんです。溶接なんかで使われていて、実験の規模によっては、二〇〇〇度を超えることも可能です」

「二〇〇〇度⁉」

政木が目を剝いて仰け反った。マグマを超える温度だ。

宇宙ホテルは、建築材のほとんどが不燃材料と準不燃材料で作られている。インテリアにしても、防火材料や難燃性のものが使われているが、これだけの高温になると、意味が無い。

「なんでそんな危ないのがホテルにあるんだよ」

「アルミと銅は、どちらも身近な物質ですから」

「そやけど、アルミと銅を粉末にしてようよう混ぜんと、うまいこといかへんのとちゃうんですか？　実際に実験したときも、ちゃんと混ざってへん班の子ら、失敗してたし」

「……さすが現役受験生」

知識として覚えていた土師とは違って、経験に基づいた情報に、つい呻る。

それに、今ので大事なことを思い出した。

宇宙船は飛行機と同じで、液体や粉末状の物体も、持ち込めなくなっている。粉塵爆発や、粉末が機械の隙間に入って故障するのを防ぐためだ。

犯人は、アルミと銅の粉末を現地調達したということになる。いくら身近な物質とは言え、何の道具も無しに粉末にすることはできない。一体どうやって？

「俺さ、ＹｏｕＴｕｂｅで見たことあるんだけど」

悩んでいた所に、政木の軽い声が滑り込んでくる。

「ｉＰｈｏｎｅを粉々にするミキサーって動画があるんだよ。アメリカの有名なミキサーメーカーが、プロモーションでやっててさ。ｉＰｈｏｎｅだけじゃなく、他にもタブレットとかを粉々にしてて。だから、ミキサーを使えばいいんじゃない？」

「その動画なら、わたくしも見たことあります」

菅山が頷く。

「というか、そのミキサーをレストランで使っていたはずです。プロモーションについての賛否はありますが、性能はピカイチなので」

「そうゆうたら、宮原さんが、ミキサー使いやすいて喜んだはったかも」

それでも土師は、力なく首を左右に揺らす。

「スマホを砕いても、不純物が混ざりますから、化学反応は弱くなってしまいます」

「いやいや、そうじゃなくてさ」

政木がポケットをまさぐり、財布を取り出す。

開いて、一円硬貨と一〇円硬貨を手のひらに乗せた。

「一円硬貨ってさ、アルミニウム一〇〇パーセントなんでしょ？　だから一円硬貨を作るのに三円かかるって聞いたことあるよ。一〇円も、たしか銅が九五パーセントぐらいじゃなかったっけ？」

「それです！」

盲点だった。お金の持ち込みに制限は無い。

必要な素材については、これで解決した。

土師自身も、これしかない確信があった。

あったのだが……そう都合良く静電気が発生するだろうか？　それに、仕組み通り爆発させるには経験も必要だろう。実際、周のクラスメイトは失敗している。

着火要因が、あまりに不確かだ。

第一、マッチの持ち込みすら禁じるほど、火には神経質な宇宙ホテルだ。静電気対策だって施してあるはず。

それとも、何らかの方法で、確実に静電気が発生するようにしていたのだろうか？

だとしたら、それはどんな仕掛けなのか？

「そやけど、誰がこんなこと……」

周が、消火剤で張りついた前髪を掻き上げながら呻く。

「やっぱ間違いないって。これ絶対、政府の陰謀だって。地球が平面だってこと知られないように、俺たち全員、ここで殺されるんだ」

怯える政木に、もはや誰も反応しない。周も、冷笑を浮かべることさえしなかった。

誰かが、確実に、殺意を持って行動している。陰謀論を相手にしている余裕など無い。

それに、澤田の時は犯行を隠す素振りがあった。今はもう、なりふり構わなくなってきている。

憶測で誰かを犯人だと言いたくはないが、そうも言っていられない。

土師は、努めて冷静さを無くさないようにしながら、状況を確認した。

「酸素とテルミット反応に必要なものは、前もって準備しておけます。でも、この短時間で山口さんを気絶させられる人物となると、一人しかいません」

レストランで解散してから、土師が山口の部屋を訪れるまで三〇分程だったが、姿を見られないように逃げる時間も考えたら、実質二〇～二五分程だろう。

その間にオートロックを破壊し、山口を殺害、あるいは気絶させ、テルミット反応を起こす装置を仕掛ける……口で言うのは簡単だが、想像以上に大仕事だ。少しでも山口が抵抗すれば、時間内に終えることはできないだろう。

あんな風に別れた以上、山口の方も他の客を警戒するはず。一人になった人から死ぬと周に脅されたのだから、なおさらだ。

オートロックの件をひとまず置けば、簡単に山口を気絶させられる人物がいる。

全員同じ考えに至ったのか、一斉にうろたえる。特に政木が激しく動揺した。

「嘘でしょ？　俺、信じられないんだけど。だってあの人、子供と奥さんのお墓参りのために、宇宙に来たんじゃなかったの？　なのに、人を殺すなんて……嶋津さんが、そんなことするなんて、ありえないって！」

土師も同意見だった。亡くなった妻子の話もあり、家族を大切にする人というイメージがあって、こんな大それたことをする人物には思えなかった。

「それも、ほんまかどうか分かりませんけどね。油断させるための嘘かも知れへんし」

確かに素性調査をしたわけでも、裏を取ったわけでもない。全て嶋津のでっち上げの可能性はあった。

「それに、ほんまやったとしても、人を殺さへん理由にはならへんのとちゃいますか？」

「周ちゃんさあ、本当に高校生なの？　ちょっと容赦無さ過ぎない？　それとも今どきの子って、みんなそんな感じなの？」

「そんなことよりも、嶋津様を探しましょう。まだ犯人だと決まった訳ではありませんが、危険であることに間違いはありません」

「澤田さんと宮原さん！」

周が叫ぶ。

「もしほんまに嶋津さんが犯人やったら、あの二人にも早よ知らせんと！」

「アナウンスとかできないの？」

　政木に尋ねられ、菅山が申し訳なさそうに恐縮する。

「それが、故障しておりまして……」

「犯人は防犯カメラを壊しています。そちらも抜かりないということでしょう」

「なんぼ外側の壁を強うしても、中でトラブルが起こったら、どないしょうもないんですね」

「マジかよちくしょう！」

　断定は避けながらも、一同は嶋津が犯人であると思い始めているようだった。だがそうなると、またおかしなことになる。

　山口が言ったように、この宇宙ホテルに集まった人間には、殺人の動機が見当たらない。

　犯行内容も、手が込みすぎている。

　無重力下での首吊り事件に始まり、ネットと防犯カメラを使えなくし、二酸化炭素による窒息殺人を試み、酸素の燃焼を利用してテルミット反応での爆発を仕掛けている。

　犯人が嶋津で、目的が無差別殺人なら、後ろから近づくだけで十分なはずだ。

　誰もが怪しく、誰もが犯人ではないように思えてくる。

「とにかく、三人を探しましょう。見つけ次第状況を話して、場合によっては拘束しないと」

「ですが、一体どちらにおられるのか……」

　菅山の疑問に、土師が答える。

　避難してくる途中、周が部屋のドアを叩きまくっていたが、誰も出てこなかった。

「これだけサイレンが鳴ってるのに、顔も見せないということは、少なくともリングエリアにはいないと思います」

「先にプラットフォームエリアに行ったはるんかも。時間もそろそろ、一時間ぐらい経つやろし……」

時間を確認しようと、スマホを取り出した周が仰け反った。

「うそやん。うちのスマホ、壊れてる。防水のはずやのに」

「マジかよ、俺のもだ。濡れたせいかも……くそ！」

全く反応しないスマホを、政木が苛立たしげにポケットに突っ込む。

土師は違和感を覚えたが、その正体が分からない。思い巡らせる暇も今は無い。

「とにかく、プラットフォームエリアへ降りましょう」

エレベーターのドアが開いて、乗り込む。

動き始めると、慣性の法則により、天井に向かって身体が引っ張られた。

手すりには摑まらず、土師は磁石ブーツを利用しながら天井に足をつき、今のうちにと、鞄からタオルを取り出し身体を拭いた。

下着までぐっしょりだから着替えたかったが、周もいるし、予備の制服は澤田に貸したままだ。衣服が張りつく感触が気持ち悪いが、そのままでいるしかなかった。

エレベーターは、静かだった。機械の駆動音も聞こえず、全員が深沈とする。

五分ほどの時間だが、黙っていることに耐えきれなかったように、周がわざとらしくため息交じりに肩を落とした。

「はぁ、最悪や……結局やりたいこと、いっこもでけへんままや」

「確か、ピアノの演奏を生配信したかったんですよね」

土師が尋ねると、赤い髪が覗く横顔が、こくんと縦に揺れた。

菅山が納得したように微笑む。

「あれだけ素敵な演奏ができるなら、納得です」

「スパチャとか、儲かるだろうしね」

「そんなん、別にいらんし」

「じゃあ、なんで生配信なんかするの？　いいねをたくさんもらいたいとか？」

「うちはただ、友達に聞かしたい曲があるだけです」

ムキになって答えた様子に、わけがありそうなことが分かる。

「へえ、わざわざ宇宙から聞かせたいなんて、仲良い子なんだ？　あ、もしかして男の子とか？」

「…………」

空気を読まず、遠慮も無い政木のからかいに、周の表情がすぅっと冷たくなった。

「うち、政木さんのこと、誤解してました。陰謀論にかぶれた、頭のイカれたおかしな人やと思てたんですけど、ちゃうんですね」

「なんだよ、急に。でもまあ、誤解が解けたならいいよ。そうなんだよ、俺って誤解されやすい性格らしいんだよ」

喜色を浮かべる政木だが、土師と菅山は、次のセリフが予想できて、視線を逸らした。

「ええ。そやのうて、ただのアホなんですね」

政木が反応する前に、エレベーターが止まった。

静かにドアが開く。

「着きましたよ」

二人の顔を見ないようにしながら、土師は外へ出るよう促した。

真っ先に、菅山が無重力の中を、慣れた様子で泳ぎ出る。

周がしれっとした表情のまま続き、土師は気まずい空気を無視して注意を促した。

「ここからは、一人になるのは危険です。必ず二人以上で行動するようにしましょう」

「だよね。ここで一人になったら、またフラグが――」

言いかけて、政木は口をつぐんだ。

笑ったりなどせず、全員が神妙に頷く。

周囲に気を配り、緊張に自然と口をつぐむ。

半ば飛ぶように無重力の中を移動して、宇宙船の昇降口までやって来たが、土師は、周が中に入ろうとするのを制止した。

「待って。先に中に誰かいないか、確認してきますから」

犯人が待ち構えていることは、十分に考えられた。

「二人はここで見張りをお願いします。絶対に一人にならないでください」

菅山と政木に頼んで、土師は宇宙船に乗り込んだ。

二重ハッチになったエアロックを慎重に開いて、中をうかがう。

一見したところ誰もおらず、人の気配も無い。それでも油断せず、隅から隅まで、トイレの中や荷物入れまで調べたが、誰もいない。

気を緩めず、今度はコックピットに向かった。

エンジンを始動させ、各種スイッチを入れて、宇宙船のセルフチェックを行う。

結果はすぐに出た。エンジンや機体に異常は無い。

通信機器が壊れたままだが、飛ぶのに支障は無いだろう。

客室のカメラにも、誰も映らない。

澤田、宮原、嶋津の三人は、まだいないようだ。

急いで外へ出て状況を説明すると、三人は最初、これで地上に帰れると安堵し、続いて澤田達の姿が見えないことに不安を浮かべた。

菅山が、心配そうに周囲を見回す。

エレベーターが動いている様子も無い。

「もしかしたら、まだ部屋にやはったんかも。そやけど、ドアを蹴飛ばしても、反応あらへんかったし……」

周が顔を青くする。

「まだ中にやはったんやったら、山口さんの部屋の火事が広がって、今頃大変なことになってるかも……どないしよ」

「大丈夫だって。最後だから、あちこち見て回ってるんじゃない？　いや、そこまでのんきな人達じゃないか」

政木が、自分で言って自分で否定する。励ましたいのかどうしたいのか分からない。おそらく、本人も動揺しているのだろう。

状況が状況だ。三人を待つのではなく、捜した方が良いのかもしれない。

だが、いたずらにここから動くことも躊躇われた。

「政木さん、今の時間を教えてもらえますか？」

「……今ちょうど、一一時になったばっかりだね」

集合時間に遅れてくるとも考えづらい。

「……三人を探してきます。みなさんは入れ違いにならないように、ここで待機していてください。さっきも言いましたが、絶対に一人にならないでください」

「お待ちください、土師様」

飛び出そうとしたところを呼び止められて、振り向く。

「先にこのフロアを探した方が良いかも知れません」

「どうしてですか？」

「さっきも言いましたが、あれだけの騒ぎがあったのに、誰も部屋から出てこなかったということは、既に移動された後だからだと思います。それに、我々がやって来てからエレベーターも動いていません。先に到着されているのではないでしょうか」

「じゃあ、どうして誰の姿も見えないんですか？」

「何らかの理由で、隠れられているのかもしれません」

犯人の行動は過激化している。襲いかかられて、身を隠している可能性はあった。

「仮に、まだ別のフロアにおられたなら、いずれエレベーターで降りて来られるはずです。先にプラットフォームエリアを探す方がいいかと」

納得して、土師は背を向けた。

「では、私が探しに行ったあと、エレベーターが降りてきたら、大声で知らせてください」

全員が素直に従う。

「そうだ」

思いついたことがあって、土師は再度振り向いた。

「ついでに伊東の遺体を回収したいので、付いて来てもらえませんか？」

「ええですよ」

菅山に頼んだつもりだったが、周が買って出てくれた。

気持ちはありがたいが、未成年に遺体を見せるわけにはいかない。

そう思って断ろうとしたが、菅山と政木は、疲労のせいかぐったりとしている。

菅山にいたっては、焼けた制服姿が痛々しい。

平常時なら、菅山も土師と同じ判断をしただろうが、今は余裕が失われていた。

仕方ない。

問答している時間ももったいないと、土師は周と一緒に地面を蹴り、宙を滑った。

倉庫へと向かうスタッフ専用エリアのドアにまでやって来て、思い出す。

そういえばここのドアロックも、最初から開いていた。

あの時は伊東が鍵を開けっぱなしにしていたのだろうと思っていたが、澤田と山口の部屋も、鍵が開いていた。

一体犯人はどうやって鍵を開けたのか……

「澤田さん！　宮原さん！　嶋津さん！　いたら返事してください！　誰かいませんか！」

長い通路を進みながら声を張り上げ、第一倉庫、第二倉庫と確かめる。ドアのガラス窓から覗くのではなく、死角を見逃さないよう、きちんと中まで入って確かめる。

空だ。誰もいない。荷物も無いから隠れる場所も無い。

第三倉庫の前まで来て、ドアを開ける前に、土師は周に言い含めた。

「遺体を見てもらうことになりますが、もし嫌だったり気持ち悪くなったりしたら、遠慮せずに避難してください」

「……平気です」

表情を固くしながら、周が喉を揺らす。

頷き返して、土師はドアを開けた。

最後に見たまま、倉庫内は荷物が乱雑に浮かんでいた。

野菜、果物、米、パン、アルコール飲料、各種調味料と、食料が多い。中でも、冷蔵の必要が無いものばかりだ。

大小様々な収納ケースや、コンテナも宙に浮いている。固定するためのバンドも。それらが宙に散乱していた。

万物は、力が加わると、障害がなければ無限に動き続ける性質を有している。地上なら重力が主な障害になるが、ここには空気抵抗しかない。

そのため、ずっとこうやって、宙を浮きながら、散らばり続けているのだろう。おかげで視界が悪い。

だが、見上げたその先で異質なものを見つける。

黒地に銀色のラインを施した服は、会社の制服だ。

伊東の遺体だと思い、目をこらし……土師は絶句した。

「土師さん……あれ」

周の声も震えている。それでも声が出せるだけ、神経が太い。

土師にできたのは、気道の細くなった喉で、引きつった呼気を漏らすことだけだった。

どういうことだ？

こんなことがあっていいのか？

二匹の大蛇が、スイカでも飲み込んだように身体を膨らませて、天井からぶら下がっていた。

いや、そう見えたのは、安全ベルトが揺れ続けているからだろう。

恐怖と疑問、それ以上に大きな衝撃が、土師から言葉を奪っていた。

一体どうしてこんなことに？

こんな馬鹿げたことが、どうして？

混乱して、視界と呼吸が今にも乱れてしまいそうだ。

澤田と宮原が、伊東と同じく、無重力下で首を吊って死んでいた。

二

地面が消えたような感覚だった。倒れずに済んだのは、ここが宇宙だからだ。よろめくこともなく、茫然と宙に立ち尽くし、飛散する果物が頬にぶつかっても微動だにせず、土師は、心に受けた衝撃が身体中に広がっていく残響音を聞いていた。

「土師さん！」

その音を、鼓膜からの音がかき消す。

ハッとなって、土師は正気を取り戻した。

まさか、あの二人が首を吊っているなんて。

既に死んでいるように見えるが、急いで生死を確かめないと。

だが、躊躇いもある。もし周囲に誰かが潜んでいたら？

どんな方法かは分からないが、伊東を含め、二人は同じ方法で殺されたに違いない。だからこそ、迂闊に足を踏み入れられなくて、土師は周囲に目を配った。

飛散する大量の荷物に視線を遮られる。犯人が潜んでいるのか、他に誰もいないのか、すぐには分からなかった。

周だけでも先に宇宙船に帰すべきかも知れない。

でもそれだと、一人で来た道を戻すことになる。危なくないだろうか？

一番良いのは、今すぐ一緒に宇宙船へ戻り、出発することだ。

しかし、澤田と宮原の生死をちゃんと確認せず、この場を去ることもできない。まだ息があれば、それこそ見捨てたことになる。

数秒の間にそこまで悩んで、土師は決断した。

「周さんは、ここで待っててください。絶対に倉庫には入らないように」

強く言い含め、床を蹴る。

宙を泳いで、土師の身体は遺体に向かって飛んだ。

散乱する物資の中を、時に身体にぶつかるのを押しのけながら、二人に近づく。

途中、眼鏡がくるくると近づいて来るのに気づいて、手を伸ばした。澤田の眼鏡だ。

数秒遅れて、澤田の身体を空中で抱きとめる。

体温はまだあるが、覗き込んだ瞳に光は無かった。

呼吸もだ。

安全ベルトが首に絡みつき、きつく食い込んだのか、くっきりと喉に痕が刻まれていた。

吉川線は無い。

脳裏を一瞬、澤田の遺書がかすめる。だが、自殺なわけがない。澤田はついさっき、人生に前向きになったばかりだ。辛かった過去を乗り越えようとしていた。

やりきれなさが心を重くする。

脈を測ったが、無駄だった。心配そうに見上げている周に向かって頭を振る。それから、首に絡まった安全ベルトを外した。

遺体を周に向かって押し流し、その反動を利用して宮原に近づく。

こちらも同じだった。安全ベルトが首に絡まり、吉川線が無く、身体はまだ温かい。
頰には、涙が流れた痕があったが、既に乾いている。
唐突に命を奪われることになって、無念だったに違いない。
宮原の腕は、まるで何かを摑もうとするように伸ばされていた。
そういえば、伊東も同じような格好だった。
まるでその姿が、死から逃れようとあがく姿に思えて、痛みが胸の奥を叩いた。
だが、悲しみに暮れている暇は無い。すぐに宇宙ホテルを出発しないと。
どうしてこうなったかを考えるのは、ひとまず後だ。
いずれ警察が、きちんと捜査してくれるだろう。
そのためには、遺体は連れて帰らないと。
何より、遺族のためにも。
澤田の時と同じように、身体を押し流そうとして、宮原の伸ばした手を摑む。
不意に、違和感が首をもたげた。
「土師さん？　なにしたはるんですか？」
周の声は聞こえていたが、それでも土師は、宮原の姿に目を奪われていた。
何かがおかしい。でも、一体なにが？
腕？　腕が妙に気になる。
いや、違う。
腕じゃなく、手首だ。

正確には、そこに巻かれている腕時計だ。

宮原の腕時計が止まっていた。

ぶつけた様子も無いのに、針がまったく動いていない。

「周さん！」

気がつけば土師は、半ば怒鳴るように叫んでいた。

びくりと、周が身体を震わせる。ちょうど倉庫の出入り口で、澤田の遺体を受け止めたところだった。

「澤田さんの腕、時計って嵌められてますか？」

「腕時計ですか？　ああ、したはりますね。あっ。そやけどこれ、液晶画面、なんにも映ってないみたいです」

スマートウォッチ。

インターネット。

オートロック。

エアコン。

パソコン。

腕時計。

これまで急に使えなくなったものだ。

もしかしたら、自動販売機も？

あんな頑丈なものが故障するなんて考えもしなかった。だが、利用者がいないからって、コンセントを抜いたりもしないだろうと、今になって思う。

ここは宇宙だ。

すべてが頑丈に作られているはずだ。なのに、あらゆるものが簡単に壊れすぎている。

ふと、尻ポケットの衛星携帯電話を思い出し、取り出す。

ずっとサーマルブランケットに包んだままだった。

開いてみると、液晶画面はきちんと表示されていた。

そういえば、政木と周のスマホが壊れた時も違和感があった。

純水はほぼ通電しない。ましてや周は、自分のスマホは防水なのにと嘆いていた。

となると、壊れたのはスプリンクラーが動き出す前だろう。

政木の腕時計は、壊れていなかった。

「ああっ！」

脳に、駆け巡る何かがあった。

点々と散らばっていた出来事が、線で繋がっていく。

ただ、あまりにも途方も無さ過ぎて、自分の考えが正しいかどうか、自信が持てない。

「確かめないと……」

我知らず呻って、土師は辺りを見回した。

伊東の遺体が浮いているが、今はそちらよりも先に、調べなければならないことがある。

倉庫は常温といえど、室温が上がりすぎないように、空調が整備されている。そのためのメンテナンスルームが、地下にある。

伊東が亡くなった際も確かめたが、あれから中には入っていない。

現場を保存するため、近づかないようにしていたからだ。

あの時は不自然な点は無かったが、この周囲で電力を大量に蓄えている場所となると、そのメンテナンスルームしかない。

土師は安全ベルトをたぐり寄せ、一旦足を床に降ろしてから、そちらに向かって跳んだ。

だが、突然後ろから引っ張られ、つんのめってバランスを崩す。

さらに強引に後ろを振り向かされると、拗ねた周が、眉を吊り上げながら叱ってきた。

「土師さん！　どこ行かはるんですか！」

いつの間に近づいたのか、驚く暇も無かった。

「一人になったら危ないゆわはったん、土師さんでしょ！」

「すみません……」

研究者時代からの悪い癖だ。何かを調べるとなったら、夢中になって、周りが見えなくなる。親子ほども歳の離れた女の子に叱られて、さすがに反省した。

「ですが、連れて行くにも、危ないかも知れなくて……」

「ここまできたら、毒を食(くら)わばですよ」

明るく、気負わず、簡単に言ってのける周だが、その毒は致死性のものかもしれない。土師としては、簡単には頷けない。

だが周は、どうあっても付いて来る気らしい。

「分かりました。ただし、こっちの指示には従ってくださいね」

「もちろんです。そやけど、土師さんて変な人ですよね」

「どういう意味です？」

出し抜けに言われて、首をひねる。

「普通、高校生にここまでゆわれたら、なんぼ客相手でも怒りますよ」

おかしそうに笑う周だが、土師には真面目な理由がある。ロスジェネに生まれただけなのに、どれだけの人間に見くびられ、侮られ、馬鹿にされてきたか。

――自分はあんな風に、人を見下すような人間にはなりたくない。

思い出しても愉快なことは無いが、自分に対する戒めとして、当時のことを忘れないため、土師はことあるごとに、ロスジェネ世代を舐めるな、と嘯（うそぶ）くことにしていた。

だが、その感情を、今の高校生に説明することは難しいし、そんな時間も無い。

「私は、どんな相手でも見くびったりしないと決めているだけです」

簡単に説明すると、周はどこか納得したように、大きく頷いた。

「そやから、土師さんとは、話してて嫌に思わへんのですね。大人と話してると、舐め腐って見下してくる人、ほんま多いですから。特にオッサンに多いですね」

「私も、オッサンと呼ばれる年齢ですけどね」

苦笑すると同時に、メンテナンスルームへのドアを開けた。

そこには、直径一メートルほどの穴が開いていて、中央に鉄棒が立てられていた。

無重力下では、階段を設置するよりこっちの方が合理的だ。

鉄棒に安全ベルトを引っかけ、降りていき、さらにドアを開ける。

部屋は暗く、奥まで見渡せない。かと思ったら、照明が自動点灯した。それでも、節電のためか光量が絞られている。

広い。ざっと見渡した限り、サッカーコートぐらいか、それ以上はありそうだった。おそらく、倉庫全ての空調をここで管理しているのだろう。

見れば、鉄棒が他にもある。第一倉庫と第二倉庫からも移動できるようになっていた。

他にもごちゃごちゃと様々な機材が並んでいるが、ひとまず土師は、倉庫の管理システムを確認した。

部屋の隅に透明のアクリルで仕切られたブースがある。パソコンやモニター、様々なスイッチのついた機械類もまとめられているから、きっとあそこで倉庫を管理しているのだろう。

中へ入ると、空調は故障したのか、まったく動いていなかった。パソコンも、電源すら入らない。おそらく、菅山も気づいていないだろう。故障の通知が来ているとは言っていなかった。本来なら、あらゆる故障の情報が菅山に届くはずだ。

心臓が冷えるような感覚を覚え、次に土師は、部屋に入ったときから目に入っていた、陳列物に目を向けた。

サッカーコートぐらいあるメンテナンスルームいっぱいに、サーマルブランケットに覆われた、巨大な物体が並んでいる。

巨大なドラム缶を横に倒したような装置で、三段重ねに、ずらりと奥まで続いていた。

ざっと見た限りでは、一段で二〇個ぐらいはある。

その全てがバルブとパイプで繋がっており、動いたりしないよう、頑丈そうなフレームに固定されてあった。

「これ、なんなんです？」

「バッテリータンクです」

不測の事態に備えて余剰電力を蓄電しておくための巨大バッテリーだ。

発電した電気は、一度このバッテリータンクに蓄えられ、そこから計画的に各所へ分配されることになっている。

「へえ、これがバッテリー」

鉄とチタンが主原料で、レアメタルを必要としない、最新の水素吸蔵合金タンクだ。

もしこれがフル充電されていれば、今この瞬間に太陽光発電が止まっても、一週間は通常営業できる。それだけの電力が蓄えられる設計になっている。

計器を確認すると、半分ほどの蓄電が確認できた。バッテリーは、充電しながら使用するのが一番早く傷む。なので、順番に充電と使用を繰り返しているから、全てがフル充電される状況はあり得ない。これが通常運転だ。

土師の説明に、周は首をかしげる。

「そんなにぎょうさん、ほんまに蓄えられるんですか？」

「バッテリーは、ここにあるだけじゃなくて、壁の中に埋め込んだりして、ホテルのあちこちに設置されてるんです。それを全部使えば、計算上は可能なはずです。それを確かめるための、モニター旅行でもあったんですが……」

話しながら、土師はバッテリータンクから不自然に伸びた配線を見つけた。

明らかに後付けされた配線で、辿っていくと配電盤に繋がり、そこからさらに、元から設置されていたであろう様々なラック機材にも繋がっていた。

そのほとんどを、サーマルブランケットが覆っている。

こんなもの、最初に確認した時には無かった。騒動の裏で、誰かが何かの作業を行っていたらしい。

見ただけでは、いったい何のために配線されているのか分からないが、今までのことと、サーマルブランケットの使われ方を見れば、土師にはある程度予想がついた。

「……まさか本当に？　でも、何のために？」

周が説明して欲しそうにするのも気づかず、独白した後、じっと配線をにらみつける。

唐突に、土師は配線を繋ぎ直し始めた。バッテリーに繋がっていた配線を取り除き、代わりに、自分のスマホを取り出すと、床に叩きつけた。

「なにしたはるんですか⁉」

周の驚きも無視して、土師は割れたスマホから、リチウムイオンバッテリーを手に取る。剝き出しになった端子に先ほどの配線を繋ぎ、増設されていたスイッチに指を添えた。

「安全だとは思うけど、念のために少し離れてください」

真剣な声に、周は訝しみながらも素直に従う。

一呼吸して、土師はスイッチを押した。

ジジジジジ、と音がする。静電気が連続して弾けるような音だ。

瞬間、一番近くのＬＥＤ蛍光灯が点滅した。

慌ててスイッチを離した時には、点滅していたLED蛍光灯は完全に消灯してしまい、壁にあるスイッチを弄っても、二度と灯ることはなかった。

「蛍光灯、壊れてしもた。なんでなんですか？」

周の質問を、土師は聞いていなかった。

火事に続いて、二度目の自失だった。

「ＥＭＰだ」

呟きも、周に向けたのではなく、思考がこぼれただけのものだった。

「こんなことに気づかなかったなんて……」

空白だった心に激しい後悔が流れ込んで、我を取り戻す。

「誰かがここで、ＥＭＰ発生装置を作ってたんです」

「なんです、それ？」

「Electro-Magnetic Pulse。略してＥＭＰ。パルス信号によって、電磁波を発生させる装置のことです」

「それで、何がどうなるんです？　電気が消えたんも、なんか関係あるんですか？」

「大ありです」

土師は頭を抱えた。

「ＥＭＰは、簡単に言うと、高エネルギーのリージ電流を電子回路に流し込ませる装置なんです」

まだ難しい。周の眉が眉間に寄る。

土師は、興奮して説明をいろいろすっ飛ばしていることに、ようやく気づいた。

「つまり、電子機器を壊してしまう電磁波を発射する装置です」

「それって、前に説明したはった、磁気嵐みたいなもんですか？　電気の塊が飛んでくるゆう？　そんな危ないもんが、なんでここに？」

「ＥＭＰ装置自体は、珍しいものではありません。例えば、パソコンの廃棄業者が、ＨＤＤを完全に破壊するためにも使ってます」

構造も簡単だ。市販の電池、高電圧コンバーター、コイルを繋ぐだけで良い。電流をスパークさせれば、手のひらサイズのＥＭＰ装置の完成だ。この程度の電力でも、ＨＤＤはもちろん、スマホやパソコン、電気自動車すら、内部から破壊できる威力がある。

「これで、いろんなものが壊れてた理由が分かりました。テルミット反応が起こった理由も。ＥＭＰを発生させるためには、電気をスパークさせる必要があります。その火花で、マグネシウムに引火させたんです。きっと」

やはり、都合良く静電気が発生したわけでも、その程度の熱で引火したわけでもなかった。

あの後、周と政木のスマホが壊れ、政木の腕時計が動いていたのも説明が付く。ゼンマイ式の腕時計に、電磁波は何の影響ももたらさない。

今までの故障と、故障の通知が菅山に来ていなかったこと全部が説明できる。

オートロックは電磁石式だ。電気が通っている間だけ磁力が働くから、ＥＭＰで電気の流れを止めれば、解錠される。こんな大がかりなＥＭＰを作る知識があるのだから、小型のＥＭＰも作れるだろう。それを使って、他人の部屋を出入りしたに違いない。

インターネットを使うためのモデムや、様々な電子機器が壊れていたのもだ。

故障の通知も、そもそも通知機能自体が壊れたら、届くはずがない。

どうしてすぐに気づかなかったんだ。

ネットの不具合の時には磁気嵐を疑い、ホテルの外に出たときは、わざわざサーマルブランケットまで用意したのに。

電磁波は、宇宙ホテルの外ではなく、内部で発生していたのだ。

「そやけど……」

周が細い顎に、長い指を当てた。

「嶋津さんは、こんなもん作って何がしたいんやろ?」

「それは……分かりません」

悔しいが、まだ事件の全貌が、土師には摑めなかった。

「ですが、分かったこともあります。オートロックやモデムが壊れたのは、EMP装置を使ったんだと思います。こんな大がかりなものではなく、おそらくは、小型のものを使って」

「確かに、その方が動きやすいですもんね」

犯人は、宇宙に来てすぐ、小型のEMP装置を使って、スタッフ専用エリアへ侵入し、何らかの理由で伊東を殺した。

その後、ここで巨大なEMPを作っていた。巨大なバッテリーがあることは、安全面をアピールするため、事前に公表されている。

もしかしたら、伊東の死体を見つけたあの時、犯人は近くに潜んでいたのかも知れない。

そう思うと、悔しさが止まらなかった。その時点で犯人を捕らえられていれば、他に犠牲者を出さずに済んだかも知れないのに。

いや、一緒に殺されていたかも知れない。嶋津の技を見た後では、そちらの可能性の方が高いように思えた。後ろから近づかれ、首を絞められていたに違いない。

ここまで来ると、伊東が何故、無重力下で首を吊って亡くなっていたか、何となく分かりかけてきた。

嶋津は、伊東に気づかれないように、あるいは気づかれたとしても、警戒させないように近づき、首を絞めた。

絞め落としさえすれば、後は鼻と口を塞ぐだけで良い。

そうやって殺せば、吉川線も生まれない。

その後、捜査や現場を混乱させるため、安全ベルトを首に巻いて首吊りに見せかけた。

犯人の思惑通り、土師と地上班の社員は、無重力下での首吊りという馬鹿げた光景に、翻弄されたというわけだ。

そう考えれば、筋が通る。

澤田と宮原も、おそらく同じようにして殺したのだろう。

嶋津だからこそできる殺害方法だ。

あの細い腕で……

「……違う」

「え？　何がちゃうんですか？」

土師は、我知らず呟いていた。

嶋津に首を絞められるところを想像して、ここまで考えてきたことが、一瞬で崩れた。

「嶋津さんは犯人じゃない」

「え？　なんでなんですか？」

「嶋津さんの腕時計。あれは、クオーツだった」

白くて、ベゼルがレインボーで、留め具とＬＥＤボタンに、クジラの意匠が施されていたのを覚えている。

「ＥＭＰ装置を使えば、電子機器が壊れるのは分かってたはず。なのに、クオーツ式の腕時計を嵌めてくるはずがない」

「ほな、犯人は機械式の腕時計嵌めたはる人になりますけど、それって……」

信じられないというよりは胡散臭がって、周は言葉を飲み込む。

代わりに、土師が言った。

「政木さんが……」

「いや、それはなんぼなんでも……」

「でも……」

言葉を詰まらせながら、二人は同時に頭を振った。

「今までの態度全部がブラフだった可能性もあります。地球平面説も含めて」

「やとしたら、相当な役者ですね」

「ここまで用意周到な犯人です。それぐらいいやりかねません」

納得できないように、周が鼻先に皺を寄せた。

それでも反論はせず、ひとまず頷く。

「ここで言い合うより、本人に確かめた方が早いですね」

そんな言葉で議論を切り上げて、周は踵を返す。

「戻りましょ。もしほんまに政木さんが犯人やったら、菅山さんが危ないかも」

周の声には、危機感が無い。本当はどう思っているのか明白だった。土師も、できれば同調したい。

政木を見くびってのことではなく、疑うことに疲れていた。

嶋津が犯人でないなら、殺害方法もまだ、分からないままだ。

それに、嶋津が姿を現さない理由はなんだ？

もしかして、どこかで澤田達と同じ目に遭っているのでは？

だとしたら、犯人は誰だ？

嫌な想像を断ち切るべく、土師は気合いを入れるように頬を叩き、倉庫に戻った。

その時、不意に果物の匂いが鼻をかすめる。

ラズベリーのような匂いだ。

目の前を、グレープフルーツが飛んでいく。

他にも、パイナップル、桃、梨、マンゴー、メロン、キウイと、様々な果物が浮いていた。

昨日、周が喜んで食べていた種類が全部ある。

一日常温で置いたていどでは腐っていないが、桃と梨は、壁に何度もぶつかったのか、かなり傷んでいた。これだけの食料が無駄になって、もったいない。ただでさえ宇宙では、新鮮な食料が貴重なのに。

ＵＮＨＣＲで働いていた山口が見れば、なんと思っただろうか。

ここでこのまま腐らせるぐらいなら、支援に回して欲しいぐらいは言ったはずだ。

——……

唐突に、土師は頭が冷えるような感覚に陥った。

「周さん、先に戻ってもらっていいですか？」

え？——と周が振り向く。当惑するように眉根に皺が寄っていた。

「そやけど、一人になったら危ないて……」

「ええ。ですが、少し調べたいことがあって」

言いながら、土師はポケットに突っ込んだままだった宮原の名刺を取り出した。

その裏に、伊東のボールペンで、走り書きをする。

周の整った眉が跳ねた。

「分かりました。けど、気いつけてくださいね」

「……善処します」

そうとしか言えず、土師は困ったように笑った。

諦めたように、周がため息をこぼす。

何か言いたげに口を開くが、結局何も言わずに、踵を返して倉庫を後にした。

一人残される形になって、周囲を見回す。

散らばった荷物と、首を吊った伊東の遺体が宙を浮いて漂っている。澤田と宮原の遺体は、出入り口の所に安全ベルトで固定されていた。

彼らが死なねばならなかった理由はない。

むしろ、これからの人生にこそ、意味がある人ばかりだった。

伊東は、病気を克服し宇宙に戻ってきたばかりだ。

澤田は、冤罪事件の哀しみをようやく乗り越えようとしていた。

宮原は、そんな澤田に希望を与え、自らの仕事に誇りを持てたばかりだ。

彼らの人生を奪った人物を、このまま放置して地球へは帰れない。

もし事件が土師の想像通りなら、そろそろのはずだ。

「あ……」

唐突に、身体から力が抜けた。

視界が、周囲から徐々に暗くなっていく。

ガスか何かにやられたように、意識が混濁していく。

逃げなければ……そう思うが、身体を動かす気力がなくなってくる。

ごとりと、後ろで音がした。

振り返ることもできない。鈍い頭痛がして、宙を漂っているだけなのが辛い。

ただ、何かの蓋が開くような音だった気がする。

コンテナか、大きな箱の蓋が開くような音だ。

それから、後ろに、気配が生まれた。

周ではない。彼女なら、黙って立つようなことはしないだろう。

朦朧としていく意識の中で、首に違和感が生まれる。

靄がかかった視界では、何をされているのか分からない。

今までの事例から、安全ベルトか、ロープ状の何かが引っかけられているのだろうと、予想が付く。

身体が痺れたように動かないから、縄を外そうと、指で喉を引っ掻くこともできない。吉川線は、生まれようもなかった。

「やっぱり、思った通りだ」

辛うじて、土師が掠れた声を漏らす。

気配がぎょっとしたのが分かった。

土師は、自分の太股に伊東のボールペンを突き刺し、意識を保っていた。

熱のような痛みと、痺れるような意識の中、ついに犯人をあぶり出せた。

伊東を殺し、澤田を二酸化炭素で窒息させ、山口の部屋をテルミット反応で爆発させ、澤田と宮原を殺害し……

そして、自分を死んだと思わせた男。

「あなたがみんなを殺したんだ。山口さん」

身体が押され、足が強烈な力で引っ張られる。

それが、答えだった。

抵抗する力は残っていない。

なにか声が聞こえたが、何を言っているのか分からない。

ついに意識は薄闇の中に落ちていく。

一瞬遅れて、ガラスが砕ける音が遠くで響いた。

「土師さん！」

「無事ですか、土師様！」

「まだ死んでないよね！」

周、菅山、政木の三人が飛び込んでくる。ドアのガラス窓が割られ、きらきらとした破片を撒き散らしていた。

こちらの姿を認めると、三人はそのまま突進してきて、土師ごとぶつかり、人影を――山口を弾き飛ばした。

勢いがついて、マスクのような装置が飛んでいく。

あれは、二酸化炭素消火器とセットで置いてあった、可搬型呼吸器だ。

山口は慌ててリモコンのような装置を取り出し、スイッチを押した。すると、床に引っ張られていた足が、自由になった。

飛んでいった呼吸器を、周が空中でキャッチする。ブーツは脱いでおり、ハイソックスで壁を蹴って、こっちに向かって飛んだ。

呼吸器が土師に装着され、酸素が流れ込んで来る。

土師は、自分が賭けに勝ったことを確信した。

三

「はぁ、はぁ、はぁ、はぁ……えほっ、げほっ！　はぁ……」

　倉庫に酸素が満ちていく。ついさっきまで、ほぼ真空状態だったが、今は呼吸器無しでも十分な酸素濃度があった。

　吐き気にも似た頭痛があったが、それも、時間とともにゆっくりと消えた。

　ただし、太股の刺し傷だけは、今もじんじんと痛む。意識も少し朦朧としていた。身体の節々も痛い。減圧症の症状だ。

「いやぁ、やばかったよ。だって、ドアのガラス窓から土師さんが首絞められてるの見えてるのに、倉庫のドア、開かないんだもん。これでガラスの部分をぶち破って、やっと開いたんだから」

　政木が、手にしていた消火器を投げ捨てる。

　気圧差が生じ、ドアが動かなくなったのだろう。冷まさずに蓋をしたお弁当箱が開かなくなるのと、同じ原理だ。

　ガラスが割れたら、気圧差も無くなって、開閉は容易になる。

「来てくれて、ありがとうございます……あと一秒遅かったら、死んでました」

「ほんまですよ。もうこんな危ないことしたらあきませんよ」

　叱られたが、不思議と嬉しい。

生きていることを実感できたからかも知れない。

菅山も、土師の背中をさすりながらホッとしている。

「無事でなによりです。ですが、あのメモを見た時は、驚きました」

「そうだよ。だって、死んだと思ってた人が犯人だって書いてあるんだもんな」

政木が、そのメモが書かれた名刺を取り出す。

先ほど周に渡した、宮原の名刺だ。

裏側に、『犯人は山口。生きてる。宇宙船の二人を連れて来て。ただし、ブーツを脱いで』と書いてあった。

「なるほど。ご自身を餌にされたわけですね」

山口が、平然とした姿で、宙にたたずんでいた。

最早隠す必要も無いと思っているのか、狼狽(うろた)えることなく、髪を後ろに撫でつけている。

「やられました。ですが、どこでお気づきに？」

「順を追って確認させてください」

呼吸が整ってきて、土師が答える。

「あなたは、何らかの理由をつけて、澤田さんと宮原さんをこの倉庫に呼び寄せた」

「ええ。二人がエレベーターで降りてきたところを、倉庫に来るよう誘い出して、ここで殺したんです。自分も帰還に賛成した。ついては、パイロットさんの遺体を持って帰るのを手伝って欲しいと言ってね」

「人の善意を利用するやなんて」

唸る周を落ち着かせるよう手を伸ばし、土師は説明を続ける。

「最初の切っ掛けになったのは、その宮原さんの遺体です」

山口の太い眉が跳ねた。

「涙が頬を流れてました。無重力だと、涙は流れないんです。表面張力でくっついたまま涙が大きくなって、顔の周りに貼り付くんです。なのに、頬を伝っていた。考えられる理由は二つ。重力が発生したか、空気の流れに煽られたかのどちらかです」

もちろん、重力が突然発生するはずがない。空気の流れを疑った。

「決定的だったのは、匂いです」

ちょうど二人の間を、果物が流れていく。

グレープフルーツ、パイナップル、桃、梨、マンゴー、メロン、キウイ。

「伊東が亡くなった時もそうでしたが、倉庫には、イチゴのようなベリー系果物の匂いがありました。てっきり果物が散乱したせいだと思ってましたが、でも、今見ていただければ分かる通り、イチゴは入荷していません」

「あっ、ほんまや」

「嶋津さんが教えてくれたんです。これが、宇宙の匂いだと。宇宙にある特定のイオンが、こんな匂いを発すると」

そう言って感慨深げに微笑んでいた姿が、脳裏に蘇る。

「どうして宇宙の匂いが倉庫にまで流れ込んでいるのか。そう考えて思いついたんです。二酸化炭素除去システムの不備を」

「どういうことでしょうか？」

ホテルマンの菅山が誰よりも顔を青くしていた。

自分が働く施設の不備だというのだから、当然だろう。

「ＥＭＰを作るには、高電圧コンバーターとコイルが必要です。このコイルを使えば、二酸化炭素除去システムに介入して、酸素を宇宙に排出することができるんです」

周が気づいて声をあげた。

「もしかして、電磁石ですか？」

「さすが現役受験生」

「習うんは小学校ですけどね。ああもう、こんなことに気いつかへんかったやなんて」

柔らかそうな頰が、悔しそうに膨らむ。

「思い出してください。酸素と窒素を環流させる配管、逆流しないように取り付けられている弁は、ステンレス製です」

「磁石でくっつくやつだ！」

政木が叫んだ。

「ＥＭＰの規模からして、かなり強力な磁力が発生したはずです。おかげで弁が固定され、二酸化炭素といっしょに酸素と窒素も排出され、やがて部屋から空気が無くなってしまうんです」

菅山が青ざめた。自分の勤め先に、命に関わる致命的な不備があれば当然だ。もちろん、そこまで強力な磁石が使われることなど、予想していなかっただろう。通常業務、通常使用においては、特に問題とならない点だ。

「山口さんは電磁石を使い、倉庫から空気を取り除いた。この時、完全に真空にする必要はありません。酸素と気圧が減れば、すぐに意識は朦朧としてきます。もちろん、減圧と酸素濃度低下を告げるアラームは、前もってEMPで壊されていたんでしょう」

異常があれば、菅山のスマートウォッチに連絡が飛ぶ仕掛けになっていたはずだが、それもなかったということは、あの時既に、あらゆる設備が壊されていたのだろう。

伊東の死を確認した直後に故障を確かめたが、EMPを使われたら、見た目には分からない。なにしろ、外部には一切の損傷を与えないのだから。

「そうやって、朦朧としている相手に後ろから近づいて、首に安全ベルトを巻き付ける。そのまま磁力のある一方に向かって身体を流してやれば、先ほどの私のように、磁石ブーツが引っ張られます。亡くなってから磁力をオフにすれば、身体が浮いて……」

「なるほど、首吊りだ」

政木が、自分の首を撫でながら舌を突き出した。

「防犯カメラの映像でも、伊東は急に空中でバランスを崩して、荷物をぶちまけていました。あれも電磁石のせいだと思います。空調管理のためのメンテナンスルームは、他の倉庫からも降りられますから、伊東に気づかれず準備することは可能です」

相対する山口は、傲然とも言える態度で肩をすくめていた。

「なるほど、すべてばれてしまったみたいですね。しかし、どうして私が生きてると分かったんですか？　電磁石を使ったことまでは分かったとしても、それは別に、他の誰かでも良かったはずです」

「そんなん、簡単です」

　土師ではなく、周が得意気に笑う。

　一分の隙も無い、完璧な微笑みだった。

「どう考えても、政木さんが犯人やて思えへんかったからです」

　うんうんと、政木は我が意を得たりとばかりに頷いている。

　土師が説明を付け足した。

「菅山さんが犯人でないことは、伊東が殺されたときから分かっていたことです。政木さんは、腕時計は機械式ですが、スマホを持ち込んでいました。最初から、一切の電子機器を持ち込んでなかったのは、山口さん、あなただけなんです。今の世の中、さすがにそれは不自然過ぎます」

「……やはり、スマホぐらい持ってくるべきでしたね」

　決定的な一言だった。

「教えてください。一体どうしてこんなことを？　地下にあったＥＭＰ装置は、いったい何のために？　それに……」

　尋ねる土師の声は、既に震えていた。

「火事になったあの部屋にいたのは、嶋津さんなんですか？」

　返事は無かった。ただし、否定も無い。

　山口は四人に睨まれながらも、平然と髪を後ろに撫でつけていた。

深く、激しい怒りが、かえって土師から血の気を失せさせる。

「どうしてこんなことを……」

「カンボジア」

唐突に、山口が言った。

「アフガニスタン、ソマリア、ケニア」

特に説明も無く、地名が続く。

「ルワンダ、南スーダン、コートジボワール、シエラレオネ……」

声に気負いは無く、リストを読み上げるように、淡々としている。時間を稼いでいるわけでも、話を逸らそうとしているようにも見えず、真意が分からない。

「UNHCR時代も含みますが、今まで仕事で訪れた場所です」

周が長い睫毛を瞬かせる。

「確か、紛争解決のコンサルタント業務ゆうてはりましたよね？」

「その通り。紛争が起こっている現地に乗り込み、平和を構築する。それが私の仕事です」

地名の共通点が分かった。

どれも、紛争や暴動が起こり、危険地域に指定されたことのある場所だ。

「アフガニスタンでは、毎週どこかに、ロケット弾が落ちていました。銃声はそれこそ日常茶飯事で、初めて訪れたときは、地獄かと思いましたよ」

想像するまでもなく、悲惨な光景に違いない。

「とある紛争では、子供を誘拐し、武器を与え、その手で肉親を殺させるという手法がとられました。どうしてか分かりますか？　二度と元の共同体に戻れなくして、自分達の兵士に育てるためです」

周が、殴られでもしたように、身体を強張らせる。

政木と菅山も、面食らったように後ずさった。

「知ってますか？　核兵器が世界にどれだけあるか。約一万三〇〇〇発ですよ。広島では一四万人を、長崎では七万四〇〇〇人を虐殺しておいて、人類はまだ人を殺し足りないようです。ロシアとウクライナの戦争では、どれだけの戦車が導入され、どれだけの人が亡くなったか。兵器はミサイルだけじゃない。魚雷や地雷もあるんですよ。ご存じでしたか？」

もはや山口の目的は、明確だった。

「私は、この世から兵器を無くしたいんです」

驚きではなく、納得が胸に落ちて来る。

「そのために、この宇宙ホテルを、巨大なＥＭＰ装置に改造するつもりだったんですね」

「ずっと温めていたアイデアでした。同時に、私の夢でもありました。強力なＥＭＰ装置を作り、地球上の兵器を鉄くずに変えることはね」

「なんでわざわざ宇宙でそんなもん作ろうとしたのよ？」

政木の疑問に、山口はよどみなく答える。

「出力の関係から、地上での開発はほぼ不可能でした。当然です、通常の電磁パルス攻撃でさえ、核兵器が必要ですから」

最もポピュラーな電磁パルス攻撃の方法は、高度四〇キロから四〇〇キロの高層大気圏にて、核爆発を起こすことだ。この時核分裂によって、電磁パルスが発生する。

逆に言えば、EMP攻撃を行おうと思えば、核爆弾並みの電力が必要になる。

「それだけの電力を地上で集めるなんて、現実的ではありませんでした。半ば諦めかけていたのですが、その時偶然目にしたんです。格安宇宙旅行の存在を。宇宙ホテルには、必要なもの全てが揃っていました。事前に多くの情報が公開されていましたからね。調べるのは簡単でしたよ。しかもホテルのプレオープンを利用した格安ツアーなら、最低限の設備とスタッフしかいないはず」

「安全を周知するための方法が、裏目に出たなんて……」

菅山が悔やむようにうつむく。

「それに、三〇〇〇万円なら、なんとか集められましたから。これまでのように、数十億円払えと言われていたら、まず不可能でしたわ。まさに、天啓を得た思いでした」

舞台俳優顔負けの、力強い声だった。

この計画の正当性を、まったく疑っていないのが分かる。

土師は、悔しくて唸り声をあげた。

「そんな大規模な装置を作ろうと思うなら、一日や二日では無理なはず。宇宙ホテル中のバッテリーを繋ぐ必要がありますからね。最初から長期的に宇宙ホテルに滞在するつもりで、だから最初に伊東を殺したんですね」

「ええ。気軽に地球に帰れる状況では困りますからね」

「わざわざこんな大げさな仕掛けで殺した理由はなんなんですか?」

「力が及ばないと思ったからですよ。パイロットは様々な訓練を受けていると聞いてますから。それに、殺人か事故か分からない状況なら、すぐに帰還することにはならないと思ったので」

実際に会社は、様々な理由からツアーを続行したがった。

「どうしてそんな方法に辿り着いてしまったんですか。こんな強引なやり方で、平和が実現できると思ってるんですか？」

「至極まっとうな方法ですよ。まず武器を放棄させる。次に戦闘員を日常へ戻し、最後に社会へ戻す。このプロセスを経て、平和は構築されるんです」

武装解除、動員解除、社会復帰。

いつかも語った、ＤＤＲという手法だ。

「そのための、ＥＭＰ装置……武器を強制的に放棄させる訳ですか」

「エネルギーなら無尽蔵にありますから。自然の恵みとはこのことだ」

「壊れるのは武器だけじゃないんですよ。他にもいろんなものが壊れてしまう」

「電磁パルスは、人体には無害です」

「心臓のペースメーカーだって壊れるんですよ！　他の医療機器だって！　助けられる命が助けられなくなるんです！　車や電車も、災害救助に使うヘリも！　現に、スマホや電磁ロックが壊れてるじゃないですか。薬を作るのにも電子機器は必要だし、手術にだって！　文明が壊れるんです！」

「そう、その文明をリセットしたいんです」

長い指が、ぱちんと音を立てた。

「私だって、今ある武器や兵器を壊して終わりだなんて思っていませんよ。そんなことをしても、また新しい武器や兵器が作られるだけだ。なら、そもそも兵器を作れない世界に造り替えれば良いんです」

「そういうのは、政治家の仕事とちゃうんですか？」

「全米ライフル協会が現役の政権を支持していたおかげで、当選直後に銃の乱射事件が起こっても、銃規制はなされませんでした。既得権益にまみれた今の世の中では、自浄作用など期待できません。だから、何のしがらみも無い誰かがやらねばならないのです。誰もやらないのであれば、私がやるしかないんです」

声には、揺るぎない信念があった。

「宇宙ホテルの立地も、まさに理想的でした。高度は約三二〇キロメートル。この高高度でEMPを作動させ、地球の自転と宇宙ホテルの公転を利用すれば、世界中にくまなく電磁パルスを照射できる」

簡単に告げる山口に、政木が怒りを見せる。

「ちょっと。まさか日本も攻撃するつもりなのかよ？　自分の国だぜ？」

「日本は、世界五位の軍事大国ですよ」

政木だけでなく、周や菅山も困惑した。

「知りませんでしたか？　そう、多くの人が、無関心なんですよ。そんな人達が、安全な場所から、賢しげに言うんです。兵器や武器を無くしたところで、争いは無くならないと。あるいは、武力こそが均衡を招いていると。軍隊がいるから、攻め込まれずに済んでるんだと。反吐の出る理論です。なら、どうしてこの世から戦争が無くならないんですか？」

はじめて、山口の声に怒りがこもった気がした。今までは傍観者のような皮肉さを身に纏っていたのに、不条理に対する感情が陽炎のように立ちのぼっている。

「だからって、誰かを殺して良い理由なんかあるか！」

土師が吼える。

「伊東さんがどんな思いで宇宙に戻ってきたと思ってる！　残された家族はどうなる！」

「ルワンダで地雷を踏み抜いた一五歳の少年にだって、妹がいたんですよ。残された彼女は、生きていくために、身体を売りました。たった一二歳の女の子がですよ。我々が知った時には、既に手遅れでした」

周が、吐き気を覚えたように胸元を押さえ、うつむいた。

「地雷が無ければ、そんなことにはならなかった。武器が、兵器が無ければ、まだあの兄妹は、貧しくとも仲睦まじく生きていたんです」

土師が山口の説得を諦めたのは、この時だった。

どうあっても埋められない溝が、二人の間に深く広く横たわっていた。

「こんなこと言うと失礼だけどさ……」

政木が、怒りをあらわにして呻った。

「あんた、新興宗教のエセ教祖みたいなこと言うんだね」

「地球平面説と、どっちが馬鹿げてますかね？」

からかう山口に、政木は真っ赤になって叫んだ。

「地球は平面に決まってんじゃん！　普段歩いてる地面だって真っ平らっしょ！　そもそも地球が自転や公転してるなら、速度が速すぎて、立ってられないはずだろ！」

「やれやれ……あなたみたいに単純に生きられたら、幸せなんでしょうね」

「あんたさあ！　自分の考えが理解されないからって、周りに八つ当たりするなんて、馬鹿じゃないの！　俺はねえ、どんだけ馬鹿にされたって、力尽くで従わせるなんてことはしなかったんだからな。代わりに誰よりも稼いで、全員を見返してやったんだ！　従兄弟や、クラスメイトや、前の職場の連中をね！」

吐息して、土師は改めて山口の計画に恐れ入る。

従業員と客の数も少なく、誰もが宇宙ホテルという場所に不慣れな今でなければ、実現できなかった計画だ。

ここまで用意周到なら、露見したからといって止めたりはしないだろう。

「どうあっても、中止してはもらえないんですね？」

「だとしたら、どうします？」

スーツの襟元を正しながら、山口が身構える。

それを見て、菅山が喉を鳴らし、政木が拳を握りしめた。

「そういうあんたこそさ、どうするんだよ。四対一だぜ」

「え？　うちも頭数に入ってるんですか？　殴り合いのケンカなんかしたことあらへんのに？」

「周さんは下がって」

経験があったとしても、殺人犯と戦わせる訳にはいかない。

それに、周にはやって欲しいことがあって、土師はとあることを耳打ちした。

頷いて、周が後ろへ下がる。

磁石ブーツは脱いでいるため、安全ベルトをたぐって、移動していく。

土師、政木、菅山の三人が、山口を取り囲んだ。

飛びかかるタイミングを計るように、睨み合う。

隙を見て、土師が後ろから飛びかかった。

バチンと音がして、伸びた手に針で刺されるような痛みが走る。

「つああ⁉」

悲鳴と共に、土師はたまらず後ろへ飛び退いた。

山口の手には、小型のスタンガンが握られている。

おそらく自作だろう。ＥＭＰ装置とスタンガンは、電気をスパークさせるという構造は同じだ。嶋津を気絶させるためにも使ったに違いない。でなければ、あの実力者をどうにかできたとは思えない。

「ぎゃっ⁉」

続けて、菅山が悲鳴を上げて震えた。

山口がスタンガンを振り回しながら、近づこうとする。

「やばいってこんなの！」

政木が背を向けて逃げ出した。

再度菅山が飛びかかろうとするが、スタンガンのせいで思い切れない。

山口も山口で、攻めあぐねるように、土師と菅山の動きに気を張っている。

睨み合いが続く中、高らかな声が響いた。

「そこまでだぜ！」

振り向けば、政木が戻って来ていた。

手には、消火器が握られている。

さっきドアのガラス窓をぶち破ったあの消火器だ。

噴射口が山口に向けられ、消火剤が噴射される。

「うわあああ⁉」

途端に消火器を構えた政木が、後ろに回転しながら宙を舞った。

磁石ブーツを脱いでいるせいで、踏ん張れなかったようだ。消火剤と悲鳴が撒き散らされる。

ふふんと、山口の唇がつり上がった。

「作用反作用という奴ですね。空中でやれば、そうなって当然でしょう」

言い終えた瞬間、その顔に、消火剤が張りつく。

空中で体勢を立て直した政木が、ニヤリと笑っていた。

「運動神経はいいんだぜ、俺」

「くそっ！　目が……！」

たまらず顔を拭おうとしたところに、土師が体当たりをかました。

同時に、スタンガンを奪おうと手首を摑む。

「離してください！」

山口が焦りを見せる。

土師は山口を抑え込もうと、握った手に渾身の力を込めた。

だが、空中で揉み合う身体はコントロールが難しい。

一瞬の隙を突かれて、腹を膝蹴りされた。

呼吸が止まるような衝撃が走る。

摑んだ手が緩み、振りほどかれ、次の瞬間、針を何百本もまとめて突き刺されるような痛みが走った。

スタンガンでの一撃に視界が弾け、力が抜けていく。

根性や気力で耐えられるような痛みではなかった。

——苦しい時に根性は助けてくれないぞ。

「分かってますよ、そんなこと！」

思わず、記憶の中の伊東に怒鳴り返す。

山口の目が、気でも狂ったのかと言いたげに訝しんだ。

闇雲に殴りつけたくなるのを我慢し、蹴り飛ばす。

二人の身体はようやく離れ、錐揉みしながら宙を飛んだ。

土師の方が早く、壁に着地する。

「今です！　周さん！」

土師が合図する。

瞬間、電気が消えた。

非常灯も含め、設置されている光が全て消えた。

突然の暗闇に、誰がどこにいるのか全く分からない。

躊躇わず、土師は壁を蹴って、暗闇の中を突き進む。

手には、消火器が握られていた。先ほど政木が持って来た消火器だ。電気が消える前に空中で受け取っていたそれを、スタンガンを持つ手に叩きつける。

悲鳴を上げて、山口がスタンガンを取り落とす。

身体が流れるまま近づき、土師は山口を蹴りつけた。

だが、空中での動きが上手く行かず、足は山口の胸を強く押した程度に留まった。

山口の身体が、後ろへと流れていく。

——どうしてこっちの居場所が分かる？

そう言いたげな顔が、暗闇の中から浮かび上がっていた。

何かに気づいて、山口は自分の腹へ手をやる。

へその位置あたりで、ボールペンがスーツに引っかけられていた。

伊東が、奥さんと娘さんからプレゼントされたという、あの高級ボールペンだ。

ボディがアルミ製のため、ＥＭＰにも耐性があったのか、赤い光が灯っている。

さっき絡みあった際に、土師が仕込んでいたのだ。

赤い光は天体観測にも使われるように、目を刺激しにくく、暗闇を邪魔しない。言い換えれば、光に気づきにくい。音も出ないツイスト式だから、スイッチを入れたことにも気づかなかっただろう。

土師は、赤い光をめざして再び飛びかかり、脳天へ消火器を振り下ろした。

こん、と想像以上に軽い金属音が響いて、山口が白目を剝く。

やった――そう思う間もなく、土師の身体は空中をくるくると回り、平衡感覚を失った。

勢いが止まらず、山口の身体にぶつかり、二人は絡みあいながら十数メートル以上の距離を移動して、壁に激突した。

身体がばらばらになるような衝撃が駆け抜け、呼吸ができなくなる。

十数メートルと言えば、だいたいビルの四階から五階の高さ分だ。速度がそれほど出ていなかったおかげで無事だが、声も出せず、みしっという嫌な音を聞いた気がした。

「土師さん！　どこです、土師さん！」

周の声だ。

政木と菅山の声も聞こえる。

「土師さん、返事してくれよ！　どこにいるの！」

「土師様！」

声を上げようとしたが、痛みで喉が引きつった。

暗闇の中、土師は、絡みあっていた中取り戻したボールペンを掲げた。赤いＬＥＤが灯っている。

「ここ、です。ここ」

呼吸するだけで、胸が痛い。

ずきずきとした疼くような感覚が胸にあった。

肋骨か、肋軟骨を折ったのかもしれない。

それでも、安堵が胸を満たした。

暗闇の中、どこかにいるであろう周に、礼を言う。

「ナイスタイミングでした、周さん。ありがとうございます」

山口と対峙したとき、周に耳打ちしたのはこれだった。

山口を引きつけておく間にメンテナンスルームへ行き、先ほど土師が外した配線を繋ぎ直し、合図と同時にEMPの出力を上げ、周囲の照明を破壊したのだ。

普通に照明を消しただけでは、非常灯が灯ったままだ。ここまでの効果は期待できなかっただろう。

おかげで今は、赤いLED以外、何も見えない。

「そや」

周の声がして、ごそごそと音が続く。

何をしているのかと訝しんでいると、ライトが灯った。

周が、タブレットを手にしていた。

「思たとおりや。うちのタブレットケース、アルミでできてるから。お父ちゃんに感謝せんと」

ディスプレイを保護するため、手帳型になっているのも良かったのだろう。全体がアルミで覆われているおかげで、電磁波の影響から免れていたらしい。

薄明るい中、土師は辺りをうかがう。

「山口さんは？」

「気を失ってるみたいです」

菅山が、脱力して浮かぶ身体を運んでくる。

大きなたんこぶはできていたが、死んではいない。頭蓋骨も、へこんだりしていないようで、土師は心底ほっとした。

消火器を振り下ろしたとき、殺す覚悟はしていた。でなければ自分だけでなく、他の三人も殺されただろうから。

それでも、殺さずに済んで、言葉にならない安堵がある。

相手が殺人犯で、伊東の仇であっても、殺したくなかった。

今になって、手が震える。

見かねて、周が握ってくるが、しばらく収まりそうになかった。

政木と菅山が、自分のベルトを外し、山口の両手両足を縛る。

休む間もなく、土師は言った。

「急いで脱出しましょう」

頷き合って、すぐに倉庫を後にする。

山口の身柄と三人の遺体は、菅山と政木に頼んだ。

土師は、まともに歩けなかったので、周が支えてくれている。

最初は躊躇ったが、遺体や犯人を任せる方が酷かも知れない。そう自分を納得させて、好意を受けることにした。


プラットフォームエリアまで戻って来たが、土師達は、宇宙船には向かわなかった。

用意周到な山口のことだ。どんな仕掛けをしてあるか分からない。出発した瞬間に爆発、なんてことになる可能性もある。

そこで土師達は、脱出ポッドを使うことにした。

あれなら、外からの電磁波は一切効果がない。

そのため、もう一度リングエリアに戻らねばならず、エレベーターまで戻ってくるが、ドアが開かなかった。

どうやらＥＭＰのおかげで、宇宙ホテル全ての電気が消えているようだ。

改めて、山口の計画に恐れ入る。

いくら構造が単純とは言え、ここまで効果のあるものを、たった一日で作ってしまうなんて。元エンジニアは伊達ではなかったようだ。もし、宇宙ホテルに存在する全てのバッテリーを繋ぎ、フル充電で稼働させたら、どうなっていたことか。本当に、核爆弾並みの電磁パルス攻撃が成功していたかも知れない。電気は、無限に作れるのだから、荒唐無稽とは言えない。

菅山と政木が、力尽くでエレベーターのドアを開ける。エレベーターの内部には非常脱出口があって、そこから箱の外へ出た。

見上げれば、果てが無いようにも見えるエレベーターの通路が続いていた。

どうすると言いたげに政木が振り向くが、菅山が先に、エレベーターのケーブルに安全ベルトを装着して、飛び上がった。ある程度の高さでケーブルを摑み、振り向く。そこへ向かって、政木は遺体と気絶した山口をゆっくり放り投げた。

そうやって順に運びながら、一同は宙を飛んでいく。

程なくして、リングエリアに到達する。

ここでも力尽くでエレベーターのドアを開けるが、すぐに飛び出すことはせず、菅山が二酸化炭素濃度測定器を取り出した。

ここまで来て、つまらないミスで死にたくはない。

焦る心を落ち着けながら、慎重にリングエリアの二酸化炭素濃度を測る。何しろここで、火事があったのだから。

幸い、山口の部屋から出た炎は鎮火しているようだった。二酸化炭素濃度も、測定器から反応は無い。

それでも一同は、呼吸が恐る恐るになっていた。

慎重に、されど急いで、緊急避難エリアにようやく辿り着く。

時間としては一〇分程度だったが、長い一〇分だった。

菅山と政木が、残った脱出ポッドのひとつに、伊東達三人の遺体と、縛り上げた山口の身体を置いた。

脱出ポッドは三人乗りだが、こうするしかなかった。帰還する途中で山口が目を覚まし、暴れられる可能性もある。そうなると、狭いポッド内では、対処できない。

嶋津の遺体だけは持って帰れない。それが心残りだ。

なんの慰めにもならないが、妻子と同じ場所で眠って欲しいと、土師は目を伏せ祈った。

しかしそれも一瞬のこと。時間を浪費する暇は無い。

「先に出てください。私は、山口さんが乗った脱出ポッドを発射してから、最後に出ます」

菅山が、緊張したように瞼を震わせながら、土師の両手を握った。

「……よろしくお願いします」

「地球に戻ったら、四人で飲もうぜ。俺、奢るよ。おっと、ただし周ちゃんはジュースね」

対照的に、政木の態度はどこか軽い。

地球平面説を支持しているだけあって、大気圏再突入への恐怖もないようだ。パラシュートが開いて、簡単に地上に戻れるとでも思っているのかも知れない。

下手に怯えるよりはいいと、土師も菅山も、何も言わなかった。

二人が脱出ポッドに乗り込み、けたたましいサイレンが鳴り響く。

思った通り、脱出ポッドは無事に動きそうだ。電磁波への対策がきちんとしてあったのだろう。

今さら言っても仕方ないことだが、できれば全ての電気系統に対策を施しておいて欲しかった。コスト面で叶わなかったのは、自分も電卓を叩いたことがあるから理解はするが、小岩井建設がまだ宇宙ホテルを開発する気があるなら、そこだけは強く訴えたい。

どんっ、と音と振動を立てて、政木と菅山を乗せた脱出ポッドが射出される。

それを見送って安堵した瞬間、突然首が絞められた。

「土師さん！」

周の悲鳴が鼓膜をつんざく。

一体なにが起こったのか、分からなかった。

ただ首を、ベルトのようなもので絞められている。

いや、ベルトのようなものではなく、これは本当にベルトだ。

必死に後ろを振り向けば、山口が土師の首を絞め上げていた。

――馬鹿な、両手両足を縛っていたはずだ。なのに、どうして!?

考えている暇は無い。咄嗟に土師は、大きく跳んだ。

身体が浮いて、空中で一回転する。

そのまま山口の後ろに着地しただけで、今度は山口が悲鳴を上げて、絞め上げる力を緩めた。

土師は咄嗟に後ろへ飛んで距離を取った。

苦痛に顔を歪ませ、それでも口元に笑みを浮かべつつ、山口がにらみつけてくる。

「今の動き、まるでジャッキー・チェンの映画みたいでしたね」

口にした言葉は、意味の無い、くだらないものだった。

なのに立ち姿は幽鬼のようで、心臓が冷える。

「お互い、世代でしたね。小さい頃、よく映画館に見に行きましたよ」

強がって軽口を返しながら見れば、山口の両腕は、力なく垂れていた。

両肩が外れているらしい。

そこまでしてベルトを外し、こちらの首を絞めてきたのか。

痛くないはずがない。激痛を堪えるように歪んだ山口の顔は、般若（はんにゃ）の面を思わせるように殺気立っていた。

並外れた執念に恐れ入る。

「もうすぐなんです……あと少しで、この世から、あの禍々しい存在を一掃できるはずなんです」

諦めろとは言えなかった。

土師にできたのは、山口の思いを聞きながら、受け入れないことだけだった。

「核兵器や、爆撃機のような大量破壊兵器を、私は、絶対に！」

山口の声には、自分の正義を疑っていない人間だけが持つことのできる、かたく揺るぎない強い意思がある。

「軍事大国は消滅する。全ての国が、平等に兵器を失うんです。軍隊は意味を成さず、解散され、社会に適した形で再編成される。軍事費に充てられていた予算を、支援が必要な人に使うこともできる。多くの人を、助けられるんだ！」

山口の身体が、ふらりと動いた。

周を狙って、猪突猛進してくる。

土師は咄嗟に、周を庇って前に出た。

痛む肋骨に靴の先がえぐり込まれる。

踏ん張ろうとしたが、太股の刺し傷が疼いて力が抜けた。

視界が真っ赤に染まるような激痛が、土師から悲鳴すら奪った。

だが、山口の両手も、ほぼ使い物になっていない。

タックルしてきたはいいが、その後は続かず、もんどり打つようにバランスを崩す。

そこへ、周の長い足が伸びた。

「往生際悪いねん！」

山口の顔面にハイソックスを穿いた足がめり込む。そのまま身体が、それこそジャッキー・チェンの映画のように後ろへ飛び、開けっぱなしだった脱出ポッドに頭から突っ込んだ。

すかさず土師が射出ボタンを叩く。

音を立てて、山口と遺体を乗せた脱出ポッドのドアが閉まった。

窓越しに、山口が呆気にとられているのが見える。

続いて、どんっ、と音と振動を残して、ポッドは射出された。

ため息が……長い長いため息がこぼれる。

終わった。ようやく、今度こそ、本当に、終わった。

力が抜けて、土師はその場にうずくまる。

重力は地上の六分の一なのに、とてつもなく身体が重い。

だが、ここでぐずぐずしている暇はない。

一刻も早く脱出して、地上と連絡を取らないと。

そう思って、立ち上がろうとするが……

「あれ？」
一度持ち上がった視界が、流れるように沈んだ。
足に力が入らない。
見れば、元から黒かった制服の太股部分が、血で濡れてさらにどす黒く変色していた。
こんなに、いつの間に……
深く刺したつもりはなかったが、暴れまわったせいで傷が悪化したのかも知れない。
「土師さん！」
周の声を遠くに聞いたような気がした。
それから、ずるずると身体が引きずられていく。
「このっ！」
歯を食いしばっているのが分かる。
土師の血で服や鞄が汚れるのも構わず、脱出ポッドまで運ぼうとしてくれていた。
周の行動に感謝しながら、土師は自分の不甲斐なさに腹が立った。
客をちゃんと地上に戻すまでが、自分の仕事なのに。
——目の前の仕事に集中しないと。
土師は、残りかすのような体力を何とか奮い立たせ、無事な方の足で地面を蹴った。
よろよろと移動しながら、二人はなんとか脱出ポッドに倒れ込んだ。
すぐにドアを閉じ、備え付けのパネルを操作する。
一瞬の間を置いて、ぐんっ、と身体が引っ張られた。

「きゃああ！」

周の悲鳴がすぐ隣から聞こえる。

シートベルトを締めてなお、身体を揉みくちゃにされるような衝撃だった。

肋骨が軋み、苦悶しながら、いっそ気絶できればいいのにと願う。

そういう時に限って、意識はどんどんクリアになり、痛みもより鮮明に感じられる。

だが、不意に重力が消え、身体が楽になる。

おかげで、深く、ゆっくり呼吸ができるようになり、痛みを逃がすように、土師は注意深く、身体を脱力させた。

徐々に落ち着きが戻ってくる。

痛みが消えることはなかったが、土師は一息つく思いで、塊のような吐息をこぼした。

ようやくだ。これで、本当に一息つける。

脱出ポッドは正常に動いていて、今のところなんの不調も見られない。後はこのまま、地球に帰るだけだ。

窓から外を覗くと、脱出ポッドの周囲に光が煌めいていた。

イオンが摩擦で燃えている。

まるで星くずが、宇宙ホテルからこぼれているようだった。

尾を引くように、長く、長く……

そんな光景を眺めながら、土師の意識は途絶えた。

四

どれぐらいの時間、眠っていたのか。

何かが振動しているのに気づいて、目が覚める。

一瞬どこにいるのか分からなくて戸惑っていると、周が顔を覗き込んで、ほっとした表情を見せた。

「あっ、気いついた！」

意識が覚醒する。

そうだった。脱出ポッドに乗り込んだんだった。

身体を起こそうとして、瞬間、胸が痛む。

「——!?」

声の無い悲鳴を上げて、完全に眠気が吹っ飛ぶ。

肋骨が折れていた。肋軟骨も。その場にうずくまる程の痛みだった。

同時に、安堵もする。

痛みがあるということは、生きているということだ。

「大丈夫ですか？」

心配そうに周が背中をさすってくれる。

情けない姿を見られたくなくて見栄を張ろうとしたが、無理だった。悲鳴を上げないだけで精一杯で、土師はひたすらうずくまる。

その時、お尻のポケットが震えた。それも、何度も何度も。

胸が痛まないよう注意しながら、衛星携帯電話を取り出す。

サーマルブランケットを取り外すと、モノクロの液晶画面に、メールの着信が表示された。

それも、次々とだ。

衛星ブロードバンドを拾えたようだ。今までサーバーに溜まっていたものを一気に受信しているらしく、未読メールがどんどんと溜まっていく。そのすべてが、中田たち会社の同僚からだった。

あまりの数におかしくなって、思わず笑いが込み上げてくる。

するとまた胸が痛んで、慌てて呼吸を整えた。

通知が一段落したところで、土師は伊東のボストンバッグを背もたれにしながら、順にメールを開いた。

Kiken! Mada modoruna.
EMP kanousei ari.
Rocket kosyou kanousei ari. Kiken!
Mukaeni iku! Mate!
『危険！　まだ、戻るな。
ＥＭＰ、可能性、あり。
ロケット、故障、可能性、あり。危険！

迎えに、行く！　待て！』

今さらだった。おかげで吹き出して、ひとしきり笑って、また胸が痛んで、どっと疲れがやって来た。

それでも連絡を取るべく、くたくたな中、土師は会社へ電話をかけた。

「繋がった！　土師！　無事なのか！」

中田の声が聞こえて来る。

一日か二日ぶりなのに、ひどく懐かしい気がした。

「……ああ、聞こえてるよ」

「良かった。いや、良くない！　どうなってるんだ！　全然連絡が取れなくて、しかも、ホテルが……『星くず』が……どうなってるんだ!?　いや、それ以前に、もう脱出したのか!?　あと三〇分後に、こっちからロケットを打ち出す予定だったんだ！」

なんてことだと、また笑いそうになる。

だが、全部を説明するには、疲労が強すぎる。

「心配かけて悪い。でも、今ようやく一息ついたとこなんだ。話は、帰ってからにさせてくれ」

通話口の向こうで中田が口ごもる。

言いたいこと、聞きたいことが山のようにあるのだろう。

だが、こっちの心情も察してくれたのか、それ以上何も尋ねてこようとはしなかった。

「そうか。そうだな。とにかく生きてるんだな。良かった」

「そうだ。先にひとつ教えてくれ。今回のツアーメンバー、どうやって選んだんだ？」

電話の向こうで、訝しむような沈黙が生まれた。

すぐに、返事が来る。

「アプリだよ。ビンゴとかくじ引きに使えるアプリがあるんだ。それを使ったんだ」

「じゃあ、完全にランダムなんだな？」

「アルゴリズムを解析すれば、それなりの傾向は見えるだろうけど……それがどうしたんだ？」

「いや、忘れてくれ。というか、すまん」

「？」

訝しむ中田を無視して、土師はひとまず、自分は無事であることと、三人のツアー客が死んでしまったこと、伊東の件も含めて犯人は山口であること、その山口を脱出ポッドに押し込み射出したことを告げた。

中田が啞然としているのが、電話越しにも分かる。その隙に、通話を切った。

今はとにかく休みたかった。それに、帰ったら死ぬほど忙しくなることは分かっている。

警察への対応、遺族への対応、会社への対応、会社員として世間への対応、生き残った者としての責任が待っている。どれもおろそかにはできない。

中でも、遺族にどの面下げてまみえれば良いのか。気がつけば土師は、伊東の形見のボールペンを、手の中で遊ばせていた。

赤いＬＥＤを見つめて、不意に、ああそうかと気づく。

どんなことがあろうと、目の前の仕事に集中するしかないんだと。

すべてをひっくり返す神の一手など存在しない。

逃げずに、ひとつずつやり遂げていくしかないんだ。

それが、伊東に教わった一番大事なことだ。

「そや。ネットが繋がるんやったら、ちょうどええわ」

背負っていた鞄から、周がキーボードを取り出す。

「まさかここで？」

「はい。今やったら、生中継できる思て」

指を慣らすように鍵盤を叩けば、軽快な音が聞こえた。

タブレット同様、あれだけ電磁パルスの中をくぐり抜けていながら、奇跡的に無事だったらしい。

「……よくやるよ」

呆れるのと称賛するのを同時にやって、土師はタブレットを持ってやることにした。

こんな状況でも、周は自分が綺麗に映るよう、身だしなみを整える。

「その髪、おしゃれですね。内側だけ赤く染めるなんて」

気が緩んだのか、つい土師は思ったことを口にする。

周の口元が一瞬、強く引き結ばれた。

——しまった、セクハラだったかもしれない。

後悔していると、赤く染めた髪がよく見えるよう、横髪が耳にかけられた。

「卒業式でボヘミアン・ラプソディ弾いたん、面白がってくれた子がいたゆう話したやないですか。その子がゆうてたんです。赤い髪が似合いそうやて。うちは、黒髪の方が好きなんですけどね」

「大切な友達なんですね」

「なんでそう思うんですか？」

「なんでって……なんとなく、かな？　しゃべり方とか、雰囲気で。その子のこと話すとき、凄く嬉しそうな顔するから」

　初めて話したときからずっとそうだったが、周の言動には、皮肉っぽさがある。なのに、その友達のことを話すときは楽しげだ。特に、卒業式のエピソードで感じたことだ。

　途中までは教師への憎しみを隠さなかったのに、おもしろがってくれたクラスメイトがいると喜んだときには、年相応の無邪気さがあった。

「その子、失踪してしもたんです」

　簡単すぎた告白に、重大さを認識するのが遅れた。

「失踪？　え？　家出……ですか？」

「そんな簡単なもんやのうて、どこ行ったか分からんようになってしもたんです。二度と戻らへんゆう書き置きだけ残して」

「そんな……一体どうして？」

「その子の両親がカルトに嵌まってたみたいで」

自分の顔が、複雑に歪んだのが自覚できた。

「知ったはります？　お金が無くても楽しく暮らせるユートピア作るゆうて、一四〇億円儲けてたカルト村。そこになんもかも、ぜーんぶ根こそぎ持ってかれて……」

尋ねるような口調だが、周は返事を欲してはいなかった。

心の澱を、ただただ吐き出し続けている。

「うち、その子の親に会いに行ったんです。なんか手がかりあらへんかなと思て。そしたら、ご両親も泣いたはって……おかげで、なんも言えんようになってしもた」

なんとなくだが、その時の光景が、土師には想像できた。

おそらく周は、怒鳴り込むつもりで友人の自宅に押しかけたのだろう。カルトに嵌まって娘を失踪させるなんて、親失格だと言ってやるつもりだったのかもしれない。

だが、泣き崩れる姿に、思うところがあったのだろう。

それに、どんな理由でカルトに嵌まったのかも分からない。

その両親も、被害者かもしれないのだ。

「そやから、せめておもろがってくれたピアノ、あの子に聞かしたげたいなて思て……宇宙から生中継したら、絶対気いついてくれるはずやし。そやから、無料招待の抽選に応募したんです」

泣いてはいないし、声も揺らぎひとつ無いのに、周の声は、心の深い場所に引っかかる。

慰めたいとは思うが、かける言葉が見つからなかった。

土師には土師なりの苦労がある人生だった。友人に切り捨てられたこともあるが、周のような絶望を味わったことは無い。

「友達、聞いてくれるといいですね」

「絶対聞いてますて。あの子、星とか好きやったし……お？　ちゃんと映ってる」

タブレットの画面を確認して、周がもう一度居住まいを正す。

軽やかに鍵盤を最終チェックして、微笑んだ。

「ほな、始めましょか」

長い指がゆっくりと曲を奏で、歌い出す。

クイーンの、ドント・ストップ・ミー・ナウだった。

卒業式で本当はこっちを弾きたかったが、知名度で諦めたと言っていたあの曲だ。

意外にも、と言えば本人は怒るだろうか、本物にも負けず劣らず繊細な歌声で、鼓膜をくすぐられるような心地良さがある。

疲れている身体に、歌声が染み込んでくるようだ。

ゆっくりと始まった曲だが、早々にリズムが跳ねて、パワフルにピアノの音が弾けた。

疾走するようなボーカルが重なる。

途端に土師は吹き出した。

歌詞は、登場人物を流れ星や虎に例えている。

今の自分たちと同じだ。

脱出ポッドも、地上からはイオンの摩擦で、虎の毛並みのような色に見えているかもしれない。登場人物は、ご機嫌な様子で声をあげていた。

なのに、歌い上げる周の表情は、楽しんでいると言うより、切実さに満ちている。

それは、一緒に楽しもうぜと呼びかけるような歌詞が現れた際、よりいっそう顕著になった。

その時、赤く染めたインナーカラーがけらりと揺れて気づいた。

これは、周から失踪した友人へのメッセージだ。

歌詞の通り、連絡を望んでいるんだろう。

だが、カルトに嵌まった両親がいる手前、おおっぴらに生配信で呼びかけても、向こうからコンタクトは取りにくいはずだ。もしかしたら、両親が周に頼んだと邪推するかもしれない。

だから、二人にしか分からない方法で、こうやってメッセージを伝えているんだ。きっと。

髪の毛を赤くしたのも、おそらくは、個人的なメッセージだと気づくようにだ。赤い髪が似合いそうだと、失踪した友人は言っていたそうだから。

なんと壮大な企みだろうか。

山口の企みも馬鹿馬鹿しいほどに壮大だったが、周のやったことも、手が込んでいる。

どちらも、宇宙規模の企みだ。

生き残った者、死んだ者、誰もがこの宇宙で何かを成し遂げようとしていた。

ある者は成功し、ある者は失敗した。

土師は、自分のとった行動が正しかったのかどうか、分からないでいる。

ツアー客の三人を助けられたのではないか。

山口を止められたのではないか。

そんな後悔が止まらない。

それに、こんなことになって、会社や宇宙産業の未来はどうなるのか。

様々な感情が胸の中で渦巻いている。

だが、これから何がどうなろうと、やらなければならないことをやるだけだという覚悟もあった。

赤いLEDを灯しながら、土師は今後について思いを馳せる。

その時、脱出ポッドに備え付けられている通信システムが、着信を伝えてきた。

別の脱出ポッドからだ。

受信ボタンを押せば、政木の沈んだ声が聞こえた。

「もしもし、土師さん？　俺だけど……」

「どうかしたんですか？」

尋ね返すも、沈黙が続く。映像は無いが、それでも落ち込んでいるのが手に取るように分かった。

一緒に脱出ポッドに乗った菅山に、何かあったのだろうか？

心配になってもう一度声をかけようとしたとき、向こうから吐息と共に、諦めたような声が聞こえた。

「……地球、丸いわ」

一部の科学者たちは、「宇宙を構成する基礎単位は**水素**である」と主張している。水素は、そこら中に豊富に存在しているからだ。この意味に俺は賛成できない。俺に言わせれば、水素より数多くそこらに転がっているのは**愚かしさ**であり、愚かしさこそが、宇宙の基礎単位なのだ。

——『フランク・ザッパ自伝』フランク・ザッパ、ピーター・オチオグロッソ／茂木健訳

桃野雑派（ももの・ざっぱ）

1980年、京都府生まれ。帝塚山大学大学院法政策研究科世界経済法制専攻修了。南宋を舞台にした武侠小説『老虎残夢』で第67回江戸川乱歩賞を受賞し、デビュー。筆名は、敬愛するアメリカの伝説的ギタリスト、フランク・ザッパからとった。

星くずの殺人

2023年2月20日　第1刷発行
2024年6月12日　第6刷発行

著者……………桃野雑派

発行者…………森田浩章

発行所…………株式会社講談社
〒112-8001　東京都文京区音羽2-12-21
電話　編集　03-5395-3505
　　　販売　03-5395-5817
　　　業務　03-5395-3615

本文データ制作……講談社デジタル製作

印刷所…………株式会社KPSプロダクツ

製本所…………株式会社国宝社

定価はカバーに表示してあります。

落丁本・乱丁本は、購入書店名を明記のうえ、小社業務宛にお送りください。送料小社負担にてお取り替えいたします。なお、この本についてのお問い合わせは、文芸第二出版部宛にお願いいたします。

ISBN978-4-06-528954-9
N.D.C.913　318p　19cm